La flor del rayo

Novela

Juan Manuel Gil

La flor del rayo

Seix Barral

Seix Barral, un sello editorial de Editorial Planeta, S. A.
Avda. Diagonal, 662-664, 08034 Barcelona (España)
www.seix-barral.es
www.planetadelibros.com

Adaptación de la cubierta: Booket / Área Editorial Grupo Planeta
Fotografía de la cubierta: © Traer Scott
Primera edición en Colección Booket: mayo de 2025

Depósito legal: B. 7195-2025
ISBN: 978-84-322-4482-7
Impreso en España

Biografía

Juan Manuel Gil nació en Almería en 1979. Es escritor y profesor. Formó parte de la primera promoción de residentes de la Fundación Antonio Gala. Con su primer libro, *Guía inútil de un naufragio* (2004), obtuvo el Premio Andalucía Joven de Poesía. Desde entonces se ha centrado en la novela: *Inopia* (2008), *Las islas vertebradas* (2017) y *Un hombre bajo el agua* (2019, 2024). En 2021 ganó el Premio Biblioteca Breve con *Trigo limpio*. Es autor, además, de dos volúmenes de difícil clasificación: *Mi padre y yo. Un western* (2012), que le valió el Premio Argaria, e *Hipstamatic 100* (2014), una recopilación de textos en los que mezcló vida y actualidad. *La flor del rayo* (2023) es su última novela.

A Tamy, Martina y Lola

A mis padres

—Y dígame, ¿cuánto de autobiográfico hay en su autoficción?

—Nada de autoficción, por dios, qué manía. Solo hay *Ficción* a secas, sin más, como en la Biblia, detrás de la cual también estaba alguien creando algo, en primer lugar, para sí mismo. ¿O no oyó usted decir que el lenguaje no es algo que represente la realidad, sino algo que la hace y deshace desde una irrevocable subjetividad?

ENRIQUE VILA-MATAS

Más mala conciencia: escribo cada vez menos y me siento culpable por escribir cada vez menos y, como me siento culpable, cada vez tengo menos ganas de escribir.

RAFAEL CHIRBES, *Diarios*

La segunda noche fue como la primera.

KENT HARUF,
Nosotros en la noche

UN FINAL

En la primavera del año 2020, un rayo partió por la mitad el cielo del norte de Argentina durante más de diecisiete segundos. Es el rayo de mayor duración registrado nunca. Ese tiempo apenas es nada si uno está bajo el agua templada de la ducha o esperando a que el microondas termine de calentar una taza de leche, pero cuando contiene un calambrazo que puede alcanzar centenares de kilómetros de longitud y una velocidad que no es de nuestro mundo, diecisiete segundos se te pueden antojar toda una vida. Te da tiempo a asomarte a la ventana y dejar que el horror te seque los ojos; o a rezar bajo la mesa del comedor cualquier oración que ya tuvieras olvidada; o incluso a tomar una fotografía de ese zarpazo blanco, buscar un contacto en la agenda y darle a enviar.

Siempre se están diciendo cosas sobre los rayos. En los libros y fuera de ellos. Dicen que probablemente aparecieron en la Tierra hace unos tres mil millones de años y que fueron fundamentales para el origen de la vida. Dicen que no siempre llegan con las tormentas, que también los traen las erupciones volcánicas, los incendios forestales y las explosiones nucleares. Y dicen, aunque menos, es verdad, que cuando un rayo alcanza a una persona, puede tatuarle sobre la piel una especie de arborescencia rojiza. A esas hermosas y terribles impresiones se las conoce como árboles de luz, helechos eléctricos o flores del rayo.

Hay quien piensa que la literatura ha de tener algo de esa arborescencia rojiza. Como si después de la lectura de un libro tuviera que quedar en nosotros una marca indeleble a la que acudir en momentos de extravío o desconcierto. Bueno, como metáfora no está mal. De hecho, yo mismo lo he pensado en alguna ocasión. Pero no es esa marca la que se guarece en este libro. La de aquí tiene que ver con algo muy concreto: la luz se fue una noche, y la que volvió ya no era la misma, por tanto, la vida tampoco lo era.

PRIMERA PARTE

LA CASA

UNO

El 8 de febrero de 2021, a eso de las once de la mañana, se hizo público —yo lo supe algunos días antes— que había ganado el Premio Biblioteca Breve. Un jurado compuesto por Olga Merino, Raquel Taranilla, Pere Gimferrer, Enrique Vila-Matas y Elena Ramírez concluyó que mi novela *Trigo limpio* era merecedora de este galardón. La llamada reveladora me sorprendió en una pausa del trabajo. Una máquina me acababa de servir una especie de degradación de té con limón cuando vi un número muy largo en la pantalla de mi móvil, que dudé si atender o no. Después de eso, llegaron días que se hicieron semanas y semanas que se hicieron meses en los que una emoción desaforada me llevó de un lado a otro. También, como era de esperar, esa misma emoción se hartó de darle puntapiés a mi equilibrio, que acabó recluido en un pequeño apartamento en algún lugar indeterminado de mi interior. Cada noche, antes de conciliar el sueño, pensaba que la curvatura del espacio-tiempo parecía haberse pronunciado y mi vida se aceleraba como una gota de sudor espalda abajo. Qué hermoso me parecía entonces ese pensamiento.

Una vez publicado el libro, me dediqué a charlar con periodistas; a visitar clubes de lectura; a encontrarme con lectores en librerías físicas y virtuales; a contestar centenares de mensajes; a husmear en las listas de libros más vendidos; a leer desde un inédito autocontrol las valoraciones; y a subir a mis redes sociales cuanto se iba diciendo de la novela. También procuré vivir, claro, pero menos, porque el éxito subyuga: viajé, celebré y conocí a algún que otro escritor que hasta ese momento había leído con peligrosa idolatría; dormí en aviones y bebí en hoteles porque creí que era una buena y noble obligación; y en más de una ocasión, sin albergar en mi pecho verdad alguna, pero tampoco mentira, entré de puntillas en casa. Durante ese tiempo creo que hice todo lo que se esperaba de mí. Menos una cosa: escribir.

La concesión de este premio, o quizá mi manera de gestionarla, me sumió en una negrura creativa que, a tenor de lo que me iba llegando en las entrevistas y en los encuentros con los lectores, era algo bastante previsible. «¿Sientes la presión?» «¿Te da vértigo enfrentarte al siguiente libro?» «¿Estás escribiendo ya?» «¿Cómo vives la nueva responsabilidad?» «¿Y ahora qué?» Estas eran algunas de las preguntas que siempre me formulaban y que yo acostumbraba a despachar con tres o cuatro respuestas precocinadas, en las que solía incluir las palabras *entusiasmo*, *alegría* y *reto*, como si fueran el comino y el azafrán de mi literatura. Al principio, he de confesarlo, no me percaté, pero ya por entonces la nada, no, mejor dicho, la Nada, era una alimaña que me había mordido en la pantorrilla.

Durante muchos meses, mi inacción creativa fue una compañía dócil y silenciosa con la que me acostaba y despertaba, con la que convivía en armoniosa rutina. Como uno de esos lunares en los que el dermatólogo pone el ojo pero aún no el bisturí. No obstante, una vez que la efervescencia inicial del premio fue dando paso a una moderada cocción al baño maría, las charlas con mi editora, con mi mujer y conmigo mismo comenzaron a llevarme hacia lo que era una dolorosa evidencia: estaba atenazado por las circunstancias, me sentía incapaz de volver a escribir, me moría de miedo. Esto, que era algo que yo me repetía con bastante saña, jamás se lo reconocí abiertamente a nadie, salvo a mi psicóloga, cosa que lo hacía todo más sórdido y lastimero porque ella nunca ha creído en la literatura, y mucho menos en la mía. De ahí, quizá, no lo sé, que este comienzo sea tan importante para mí y exija un lugar dentro de la propia historia, no en la periferia que ofrecen los preámbulos, los epílogos y las notas. Esto está aquí no porque sea el principio de nada. Esto está aquí porque estuve a punto de ser un hombre engullido por el miedo. Esto está aquí, y puede que alguien lo esté leyendo. Con eso debería ser suficiente.

DOS

Mi perro es un mestizo. Un mil leches. Un chucho hiperactivo al que hay que sacar a pasear más allá de mis posibilidades y, por supuesto, de mis ganas. Cuando lo acogimos en casa, en el año 2014, le puse de nombre Travis por aquel inquietante protagonista de la película *Paris, Texas*, de Wim Wenders, y aunque así reza en los papeles, lo cierto es que bien podría haberme ahorrado esa pedantería, ya que al final acabamos llamándolo Boludo. Tuvo suerte la criatura, la verdad. Porque hubo un tiempo en que fue Mongólico. Y también Desportillado, Perromierda, Cagalón y Pellejero. No obstante —qué ridículo tener que advertir de esto—, que nadie vaya a ver en estas palabras desafecto, crueldad o mal amor. Hay muchas maneras de ponerle nombre al querer porque la vida no se entiende sin el trajín intransferible que todos albergamos en nuestro corazón. Por eso, en cuanto cumplió el año, lo llevé a que lo castraran (450 euros), en vista de que los huevos se le habían quedado encapsulados en mitad de la panza. Criptorquidia, se denomina ese fenómeno testicular y algo metafórico. T., mi mujer, siempre estuvo segura de que el hueco que le dejaron ahí no tardó en llenarse de puro retraso mental. Yo no creo que fuera así. Mi visión fue algo más lírica. Como le apliqué aceite de rosa mosqueta, no quedó ni rastro de la cicatriz. Y todo el mundo sabe, o debería saber, que las cosas importantes son las que están pero no se ven.

Aquella mañana, una, imaginad la que queráis, como todas las mañanas desde que la vida nos unió a través de una correa, Boludo y yo salimos a que hiciera sus necesidades con esa compulsividad que con tanta exactitud lo define. Eran las siete y cuarto, hacía un frescor incómodo para el mes en el que estábamos, y emprendimos la ruta de siempre, él alojado en su olfato y en su lengua, y yo en mi somnolencia existencial, cuando ambos nos dimos cuenta de que nuestra rutina no terminaba de cuadrar. Al fondo de mi calle, justo en el recodo que traza una curva de casi noventa grados a la izquierda, había una ambulancia con las luces destellando y las puertas traseras abiertas de par en par. Ese detalle era nuevo en el discurrir de nuestras vidas y, a pesar de que no estábamos atravesando nuestro mejor momento, Boludo y yo supimos reconocerlo.

Mi madre, que de esto sabe menos de lo que cree, pero muchísimo más que yo, siempre ha dicho que a las luces y a las sirenas de las ambulancias hay que acudir, porque nunca está claro si es a por uno a por quien vienen. Así que nos pusimos en marcha y caminamos en dirección a aquella anomalía matutina. Cuando ya habíamos recorrido la mitad de la calle, dos sanitarios salieron de la casa de enfrente. Empujaban una camilla sobre la que llevaban a alguien tapado con una sábana. Y ya está. No hubo mucho más. Fue una operación rápida que a mí me habría llevado días, y que ellos ejecutaron con la misma agilidad con la que yo analizo sintácticamente una oración simple atributiva. Camilla adentro. Puertas cerradas. Sirenas. Y adiós muy buenas. Aquí está el verbo, le busco su sujeto, y lo que me queda, predicado nominal.

La distancia la fue marcando el grito de la sirena, su efecto *doppler*, los previsibles giros a izquierda o derecha, mientras se hacía pequeña y se volvía nada o resaca. No me moví de allí hasta que tuve la certeza de que aquel ruido ondulado ya solo se bamboleaba dentro de mi cabeza. Para entonces, Boludo se había sentado a mis pies y se daba desesperados y rápidos mordisquitos en una de las patas delanteras: durante algún tiempo lo estuvimos tratando de ansiedad (35 euros mensuales). El amor, que tiene muchos nombres.

TRES

Nada más entrar en casa, liberé a Boludo y colgué la correa donde siempre. Cuando tienes mascota, estos pequeños gestos constituyen un sistema organizado que parece haber estado ahí toda la vida, manteniendo en armonía la furia del caos y la aberración doméstica. T. me miró desde el desinterés que le procuraba un enorme café, una compra en internet y diez años de relación. Le comenté que una ambulancia se había llevado a un vecino y que suponía que habría oído el jaleo de la sirena, pero no dijo nada. Bueno, sí: mascullo números y comandos. Uno. Ocho. Uno. Siguiente. Siguiente. Aceptar. Finalizar. No esperaba un «bienvenido a casa, cariño», porque las cosas ya no andaban bien, pero habría sido muy humano traslucir algún gesto que evidenciara que aún me recordaba. Abofeteado por esa indiferencia, me di media vuelta, abrí la puerta y me planté de nuevo en la calle. No lo vi. Pero sé que la decepción colmó los crujientes ojos de Boludo al comprobar que no me lo llevaba conmigo.

Mientras caminaba en dirección al lugar que minutos antes había ocupado la ambulancia, fui revisando en el calendario del teléfono móvil los compromisos del día.

Un panorama desalentador. Otra vez las obligaciones pasaban por mi vida como uno de esos ruidosos cortacésped manejados por un tipo gordo con gorra y unos auriculares aislantes. Intenté evaluar cuántas de aquellas tareas podrían ser canceladas o pospuestas sin que mi estado de ánimo sufriera efectos adversos, pero, salvo una llamada a una empresa de fumigación por unos gusanos que pretendían colonizar la cocina, todo tenía el asterisco de lo inaplazable.

Como respuesta a ese desastre emocional, guardé el teléfono e intenté alinear mi paso, mi respiración y mi hastío, quizá con el fin de trascender, tal y como me sugería mi psicóloga cada tarde de jueves. «No huyas de la emoción —me solía decir—. Déjala que se vaya cuando ella quiera», remataba y sonreía. La mayoría de las veces, como es lógico, no entendía lo que quería que hiciera. Quizá por eso dudé de qué era exactamente lo que me estaba sucediendo cuando se me coló en la cabeza una especie de chapoteo moribundo, un sollozo de ultratumba. ¿Qué diablos era eso? De inmediato, como buen hipocondriaco, valoré si sentía un cosquilleo en el cuero cabelludo o si se me había dormido la lengua como antesala de un colapso fulminante, pero nada de eso parecía estar ahí. Así que, por miedo o precaución, me dispuse a volver por donde había venido. Y entonces sí. Lo vi. Allí. En el suelo, sentado contra la pared, casi hecho un ovillo, llorando, gimoteando, ahogándose en una angustia afónica. Un hombre muy mayor, ochenta, puede que más, al otro lado de la puerta del jardín de la casa desde la que acababan de llevarse en volandas a alguien, había caído vencido por las circunstancias. Qué circunstancias. Quién sabe. La soledad, el miedo, la tristeza, el arrepentimiento, la confusión, el deterioro. O el amor. El amor nunca hay que descartarlo.

Miré al hombre desde la discreción que me ofrecía la cancela del jardín; casi toda ella celosía de vieja madera pintada de verde una y cien veces. Y sentí esa punzada en la boca del estómago que anticipa una decisión. La de acercarme a él o marcharme. La de seguir escribiendo o cerrar el cuaderno.

CUATRO

Los dos capítulos anteriores —que en realidad no eran dos capítulos, sino unas cuantas páginas de mi cuaderno plagadas de flechas, subrayados y tachones— fueron lo primero que alcancé a escribir muchos meses después de la concesión del premio. Casi no hay invención en ellos. Digo «mañana» o «ambulancia», y veo esa mañana y esa ambulancia. Escribo «casa», y creo ponerla en pie. Y además sigue existiendo Boludo, a pesar de que bordeó la muerte por un contratiempo con un hueso de conejo (495 euros). También fue real esa sensación de anomalía al contemplar la escena de los sanitarios llevándose a alguien sobre una camilla. Lo del hombre llorando, lo reconozco, fue cosa mía. Así que hasta ahí llegaron mis progresos literarios. No fui capaz de ir más allá, atenazado por la presión, las expectativas, las preguntas y un cansancio que se iba haciendo más y más grande.

Mirad.

Hace algunos años, no recuerdo cómo, aunque no es difícil deducirlo, imaginé comenzar una novela reflexionando sobre el bloqueo del escritor. Esto no es algo novedoso en literatura. La historia del escritor que sufre porque es incapaz de enfrentarse a la página en blanco ha sido contada muchísimas veces. Entre otras cosas porque escribir que uno no escribe es una forma de empezar a hacerlo, y calma, lame, sosiega, salva. Así que hace unos años pensé, como digo, que el bloqueo creativo podría ser un buen comienzo, y me dediqué a darle vueltas a una cita de Cesare Pavese en la que aludía a un río o un lago metafóricos que había que cruzar a nado; a las ganas de renunciar a todo, incluso a la vida misma, con tal de lograr nuestro alto cometido en esto de la escritura; y a la alegría que se originaba no solo en el momento de alcanzar la otra orilla, sino en la simple idea de conseguirlo. Recuerdo que, en mi afán de abordar desde mi propia mirada este tema, escribí en alguno de mis cuadernos algo más o menos así: «El bloqueo es una soberana mierda que me trae por el camino de la amargura. Me da miedo nadar a solas. Sobre todo si es de noche». La entidad literaria de estas palabras es más bien bajita, pero algo de verdad sí que había. Y yo he leído en no pocos libros sobre poesía que la belleza se guarece en la verdad. Fíate tú de los poetas, claro.

Mi mujer y yo nos mudamos a nuestra hermosa casa hace unos cuatro años. Precisamente huíamos de mi impotencia literaria. No es que mi creatividad hubiera tenido momentos de exultante fertilidad, pero lo que estaba viviendo en aquel entonces era puro escalofrío para mis huesos. Nada. Muerte. Vacío. Como no haber nacido nunca. T. la encontró en uno de esos portales inmobiliarios, quizá en un momento en el que yo ni siquiera sabía que estuviéramos buscando un nuevo hogar. Así que una noche, mientras yo fregaba los platos de la cena y escuchaba la radio, me llamó, orientó la pantalla del portátil hacia mí y fue pasando de una foto a otra. Era una casa muy luminosa, planta baja, amplia, precisa, diseñada desde cierta superioridad moral y con un pequeño jardín para que Boludo se tumbara al sol y cagara cuando nadie —es decir, yo— quisiera sacarlo.

—Ya verás, aquí podrás escribir.

—Escribir puedo hacerlo en cualquier lugar. Estoy bien.

—Seguro que sí. No hay más que verte.

—Sabes a qué me refiero, amor.

—El alquiler es un poco caro, pero renunciaremos a otras cosas.

—¿Tú crees que es conveniente que nos metamos ahora en una mudanza?

—Y tú también lo crees. En el fondo de tu corazón, tú también lo crees. He concertado una cita para verla el sábado.

—Pero ¿este sábado no íbamos a algún lado con tu madre?

Lo cierto es que ella tenía razón. Una vez que nos mudamos y le buscamos sitio a cada una de nuestras cosas, fui capaz de sentarme a trabajar, e incluso hacerlo con un entusiasmo desconcertante. Así que mis dos últimos libros fueron levantados sobre una decisión de T. y en el consuelo de una nueva casa. Cuatro años de fervor creativo que me llevaban a madrugar convencido de que estaba haciendo lo que más me apasionaba y en la dirección correcta. Mi vida parecía una brújula, las infalibles varillas de un zahorí en mitad del campo, una cruz en un viejo mapa. Por tanto, del mismo modo que se seca la ropa en un tendedero, desapareció de mi cabeza la idea de comenzar a escribir sobre aquel lago o río de Pavese. Creo que fue un acto natural. Como un parpadeo o la secreción de una lágrima.

Por todo esto que cuento, porque ya lo vivimos en casa una vez, no fue difícil deducir que después del premio me había vuelto a instalar en esa especie de resistencia literaria. Y vino lo que tenía que venir. T. se me acercó una mañana, justo antes de sacar a pasear a Boludo, y me dijo algo así: «Quiero que tú y yo estemos bien. Soluciónalo, porque no estoy dispuesta a mudarme otra vez». Yo le contesté que ya tenía algo en mente. Ella me comentó que sí, que se me notaba. Y estuve dándole vueltas durante unos cuantos días, paralizado, muerto de miedo, escurridizo, más ensimismado de lo que ya estaba, hasta que se me acercó otra mañana, justo antes de sacar a pasear a Boludo, y me dijo algo así: «No voy a pasar otra vez por lo mismo, Juanma». En cuanto me quedé solo, busqué el portátil y, con mucha desesperación, rescaté de mi cuaderno las páginas que había escrito sobre la ambulancia, así que, casi de forma súbita, regresó a mi cabeza la cita de Pavese. Toda esa basura del río o del lago que había que cruzar. Supongo que también fue un acto natural. Pero esta vez como un estornudo o un trombo.

CINCO

Lo de Boludo no son ojos. Son dos molinillos de café. Y tienen la costumbre de molerme el corazón cada noche. Se sienta frente a mí, alza la mirada y espera, con una paciencia que los humanos jamás hemos conocido, a que los puntales sobre los que se sostiene mi caja torácica colapsen y se le ofrezca la posibilidad de salir una vez más a la calle. Me pregunto qué cojones encuentra ahí afuera, qué es lo que lo lleva a desear con tanta pasión dar una vuelta, una más, por favor, la última del día, olisqueando cada rastro, meando cada esquina, cruzando el vecindario de punta a punta. ¿Un instinto que en otro tiempo el hombre albergó en su interior? ¿Un deseo que yo ya no encuentro por ningún lado? Puede que suene ridículo, o, mejor dicho, triste, muy triste, pero envidio esa pulsión que consigue jerarquizar cualquier vida. A veces pienso que el objetivo de Boludo, más que vivir, es gobernarnos dulcemente a todos.

Desde que T. me exigió que le pusiera solución a lo que me estaba ocurriendo, frecuenté en compañía de Boludo, cada mañana y cada noche, los alrededores de esa casa sobre la que apenas había sido capaz de rellenar algunas páginas de mi cuaderno. La observaba desde cualquier ángulo y con todas las miradas que conseguía imaginar. Y cuanto más lo hacía, más crecía la sensación de que aquel lugar era inasible y, por tanto, inexpugnable. Intenté, en no pocas ocasiones, describir en voz alta cuanto veía e intuía entre las plantas de su espeso jardín. La fotografié con el teléfono móvil desde el otro lado de la calle. Y, cuando el paseo lo hacía en compañía de T., las menos veces, claro, porque Boludo y ella acostumbraban a llevar el paso cambiado, solía preguntarle con aparente desinterés sobre sus impresiones acerca de esa casa. Anoté con cierta zozobra algunas de sus palabras, como quien acumula latas de conserva sabedor de que el fin del mundo está al caer y será especialmente duro.

Yo le decía: Qué casa más rara, ¿verdad?

Ella decía: No sé. Una casa, ¿por?

Otras veces yo le decía: ¿Cómo serán quienes viven ahí?

Ella decía: Amantes del pulgón y de la cochinilla, si es que vive alguien, claro.

También le decía: ¿Te has dado cuenta de cómo está el jardín?

Ella decía: Yo lo veo igual desde que llegamos al barrio.

Alguna vez le decía: Algo tiene esta casa.

Ella decía: No creo.

Nunca le decía: Tarde o temprano tendré que entrar.

Así que ella no decía nada.

También probé a sentarme delante del portátil y describir el exterior en varias ocasiones. Lo que alcanzaba a ver, que no era mucho. Y cada vez que volvía a pasear por las inmediaciones en compañía de Boludo, advertía un nuevo detalle que se me antojaba trascendental: una sombra o una grieta que me permitían reinterpretar su esencia, su espíritu o lo que fuera aquello que yo creía vislumbrar allí. En cualquier caso, a pesar de esta extrañeza de la que hablo, tengo claro que hay dos descripciones que se acabaron imponiendo. La casa con vegetación y la casa después de la gran poda.

La primera que escribí fue esta. La casa con vegetación fue construida a mediados de los años cuarenta en mitad de un barrio ideado por uno de los arquitectos más importantes de la ciudad. Guillermo Langle (1895-1981). En esa zona casi todas las viviendas tienen cierto encanto. Esta en concreto es una edificación de dos plantas irregulares que da a dos calles y cuyo diseño no permite discernir la fachada delantera de la trasera. De hecho, en ambos lados, la cerca que traza el perímetro dispone de sendas puertas de acceso al jardín, de madera en un caso y de hierro forjado en el otro. La vegetación ha ido engullendo todo lo que se ha puesto en su camino, de modo que es difícil ser preciso en la descripción, salvo que asomes la cabeza o allanes la propiedad. Hay mimosas, buganvillas moradas y rojas, jazmines, madreselvas blancas y amarillas, hibiscos y una enorme jacaranda que casi alcanza la azotea. Ese jardín, aunque está absolutamente abandonado a sus instintos naturales, es de una hermosura bíblica. No soy el único que lo piensa. A veces sorprendo a paseantes contemplando y fotografiando su fiereza. Sus muros alguna vez fueron blancos, pero hace demasiado tiempo que tienen el velo rojizo de las lluvias que han traído barro y calor. Están dañados. Tienen grietas, bastantes, y algunos paños han perdido parte de la epidermis. La vejez. El miedo. Desconchones. En la fachada sur, donde la puerta de madera y la ambulancia, hay un balcón de cierta amplitud, y uno de los cristales está roto y ha sido remendado con cinta adhesiva de color gris. En la fachada norte, donde la puerta de hierro forjado, hay cinco ventanas, dos de ellas de medio arco, y un ventanuco en la planta superior que, aunque no desentona, atrae la mirada. Los laterales son casi inaccesibles porque las casas colindantes impiden esa providencial distancia que da algo de perspectiva, pero se alcanza a ver una vieja antena y, entre las buganvillas, cinco o seis sillas apiladas, una mesa redonda de piedra y un banco de madera. Este jardín da la impresión de ser un recuerdo que alguien olvidó aquí. Eso pienso y por eso lo dejo escrito.

Yo le decía a T.: Algo tiene esta casa.

Y ella, aunque no pensaba igual, respiraba con cierto alivio al escucharme. O eso creía yo en aquel momento.

SEIS

Voy a terapia psicológica desde hace doce años. Forma parte del discurrir, unas veces sereno, otras, desbocado, que la vida me ha ido deparando. En ese tiempo he asistido a la consulta de tres terapeutas, aunque he de reconocer que solo con mi última psicóloga he sentido que era posible cambiar algunas cosas. Por supuesto, dentro de mí. Siempre dentro de mí. Puede que ella sepa más de mis entresijos que yo mismo, y eso es como tener un buen capataz al frente de las tierras. En su despacho, concreto y funcional, algo perfumado, abrazado por el lejano ruido del tráfico, hemos hablado de todo lo que me duele, perturba y aterroriza, pero también de lo que me emociona, hace feliz y llena el corazón de sentido. Allí he caído derribado por misiles teledirigidos desde la mismísima oscuridad. Allí he levantado milagrosamente el vuelo con las alas de una polilla.

No recuerdo con exactitud cuándo comenzamos a hablar de mi pánico a bloquearme en la escritura. Sé que hubo un tiempo, como ya he dicho antes, en que eso no me preocupó demasiado. Es probable que llevarlo al extremo me pareciera una excentricidad mezquina, propia de otros escritores que buscan que el humo les entre en los ojos. Pero también sé que, después de ganar el premio, esa desazón se tornó viga maestra de nuestras conversaciones. De hecho, ha habido sesiones en las que no hemos hablado de otra cosa que no fuese mi parálisis literaria; de mi miedo a no ser capaz de escribir no ya una novela, sino dos o tres capítulos embrionarios; del desasosiego que me producían, y que me siguen produciendo, las expectativas que haya podido generar.

Dado que en muchas ocasiones estas charlas se convertían en interminables monólogos difíciles de encauzar, mi psicóloga —a la que me gustaría llamar doctora Wilkes a partir de este momento— solía incrustar algunos ejercicios de escaneo corporal y relajación. Aunque ella siempre decía que era para tener alguna posibilidad de desanudar, yo aún albergo la sospecha de que necesitaba, de vez en cuando, un descanso de mi voz. En cualquier caso, por el bien de todos, esos ejercicios quedarán fuera de estas páginas.

La doctora Wilkes, ya en nuestra primera sesión, me comentó que su metodología implicaba la grabación de las sesiones que tuviéramos por delante y me pidió que firmara un documento de conformidad. Por supuesto, no solo estuve de acuerdo con firmarlo, sino que me hizo concluir que aquel gesto era garantía de profesionalidad, rigor y talento, y creí que por fin había dado con la persona adecuada. Esta confianza siempre la he considerado decisiva.

El día que le comenté que estaba interesado en tener una copia de esas grabaciones, intuí un crujido en el blanco de sus ojos. Algo así como si se craquelara la vieja pintura de nuestro pacto de confianza. Como en un primer momento optó por el silencio —cosa que no me resultó novedosa—, le expliqué que estaba tomando notas sobre un asunto que muy probablemente no alcanzaría la entidad de una novela, pero que me permitiría mantener a raya la desazón. «Por supuesto, tú no aparecerás por ningún lado», le dije. Y añadí que ya había firmado un documento en el que me comprometía a mantenerla alejada de cuanto tuviera que escribir. Se reclinó en la silla. Eso sí era la primera vez que lo hacía desde que, años atrás, yo entrara por la puerta. Después se echó unas gotitas de gel hidroalcohólico en las manos y, mientras se las frotaba como una gran mosca posada en la punta de mi nariz, me pidió algunos días para pensarlo porque, según ella, era la primera vez que le ocurría algo así.

SIETE

Antes de escribir aquellas raquíticas páginas sobre la ambulancia, quizá hubo algunos intentos de que algo se desencadenara. Ridículos y torpes. Muy forzados. Casi comatosos. Tanto era así que tenía la sospecha de que alguien había abandonado en mitad de mi garganta un pozo por el que se precipitaban las palabras y la electricidad. Se lo comenté en algún momento a T. «Tengo un hoyo en la garganta.» Ella me miró y con eso nos bastó a ambos. Es complicado vivir con una sensación como esa: yo con un agujero negro que engulle el futuro, obligándome a hacer equilibrio en el filo del pasado, y ella posiblemente con un marido que nunca ha dejado de decir gilipolleces.

Creo que fue así hasta un momento muy concreto. Una noche, durante uno de los paseos con Boludo, al pasar por la parte trasera de la casa, es decir, la opuesta a aquella a la que acudieron los sanitarios, oí el fragor de lo que parecía una cena familiar: cubiertos, voces, copas, sillas y puede que algunas risotadas. Todas las ventanas de la planta baja dejaban escapar luz y eso dibujaba un jardín que, en su vastedad, parecía coloreado con agua y tiza. No sé por qué, pero me embargó una extrañeza que yo ya había sentido antes. En el teatro, por ejemplo. O en mis primeras entrevistas de trabajo. O en las declaraciones de amor. Me detuve un rato junto a una de las buganvillas que se derramaban sobre la valla, e intenté vislumbrar a alguien en el interior de la casa, pero me resultó una tarea imposible. Y eso que aquella orquesta de ruidos tan familiares, tan cotidianos, me acercaba la amenaza de una aparición inminente. Miré. Me limpié las gafas y volví a mirar. Aparté algunas ramitas y volví a mirar. Comprobé que nadie me observaba y volví a mirar. Aguanté así, mirando y volviendo a mirar, hasta que Boludo se desesperó y soltó tres o cuatro ladridos. Intenté calzarle una patada anestésica en el lomo, pero la esquivó sin mucho esfuerzo. La costumbre. El instinto. Nuestra complicidad. Así que me largué por temor a que alguien malinterpretara mi curiosidad. Como despedida, la buganvilla me rasgó el dorso de la mano, dejando una línea perlada de sangre, y otorgándole a la escena una pizca de hondura.

No creo que nadie vaya a pensarlo, pero aun así lo aclaro: después de esa noche no se desató una tormenta febril y frenética de escritura. Qué más quisiera yo. Lo que sí vino fue una escena recurrente en mi cabeza, algo así como una espina de pescado en la garganta que no sucumbe a las migas de pan: yo entrando a escondidas en esa casa. Unas veces saltando la valla y colándome por la ventana. Otras, aprovechando la puerta abierta y caminando a hurtadillas o reptando como un gusano gordo. En una de esas fabulaciones llegué a verme irrumpiendo a la carrera por mitad de la casa, atravesando un pasillo que ni siquiera sabía si existía, y después brincando, cerrando los ojos, haciéndome un ovillo en el aire y rompiendo el cristal de un ventanal, para caer al jardín, levantarme y seguir corriendo hasta el día de hoy. Como digo, esa escena, en sus múltiples versiones, me acompañó durante algún tiempo hasta que fue abriéndose camino la posibilidad de entrar realmente en la casa y recorrer sus estancias. Mientras la miraba desde la calle, analizaba todas las opciones que me ofrecía su vieja estructura y barajaba las distintas maneras de encarar lo que en mi cabeza se iba transformando en un inevitable destino.

No era aquello ninguna ingenuidad. La idea se me ofrecía como un escenario inexorable. Entonces fui acumulando datos, inventariando detalles, amontonando semillas, como quien articula un ridículo plan perfecto.

Mirad.

Ni el jardín ni el interior que ofrecían las tacañas ventanas evidenciaban una intensa presencia humana.

A excepción del día en que la ambulancia se llevó a una persona de allí, ni siquiera me había cruzado con nadie que entrara o saliera de esa casa.

No había ninguna señal de mascotas que no fuesen gatos mordisqueados por las enfermedades del abandono.

El alboroto de las plantas del jardín alejaba de mi imaginación unas manos hábiles y fuertes, capaces de cavar, podar, imponer un orden o partirme la nariz.

Nada cambiaba de lugar. Solo el viento, el sol y los gatos parecían mudar ligeramente alguna que otra costumbre en el lento devenir de la casa.

Nunca veía la puerta del balcón entreabierta. Las lámparas, cuando cobraban vida, desparramaban una luz demasiado amarillenta como para no ser antiquísima. Los trapos se secaban al sol hasta acartonarse y convertirse casi en pellejo. La publicidad colmaba el buzón y la humedad de la noche la decoloraba. Y en las aceras de un lado y otro de la casa, las hojas secas y las flores de las mimosas acolchaban un crujiente foso.

No es que no viviera nadie allí. Vivía. Alguien tenía que vivir porque yo había oído su trajín, había visto su sombra, había percibido en algunos detalles la calidez de su respiración. Lo que ocurre, pensé entonces, es que vivía de un modo distinto a como yo lo hacía. Así que cada vez que me acercaba a aquel sitio, una sensación de soledad me removía el cabello.

¿Quién iba a darse cuenta si yo entraba? Todo parecía indicar que no sería difícil encontrar el momento oportuno para acceder a su interior. Como mínimo al jardín, y poder así dar un atento paseo y ver esto y aquello, y anotar cuanto se ofreciese revelador. Pero, por suerte para mí, no fue necesario. La casualidad, o quizá mi demora, impuso su ley. Y un día, a última hora de la mañana, mientras Boludo analizaba concienzudamente el tapacubos del coche de mi vecino —de quien no tardaré en hablar porque hay personajes que son grito, y otros, como él, que son grito y eco—, pude observar cómo una mujer mayor se aproximaba a la casa, alzaba la mano por encima del portón de madera, retiraba el pestillo y se adentraba en el jardín.

Ese fue el día en que algo se precipitó. Nadie debería olvidarlo. Yo, al menos, no pude hacerlo.

OCHO

Creo que porque T. vislumbró un ligero amago de rutina en mi escritura, una mañana se acercó a mi despacho, se apoyó en el quicio de la puerta y perdió la mirada en mis manos. Había en la escena cierta impostura cinematográfica, pero de eso nunca faltó en nuestra vida. Boludo dormitaba sobre el suelo de mármol y emitía unos suspiros muy parecidos a los de nuestro frigorífico. Estoy convencido de que el animal pensó que ella sobraba en esa habitación. Por eso no se estremeció, no agitó la cola, no se relamió sus labios negros. No sé cuánto tiempo T. estuvo mirándome o buscando indicios de que nada estaba perdido mientras tecleara cualquier palabra. Fuera poco o mucho, lo cierto es que cuando levanté la mirada de la pantalla se había desvanecido como una gota de agua en otra gota de agua.

Conocí a T. diez años antes, mientras entregaba en un desguace el que fue mi primer vehículo. Ella, por su parte, buscaba un recambio para una capota de un coche que parecía una luciérnaga herida. Era imposible advertir en ese momento, rodeados de chatarra, neumáticos y tantas historias prensadas unas encima de otras, todo lo que estaba a punto de pasarnos por encima. No porque no se agazapara ya entonces la sucesión de hechos que conforman el relato de una vida, es decir, las emociones, las caídas, las intuiciones, las decisiones, las renuncias, las promesas, las mentiras y las revelaciones que tienen que desatarse para atarnos. Todo eso ya estaba allí. Entre la chatarra, los neumáticos y las historias prensadas. Lo que ocurrió en aquel desguace fue lo de siempre: la ceguera o el desvarío. Lo que se prefiera. Lo que guste más o duela menos. Ella se ofreció a llevarme donde necesitase y yo le propuse una cafetería en la que no había estado en mi vida, pero que acostumbraba a mirar con curiosidad siempre que me detenía en un semáforo próximo. Allí charlamos durante más de tres horas, y recuerdo aquello como uno de los momentos más hermosos no solo de mi pasado, sino probablemente también de mi futuro. De todos los futuros posibles. Hubo grandiosidad en aquel encuentro, fuese merecida o no.

En aquel momento sentí fascinación por casi todo lo que me fue ofreciendo. Por su acento argentino, del sur, de muy al sur; por la proeza de su madre que atraviesa el océano para darles un mejor futuro a ella, todavía una adolescente, y a su hermano, casi un hombre ya; por sus primeras impresiones y emociones en un lugar donde nadie sabía poner en el mapa la Patagonia; por el desgarro de aquella distancia insalvable con el que llevaba años conviviendo; y por el alivio que le producía el típico sueño de regreso al origen. No reproduzco nuestra conversación porque creo que no sabría hacerlo con el rigor que un buen corazón exige, pero sí rescato de mis cuadernos algunas anotaciones que hice esa misma noche, ridículamente envalentonado por la efervescencia de lo que acababa de ocurrir.

Su mirada parece la primera mañana del mundo. Sus ojos, dos agujeros de pesca en un lago congelado.

Qué furia hay en su fragilidad.

Esas manos son salmones remontando un río.

Sus palabras golpean las contraventanas de una casa en el final de una novela.

Ojalá que nadie nos rescate.

Ahora, aquí, puestas así, una nota debajo de otra, es fácil ver cómo el ridículo les da fluorescencia a todas las palabras. Pero años después de aquel día, yo le mostré algunos de estos apuntes, mecido por unas cuantas copas de vino y embotado por la nostalgia más estúpida del mundo. Su tímida reacción fue correspondida por mi parte con una moderada sonrisa. Cerré el cuaderno. Lo quité de la vista. Volví a llenar las copas. Y no tardamos en irnos a dormir. Insisto, las cosas esenciales de la vida casi nunca están en primer plano: ya aquella noche en el salón de casa, y minutos después en la habitación, un invisible aguacero no dejaba de caer sobre nosotros. Nadie lo advirtió, claro. Es sorprendente lo que uno aguanta calado hasta los huesos.

Esto de que yo le permita leer a T. lo que estoy escribiendo es algo bastante común en nuestra historia. La mayoría de las veces, cuando concluye la lectura, deja los papeles sobre mi mesa y no dice nada. Hubo un tiempo en que yo rebuscaba en mis páginas sus anotaciones en los márgenes, correcciones de erratas o cualquier palabra subrayada que indicase que ahí había una puerta a algo. Pero no tardé en abandonar esa esperanza porque jamás encontré huella alguna de su paso por mis textos. Eso no quitaba que cuando aquello que leía no le agradaba, unos nubarrones muy negros se asomasen a nuestro particular horizonte de sucesos. Entonces, ella, más que decir, advertir o amenazar, lo que hacía era precipitarse como una de esas lluvias que traen sapos y renacuajos. Eso, en el mejor de los casos.

NUEVE

La doctora Wilkes, como era de esperar, se opuso a entregarme la grabación de nuestras sesiones. Y para ello se acogió a razones clínicas que detalló justo después de pulsar el REC de su grabadora.

DOCTORA WILKES: Juanma, ¿cuánto hace que nos conocemos? ¿Cuatro años? ¿Cinco? Diría que ya ha pasado el tiempo suficiente como para que tú intuyas que no te voy a facilitar las grabaciones y para que yo tenga la certeza de que no haría bien si te entregara ese material. Además, tengo una razón para que sea así. Y supongo, corrígeme si me equivoco, que tú no. Eso no quita que acabes encontrándola. Pero ahora mismo, en este momento, mientras me escuchas, mientras pierdes el color de los labios y abres los ojos más de la cuenta, no albergas en tu cabeza, ni siquiera en tu estómago, una razón de peso para convencerme de que te entregue esos archivos de audio. Así que te voy a explicar la mía, y espero que, mientras tú no seas capaz de encontrar la tuya, este tema quede zanjado. Lo que ocurre en esta consulta cada semana no es un capítulo o un puñado de páginas de una historia que tú estés tecleando en tu ordenador. No obedece a los mismos resortes ni se articula sobre leyes narrativas, aunque tú veas esas conexiones por todos lados y a todas horas. Si te hago entrega de esas conversaciones, lo natural es que termines analizando desde un punto de vista literario lo que tanto tiempo llevamos explorando. Es decir, que acabes escondido detrás de una máscara, contemplándolo todo desde una distancia anestésica e inútil. Y eso, como profesional, no lo puedo consentir. Al menos no en este momento en el que aún no está todo perdido. No es una cuestión de que nuestras conversaciones, o yo misma, sea con mi nombre o con cualquier otro, acabemos en las páginas de tu próximo libro. De lo que te hablo es de que nada de lo que ha ocurrido en esta consulta habrá valido la pena si tú lo terminas interpretando como un yacimiento de carbón que ir quemando para que tu mente esté cálida y confortable, para que ese desasosiego que te provoca tu bloqueo desaparezca durante algún tiempo. Esto que ocurre aquí no tiene nada que ver con tu literatura, aunque tu literatura necesite todo lo que ocurra aquí. Así que espero que no cometas el error de dejarte caer por ese vacío que gira velozmente en el centro de tu barriga. Si te precipitas, pierdes. Si ya no existe espacio en el que no seas personaje, pierdes. Si tu dolor no es ahora porque será en el próximo capítulo, pierdes. Y si en lugar de perder, narras que pierdes, no hay nada que podamos hacer. Pero recuerda esto: solo pierdes tú. Los demás te leeremos encantados de la vida.

DIEZ

Después de ver a aquella mujer entrar en la casa, fui incapaz de sacármela de la cabeza. Y eso empezó a jugar en mi contra, porque mi imaginación apisonó la poca información que había sabido extraer de esa brevísima escena. Llegó un momento en el que no tenía claro si la imagen que yo albergaba en mi mente se ajustaba a lo que un día me había entrado por los ojos o, quizá, todo era producto de una especie de encantamiento. Por eso no tardé en sentir que era una obligación volver a cruzarme con ella.

Durante varios días saqué a Boludo tanto, tan seguido, tan insistentemente, que cuando descolgaba su correa de paseo ni siquiera agitaba la cola o me miraba. Dábamos vueltas por los alrededores de la casa y, convencido de que la reconocería si me la volvía a cruzar, fui abriendo la zona de acción en unos doscientos o trescientos metros; tracé las rutas más naturales para ir a la playa, al supermercado o a la cafetería más cercana. También me sentaba en su puerta a la hora en la que la había visto entrar en el jardín. Y algunas noches analizaba las pocas luces que se encendían y apagaban, anotaba en mi cuaderno de qué ventana salían e intentaba deducir a qué habitación pertenecían. De ese modo, sobre el papel, yo sabía dónde estaba su dormitorio, la cocina, el salón, el pasillo y al menos el baño de la planta de arriba, e incluso me había atrevido a diseñar un pequeño horario de algunas actividades domésticas.

Ella seguía sin aparecer. Y eso era algo que me provocaba inquietud, pero también, y esto era lo más complicado de arrastrar, una gran irritación. ¿Qué hacía esa mujer ahí dentro, por Dios? ¿Qué clase de persona no salía de su casa durante días? ¿Ni siquiera necesitaba dar un paseo por el jardín o tender la ropa recién lavada? ¿Quién se encargaba, entonces, de sacar la basura? Alguien debía de darle de comer a tanto gato entre tanta maleza. ¿Quién y cómo lo hacía? ¿Por qué ni siquiera su silueta se recortaba detrás de las ventanas? ¿Cuándo salía a mirar si tenía algo en el buzón? Yo mismo se lo había llenado de publicidad para comprobar si desaparecía en algún momento. Vale, ella no salía de aquella casa, pero ¿tampoco recibía visitas? Y ahora el gran trastorno de mis trastornos: ¿cómo era posible que nunca antes la hubiera visto si yo ya llevaba cuatro años viviendo en el barrio?

En esta situación, íntimamente desesperada, me planteé si lo más lógico no era llamar a la puerta con cualquier pretexto y presentarme como un vecino que entabla una conversación y se aferra a cualquier cosa que se pueda decir para seguir diciendo. Pero algo, no sé si mi intuición o mi cobardía, compañera una de la otra, me sugería que eso no iba a funcionar, que de ninguna manera, que más me valía pensar otra cosa con algo más de lustre. Y eso fue lo que intenté. Darle vueltas al asunto hasta que creí verlo con meridiana claridad. Recuerdo que en ese momento estaba apoyado en el muro del jardín, muy cerca de la buganvilla, en el sitio donde una vez oí el tintineo de los cubiertos y las risotadas. Me vino a la cabeza con el mismo ruido que hace un libro al caer al suelo y, sabedor de que no era un buen lugar para exclamar nada, me dije entre dientes: «Pero cómo cojones no se me ha ocurrido antes». Volví corriendo a casa. Boludo, que siempre albergó en los ojos un par de ventiscas, tiraba de mí como un perro esquimal.

ONCE

—Ni de coña.

—¿Por?

—Ni de coña.

—Vamos, T.

—No.

—Te lo pido por favor.

—No hay nada que hacer.

—¿Qué más te da?

—Déjame, por favor, estoy ocupada.

—¿Ocupada en qué?

—Ocupada en mí.

—Sentémonos y hablémoslo un rato. Concédeme al menos eso.

—No perdamos el tiempo, Juanma. Ya te he dicho que no lo voy a hacer.

—Y te he escuchado. Pero necesito que también me escuches tú a mí.

—No.

—Joder, T. Estoy desesperado.

—¿Ya empiezas?

—Escúchame, por favor.

—Vale. Te ruego brevedad.

—Estupendo. ¿Nos sentamos?

—No. Sentarse es lo opuesto a la brevedad.

—Como te he dicho, necesito que vayas a la casa de la esquina, ya sabes cuál, llames a la puerta con cualquier excusa, si quieres la pensamos juntos, y entables conversación con la mujer que vive allí. Un primer contacto. Solo eso. Algo que me permita desatascar la situación. Sé que está dentro de la casa porque las luces se encienden y apagan, y las persianas a veces suben y bajan, pero a ella nunca la veo.

—¿Por qué no lo haces tú?

—Porque creo que funcionará mejor si lo hace una mujer. Y si esa mujer eres tú, mi conexión con ella está garantizada.

—Qué irritante eres cuando hablas así.

—¿Lo vas a hacer?

—¿Y para qué quieres *conectar* con ella?

—¿Recuerdas la ambulancia?

—¿Qué ambulancia?

—La ambulancia que se llevó a alguien de esa casa. Te lo conté. Volví de sacar a Boludo y te lo conté.

—No. Pero sí recuerdo lo de las cajas.

—¿Qué cajas?

—Hace tiempo vi a unos transportistas meter o sacar algunas cajas de esa casa.

—¿Antes o después de lo de la ambulancia?

—¿Pero qué ambulancia?

—Bueno, da igual. Empecé a escribir sobre la ambulancia y la casa. Y ahora necesito saber algo más de esa mujer.

—Hazlo tú. Actúa con normalidad por una vez. Cuéntale qué quieres. Has ganado un gran premio. Quién te dice que no te ha leído. A lo mejor hasta tu interés le resulta todo un halago.

—T., yo sé cómo funcionan estas cosas. Confía en lo que te estoy diciendo. Necesito que hagas esto por mí.

—Creo que no lo haces tú porque te da miedo.

—Miedo de qué.

—No sé. De llamar a la puerta y que no la abra. O de que la abra y no te hable. O de que te hable y no te ofrezca nada que sea de tu interés.

—Bueno, tranquila. El escritor soy yo. Dejemos ahí tanta elucubración.

—O de que te vacíe una botella de lejía en los ojos.

—¿Vas a ir?

—O de que ella esté muerta desde hace años.

—¿En ese caso para qué iban a meter o sacar unas cajas de la casa?

—Los muertos también tienen sus cosas. Mírate tú.

—¿Lo vas a hacer sí o no?

—Vale. Pero solo porque no soporto la idea de que te repitas una y otra vez que no escribes por mi culpa.

—Eso es una chorrada, T. Pero gracias por aceptar.

—Ya.

—¿Cuándo vas a ir?

—No, eso sí que no. El momento lo decidiré yo. Y ahora déjame. Estoy ocupada con esto.

—¿Con qué?

—Salvándonos.

—¿Pero de qué?

—Joder, Juanma. ¡Joder!

DOCE

La primera vez que oí hablar al niño sentí que algo se escindía dentro de mí. Yo he vivido algo parecido en otras ocasiones. Supongo que todos. O casi todos. Cuando una llamada en mitad de la noche te acartona el cuerpo o el médico revela el diagnóstico de un familiar, por poner un par de ejemplos. En esas situaciones, un sablazo en el pecho parece partirte en dos yoes. Uno que decide quedarse donde está y otro que corre pesadamente bajo las leyes físicas del sueño. Eso mismo sentí aquel día. Y no entendí bien la razón de que aquello ocurriera, porque ni era una llamada en mitad de la madrugada ni me estaban diciendo que mi padre tuviera cáncer.

No dormí. Esa noche me dediqué a cambiar de postura en la cama y no la abandoné hasta que Boludo comenzó a divagar por la casa, castañeteando sus uñitas contra el mármol. Me levanté, le puse la correa y nos echamos a la calle, antes de que hubiera clareado una pizca el cielo. Ya entonces me pregunté qué era el niño. Un niño siempre es un niño. Eso es obvio. Pero, además, un niño simboliza muchísimas cosas. La inocencia, la vulnerabilidad, la mirada nueva, lo opuesto al espanto, al terror, lo inexorable del presente, la inminencia del futuro, las preguntas en racimo, el amor a las respuestas. Un niño es un bosque. Pero también una cueva, un eco, incluso el eco de ese mismo eco.

Mirad.

Una mañana, mientras desayunaba y ojeaba el periódico, me di cuenta de que Boludo no era capaz de bostezar. Que cuando hacía el ademán de abrir la boca, había un cepo invisible que le impedía llevar a cabo esa maniobra liberadora. Se lo comenté a T. y me dijo que ella no se había dado cuenta y que, además, creía que no era así, porque estaba harta de verlo bostezar y de lamerse esos huevos fantasmagóricos que le habían extirpado. También se lo comenté al veterinario (35 euros) y me aseguró que el perro estaba bien, pero que parecía dolerse de un pequeño pinzamiento cervical, para lo que le prescribió unas gotas analgésicas (12 euros). Nadie, salvo yo, vio ese bostezo interrumpido. Por eso el día que le comenté a T. lo que ocurría con el niño, levantó la voz, apuntó al cerebelo y me dijo algo que yo podría haber barruntado: «¿Esto no será como lo del bostezo del puto perro?».

TRECE

Sesión 1. Transcripción natural. Dos interlocutores. Fragmento 1/1.

DOCTORA WILKES: ¿Cómo estás?

YO: Bien.

DOCTORA WILKES: Bien no significa nada. O al menos no mucho. Busca otra palabra.

YO: Contento.

DOCTORA WILKES: Mejor. Pero tu cara no parece estar muy de acuerdo con esa elección.

YO: ¿No?

DOCTORA WILKES: No.

YO: No sé qué decirte.

DOCTORA WILKES: Busca otra palabra.

YO: ¿Nos vamos a pasar la tarde buscando palabras?

DOCTORA WILKES: Por algún sitio tenemos que empezar. Además, no es una mala tarea.

YO: Prefiero cualquier otra cosa.

DOCTORA WILKES: Tú dirás.

YO: No sé. Lo de siempre, supongo. Me gustaría hablar de mi bloqueo.

DOCTORA WILKES: Perfecto. Aunque buscar palabras también es hablar de tu bloqueo. ¿Has encontrado ya una buena razón para que te entregue las grabaciones?

YO: No he pensado en eso, la verdad. Aunque entiendo que tu postura es muy razonable. Y tampoco es que fuera algo indispensable en mi tarea. Ya me entiendes. Solo creí que podrían ayudarme en esto de volver a la carga. Por ahora están descartadas. Las grabaciones, digo.

DOCTORA WILKES: Muy bien. No obstante, si en algún momento quieres volver a hablar sobre ese material, podemos hacerlo. ¿Estás escribiendo?

YO: ¿Si he empezado por fin alguna novela?

DOCTORA WILKES: No. Me refiero a si estás madrugando para escribir, si sencillamente te has puesto manos a la obra.

YO: Más o menos. Aunque no sé si me sirve de algo.

DOCTORA WILKES: Ya hemos tratado en otras ocasiones el concepto de la utilidad de nuestros actos.

YO: Es que esto de escribir no se reduce a una mera gimnasia. No es como fortalecer glúteos. No sé si me explico.

DOCTORA WILKES: Yo no sé a qué se reduce la escritura, si es que se reduce a algo. En eso te puedo ayudar poco. Pero, si no recuerdo mal, no hace mucho tiempo me dijiste que te sentías mejor escribiendo que no escribiendo. Que escribir te hacía volver a ti mismo.

YO: ¿Eso dije? No sé para qué grabas estas sesiones si tienes una memoria prodigiosa.

DOCTORA WILKES: ¿Sobre qué estás escribiendo ahora?

YO: Lo desconozco, la verdad. Y es agotador no saberlo.

DOCTORA WILKES: No estoy preguntando sobre qué va tu historia, o hacia dónde te lleva, o qué pretendes generar en quienes te vayan a leer. No aspiro a tanto. Hablo de lo concreto. Sobre qué o quién escribiste esta mañana, por ejemplo.

YO: Sobre una vecina y su casa.

DOCTORA WILKES: ¿Qué tienen de especial?

YO: Eso no lo sé.

DOCTORA WILKES: Hoy me lo vas a poner difícil. Reformulo la pregunta. ¿Qué has escrito esta mañana sobre tu vecina y su casa?

YO: Que yo sé que en algún lugar de la casa hay un viejo pozo, pero ella, por alguna razón que desconozco, no me lo quiere mostrar.

DOCTORA WILKES: Entiendo que estamos hablando de ficción, ¿no?

YO: Solo en parte. Es decir, yo no he hablado con ella. Pero eso no invalida el hecho de que yo crea que hay un viejo pozo que ella no quiere enseñarme.

DOCTORA WILKES: ¿Puedes ser más preciso?

YO: Que existe la posibilidad de que yo tenga razón, ¿no? De que en el sótano de esa casa, por ejemplo, haya una trampilla cerrada con un candado que ella no quiere que yo encuentre.

DOCTORA WILKES: ¿Ese es el pozo?

YO: Obvio.

DOCTORA WILKES: No hay nada obvio en ti, créeme. ¿Y por qué piensas que no quiere mostrarte ese pozo?

YO: No lo sé. Pero ese pozo está ahí.

DOCTORA WILKES: En cualquier caso, el valor simbólico del pozo es potente.

YO: A mí el valor simbólico del pozo me da igual. Lo que yo quiero saber es por qué me lo oculta y qué hay en su interior.

DOCTORA WILKES: ¿Agua?

YO: Puede. Y eso no lo haría menos interesante.

DOCTORA WILKES: ¿Y qué singularidad puede tener un viejo pozo con agua en el sótano de una casa?

YO: La singularidad, en todo caso, estará en nuestra mirada.

DOCTORA WILKES: Claro. Tienes razón. Es más difícil que radique en un pozo que ni siquiera sabes si existe.

YO: En un pozo que puede que exista.

DOCTORA WILKES: Entonces tendrás que hablar con ella y despejar esa incógnita.

YO: Eso es lo que intento explicarle a T.

DOCTORA WILKES: ¿Y?

YO: Creo que le da miedo que esa mujer esté muerta o algo por el estilo.

CATORCE

Escribir no solo es escribir. También es preparar el café, cambiarle la bombilla al flexo, intentar no hacer ruido cuando sales de la cama y perder la atención más allá de la ventana. Hasta que conseguí romper la membrana de los acontecimientos, la tarea a la que dediqué más tiempo fue a observar el jardín de la casa. Y hoy sé que eso también era escribir. Ni siquiera hacía falta que me aproximara demasiado. Podía apañármelas desde casi cualquier punto de la manzana, y si rompía cierta prudencia, salvaba el primer impacto de ese verde que como un remolino quería llevárselo todo. Al principio, ya lo he escrito, llamaron mi atención las mimosas, las buganvillas, las madreselvas, los hibiscos, los jazmines y una enorme jacaranda que parecía reinar en aquel verdor caótico. Pero, conforme fueron pasando los días y mis paseos se hicieron más naturales y serenos, incluso un punto desentendidos, percibí la existencia de una generosa higuera, un par de coníferas manchadas por algún hongo, una palmera que el viento debía de haber tronchado hacía ya años y algunos rosales que parecían brotar del corazón de cualquier otra planta.

Nunca he sabido nada importante sobre jardines. Ni de plantas en general. No sé diferenciar una mala hierba de una que no lo es. Ni siquiera sé por qué la llaman mala hierba si todas parecen hacer exactamente lo mismo: sobrevivir. Pero tampoco he echado en falta toda esa información, frase esta que demuestra mi luminosa condición de ignorante. Conozco el nombre de unas cuantas plantas solo porque durante mi infancia estuvieron en los tísicos jardines de las casas de mi barrio, en sus calles y en sus plazas. Los jazmines y los galanes eran la fragancia de nuestras noches de verano. El estambre de los hibiscos nos manchaba la camiseta con aquel polen tan jodido de limpiar. Las raíces de los ficus deformaban las aceras, las moreras nos proveían de hojas para nuestros gusanos de seda y las higueras daban sombra y alimento a quienes nos atrevíamos con las tapias de las fincas. También había, bueno, sigue en pie, un enorme y viejísimo algarrobo a las afueras del barrio, pero tengo la impresión de que todos los niños creíamos que era más un apodo con mala leche que el nombre de un árbol. Este siempre fue mi personal, casi sentimental, tratado de botánica. Así que no me quedó más remedio que indagar, hasta donde el aburrimiento me permitió, sobre algunas cuestiones que despertó el concepto de jardín, esa especie de domesticación de la naturaleza, ese reconocimiento expreso y arrogante de que ya no formamos parte de ella. Aprendí poco, la verdad. Es de ley dejarlo escrito aquí.

Hace años, bastantes años, estas cosas conllevaban horas y horas bajo la vieja luz tiritona de una biblioteca o, en su defecto, buscar a alguien que tuviera un conocimiento profundo sobre la materia. Hoy basta con teclear en cualquier buscador. No es mi intención restarle importancia a esa intuición, pero también me niego a darle más solemnidad de la que merece. Obviamente, en el subsuelo de esos menesteres de búsqueda y documentación residía mi deseo de huir de la parálisis creativa que yo veía por todos lados. Pero eso no excluye hallazgos inquietantes. Al poco de comenzar a leer sobre este asunto de los jardines, una cita textual me llevó a *La nueva Eloísa* de Rousseau, del que en mi vida había leído nada, y es muy probable que no lo vuelva a hacer. El protagonista de esta obra, Saint-Preux, expresa el siguiente ramillete de emociones: «Al entrar en ese supuesto jardín, sentí de golpe una agradable sensación de frescor: las oscuras enramadas, un verdor animado y vivo, las flores esparcidas por todas partes, el murmullo del agua al correr y el canto de mil pájaros; todo ello despertó tanto mi imaginación como mis sentidos. Pero al mismo tiempo me sentí en el lugar más salvaje y solitario de la naturaleza, y me pareció que yo era el primer mortal que penetrara en aquel retirado paraíso». Estas palabras me insuflaron, inmediatamente después de leerlas, una especie de euforia. Pero a mí la euforia, he de reconocerlo, no siempre me ha llevado por el buen camino. De hecho, en esta ocasión, me hizo creer que más pronto que tarde yo también sería Saint-Preux en mi particular jardín: ansiaba una imaginación extrema y esa fiesta de los sentidos; quería ocupar un lugar salvaje, un pequeño paraíso; deseaba ser el primer mortal que se adentrara en la historia que yo buscaba escribir. Lo dicho: he ahí la euforia, mostrándome la grandeza, mientras una vez más me despeñaba ridículo abajo.

QUINCE

Me fui a Gijón a presentar *Trigo limpio*. Era una de esas ciudades que deseaba visitar en plena promoción porque no había estado antes y me habían hablado maravillas de la gastronomía, del buen ambiente literario y de la puntillosa organización del evento. No obstante, para mi desgracia, me tocó un fin de semana de perros. No dejó de llover ni un solo día de los que estuve allí, así que me resultó imposible visitar los tres o cuatro lugares que alguien, no recuerdo quién, me había recomendado. Como soy una raíz de secano, me recluí todo lo que pude en la habitación de un hotel que, aunque confortable y muy poco ruidoso, me generaba una extraña melancolía, una suave congoja que no tardé en volcar sobre T. a través de llamadas, videollamadas y mensajes. Hasta aquí más o menos todo normal, porque es raro que mi relación con los hoteles no cobre un protagonismo especial en mis viajes. En una de esas videollamadas, T. debió de verme francamente mal y, supongo que para echarme un cabo en pleno hundimiento, me dijo que tenía pensado pasarse esa misma tarde por la casa del final de la calle. Me lo soltó con tal pericia y naturalidad que me fue inevitable dejar escapar una risa escacharrada. T. me conoce mejor que mi madre, casi tan bien como Boludo, y siempre ha sabido tirar a tiempo de la cuerda de mi paracaídas.

Mano de santo. La melancolía se desvaneció. Sin embargo, ese lugar fue ocupado por un nerviosismo descontrolado y muy difícil de disimular. Quedamos en que ella volvería a llamar por la noche y me hizo prometer, además, que dedicaría la tarde a pasear, aunque fuera bajo un paraguas, y a comprar algunos libros en las casetas de la feria. Le dije que sí a todo, por supuesto. Después me eché en la cama, me amortajé con la sábana, y allí estuve en caída comatosa, salvo el rato que bajé a comprarme un kebab y una ración de patatas fritas. Pasadas las once de la noche, la llamada de T. me despertó de un sueño que yo ni siquiera había visto llegar.

—¿Te has mojado mucho?

—No, he tenido suerte. La lluvia ha dado una tregua esta tarde.

—¿Qué libros te has comprado?

—Uno de Rousseau.

—¿El filósofo?

—Sí.

—¿Tengo que preocuparme?

—Tranquila. No lo leeré entero. Estoy buscando dos o tres fragmentos.

—¿Para qué?

—Aún no lo sé.

—¿Estás mejor?

—Sí. Siento lo de antes. La caminata de esta tarde me ha venido genial. Tenías razón. Encerrarme en la habitación no era una buena idea. Lo peor es que, a pesar de conocerme como me conozco, sigo tropezando en lo mismo.

—No te preocupes tú. Ya me preocupo yo.

—Siempre me dices eso.

—¿Vuelves mañana a Almería?

—Llego por la noche.

—Perfecto. Prefieres que hablemos ahora sobre la vecina o lo dejamos para cuando ya estés aquí.

—No, por favor... Ahora.

—Vale.

—Sí... Gracias... ¿Qué has averiguado?

—¿Averiguado? Bueno... Tampoco hay mucho que contar. He llamado a la cancela de madera, la verde, la que da a nuestra calle, a eso de las seis de la tarde. No me ha atendido nadie. Así que he regresado sobre las siete y media. Entonces he visto a una mujer en el jardín. Sentada.

—¿En el jardín?

—Sí. Estaba anotando algo en un cuaderno.

—Eso es nuevo.

—¿Por?

—Porque yo me paso el día rondando la casa y nunca la he visto en el jardín.

—De eso se trata.

—¿De qué?

—Espera. Deja que te lo cuente en orden. Le he dicho que era una vecina. Y me ha pedido que pasara y me sentara con ella.

—¿Así de fácil?

—¿Quieres que te lo cuente o no?

—Vale.

—He empezado con que nosotros tenemos un perro que es muy gilipollas y que suele escaparse en cuanto tiene ocasión.

—¿Se ha escapado Boludo?

—¿Pero tú me estás entendiendo?

—Perdona.

—Le he contado que está obsesionado con los gatos, que él en su cabeza minúscula cree que los aniquila, que los despedaza vivos, que así se gana el respeto de la colonia felina del barrio, que se siente poco menos que una deidad con collar antipulgas, pero que en realidad no ha rozado un gato en su puta vida. Cosa que es absolutamente cierta. Y le he preguntado si lo había visto u oído por su jardín, porque suele haber bastantes gatos. ¿Qué me dices?

—¿Qué te digo?

—Qué te parece mi ardid.

—Ah. Muy bueno.

—Ya. Irradias entusiasmo.

—De verdad. Me parece muy bueno. ¿Qué te ha dicho ella?

—Que no lo había visto, claro. Si en realidad el retrasado mental estaba atado en casa.

—Ya.

—Nos hemos quedado charlando de lo que ha ido surgiendo porque tampoco sabía de qué pretendías que hablara con ella.

—De nada en concreto. Lo que quiero es que sepa que existimos. Mi intención es que, después de esto, me la presentes y pueda charlar con ella e, incluso, me deje entrar en su casa.

—Eso va a estar complicado.

—¿Por qué?

—Como te he dicho, hemos hablado de todo y de nada. Y no sé si en el todo o en la nada has salido a relucir tú. Le he contado quién es mi gran marido, que se dedica a escribir y que habitualmente pasea a su perro por estas calles. Yo qué sé. Si es que en realidad no sabía de qué tenía que hablar.

—¿Y qué te ha dicho ella?

—Pues algo muy razonable. Que la tienes acojonada. Que llevas un tiempo merodeando por su casa. Que te ha visto escondido detrás de unos arbustos, que te sientas en la acera de enfrente y clavas la mirada en las ventanas, que fotografías o grabas no sabe bien qué. Incluso me ha dicho, muerta de vergüenza, que creía que te la cascabas.

—No me jodas.

—No sabría decirte si estaba aterrada o con ganas de reventarte un macetero en la cabeza. Dice que en una ocasión llamó a la policía local, pero que lo único que hicieron fue dar una vuelta de reconocimiento. Yo creo que ahí la bala te rozó la oreja.

—Mierda.

—¿Pero cómo eres tan capullo, Juanma?

—Eso no ayuda.

—¿Eso no ayuda? Tenías que haber visto la cara de esa mujer. Creo que, en el fondo, me ha dejado pasar porque no quería estar sola. Lleva días que no te ve por allí y eso, supongo, le ha hecho reunir fuerzas para sentarse un rato en su jardín.

—Me cago en mi vida.

—Pues imagínate cómo lo he pasado yo. Qué bochorno.

—¿Y qué le has dicho?

—En primer lugar me he disculpado. Mil veces. Un millón de veces. Y luego he intentado explicarle que tu comportamiento, absolutamente injustificado, tiene su origen en la casa, no en ella. Le he contado que, desde que llegamos al vecindario, has sentido una gran atracción por ese lugar y que estás planteándote meterlo en tu próximo libro. Por supuesto, le he dicho que eres inofensivo, pero que los inofensivos no están exentos de ser estúpidos. Me he ofrecido para lo que necesite porque estamos en deuda con ella.

—¿Crees que debería ir a disculparme?

—Ni de coña. ¿Me has oído? Ni se te ocurra. Eso lo lleva dentro. Me ha costado convencerla de que, ahora que sabía quién eras, no llamara a la policía y diera tus datos. Pero qué soplapollez es esa de acosar a una mujer por un libro.

—¿Acosarla? ¿Te estás oyendo?

—Juanma, por Dios, te has dedicado a rondar la casa durante días, sabiendo que esa mujer mayor estaba sola.

—Yo no sabía que vivía sola.

—Pero lo imaginabas. Estoy convencida. Porque de haber sospechado que ahí vivía un tío que pudiera partirte la cara, ya te habrías andado tú con ojo.

—No he hecho nada. Lo único que quería era charlar con ella.

—¿Y por qué no llamaste a la puerta en un primer momento?

—No lo sé.

—¿No lo sabes?

—No.

—Sí, sí que lo sabes. Lo hiciste así porque los libros no se escriben en línea recta, ¿verdad? Cuántas veces me lo habrás dicho... Pues ahora ya no es posible. Ni en línea recta ni en línea curva. Se acabó. Le he prometido que no volverás a acercarte a su casa.

—¿Qué dices?

—Lo que has oído.

—Pero si vivimos a ciento cincuenta metros de ella.

—Me da igual. Te las apañas. No asomes por allí. ¿Me has entendido? Ella no quiere verte. Le has hecho pasar los peores días de su vida.

—Haré lo que pueda. Pero, insisto, somos vecinos y no tengo el don de la invisibilidad.

—Pues te lo compras en internet. Esa mujer no hablaba en broma.

—¿Qué más te ha dicho?

—¿Te parece poco?

—No, claro que no. ¿Qué aspecto tiene?

—Juanma...

—Te he entendido y voy a hacer todo lo posible por no volver a molestarla. Ni he perdido la cabeza ni soy un desalmado. No me trates como tal. Que quiera saber algo más sobre ella no me convierte en nada de eso.

—...

—Eres muy observadora, T. ¿Qué te ha llamado la atención de esa mujer?

—...

—Por favor.

—...

—Bueno. Vale. Solo una cosa. ¿Habéis hablado sobre la ambulancia?

—Nos vemos mañana. Vente en taxi desde el aeropuerto.

DIECISÉIS

Esto ocurrió unos días después de regresar de Gijón. T. y yo estábamos durmiendo en respetuosa tranquilidad, cuando oímos a Boludo desgañitarse y correr por toda la casa. Algunos portarretratos, libros, figuritas y pequeñas lámparas comenzaron a caer al suelo hasta que el ruido se hizo un ovillo de alambre. Fue como despertar en mitad de las vías del tren. T. me miró con el pánico estirajándole el rostro y yo salí de la habitación tan rápido que tuve que volver ridículamente a los pocos segundos a recoger mis gafas de la mesita de noche. Cuando mi cerebro, aterrado y somnoliento, alcanzó a interpretar la escena, contemplé un gato sobre la mesa de trabajo de T., y a Boludo, a metro y medio, con unos dientes que no parecían suyos y el pelo erizado desde el cráneo hasta la punta de la cola. El gato no se movía, parecía hecho de una porcelana negrísima, y su postura presagiaba el combate milenario de la luz contra la oscuridad. El fotograma era espeluznante. No me atreví a estremecerme por todo eso que dicen de que un gato es capaz de sacarte los ojos de las cuencas o de abrasarte la piel con su orina ardiente. Y supongo que Boludo debía de haber oído ese rumor también porque, transcurrido un rato, dio cuatro o cinco pasos atrás, cediéndole un par de metros que el gato aprovechó para correr, saltar y esfumarse por la ventana de la cocina. El resto de la noche se la entregamos al desvelo. Y bien que hicimos, porque las pesadillas nos habrían escaldado los nervios.

Estábamos deseando mañanear. Los tres. Así que en cuanto intuimos el amanecer, T. se fue a la cocina a prepararse el desayuno, y Boludo y yo salimos a la calle a dar nuestro primer paseo en un intento de que los libros, los portarretratos, las figuritas y las lamparillas se alzaran en el aire y volvieran a su sitio. Sin embargo, nada más poner un pie en la acera, y esto no lo vimos venir ni él ni yo, nos topamos con el mismo gato que se había colado en casa, pero esta vez con la cabeza aplastada en mitad de la calle. Era, es y será una escena espantosa. La reacción instintiva de Boludo fue tumbarse de inmediato a mis pies sin apartar la vista del cuerpo del felino. La mía, sumirme en el sopor que me provocaba el charco de sangre y lo imposible de aquella postura, mirar a un lado y a otro por si alguien me estaba viendo, y volver a casa para esconderme en cualquier habitación. Todavía hoy se me levanta el estómago.

De vez en cuando me aproximaba a la valla del jardín y alzaba la mirada por si algún empleado del servicio de limpieza había procedido al levantamiento del cadáver. Pero no fue así. Estuvo horas al albur del calor, de las moscas y de los neumáticos de otros coches. Y yo, por mi parte, al dictado de la culpabilidad, que ya se sabe que no es buena consejera. ¿Pero qué culpa podía tener yo? Si ese gato había entrado en casa llevado por sus instintos y mi reacción no había sido otra que la de paralizarme; si ni siquiera lo había ahuyentado con aspavientos o gritos; si yo no conducía el coche que lo había atropellado y abandonado en mitad de la calle. La teoría, como se ve, al dedillo. La práctica, obviamente, un desastre. Así que, pasadas tres horas, decidí hacerme cargo de la situación. Cogí una bolsa para desechos de poda, estrené unos guantes de goma y me dispuse a sacarlo de la calle, aunque fuera dando arcadas, más de miedo que de asco. El cuerpo todavía estaba blando y su pelaje me pareció muy suave, de una seda espesa, porque la sangre lo había empapado casi por completo. Una vez que estuvo en el interior de la bolsa, me hice las preguntas que debí responderme antes de iniciar la operación. ¿Qué hago con él? ¿Qué se hace con un gato muerto, despachurrado, cubierto de moscardones? ¿Lo tiro en un contenedor de basura? ¿Lo entierro en cualquier descampado? ¿Lo llevo a una clínica veterinaria para que se hagan cargo del cuerpo? ¿Cuánto cuesta eso? ¿Debería dar parte al servicio municipal de recogida de animales? Y entonces, antes de encontrar respuesta alguna, sucedió. Dirigí la mirada al fondo de la calle y volví a ver, después de tanto tiempo, a aquella mujer que me miraba desde la acera, junto a la puerta de su casa. Quieta. Ni viva ni muerta. No iba ni venía. Era. Estaba. Y no parecía tener intención de apartar la mirada. Así que ahí me encontraba yo, en mitad de la calle, con un gato estrujado dentro de una bolsa, sobre un charco de sangre, con el estómago empantanado y sin saber qué hacer, cómo salir con una pizca de naturalidad de aquel drama animal. Por suerte, T. pronunció mi nombre. Generalmente cuando lo hace, las ventanas se cierran como si una corriente de aire las empujara. Pero esta vez no fue así. Esta vez se abrieron las aguas y entré en casa.

—¿Qué llevas ahí?

—¿Dónde?

—En la bolsa.

—El gato de esta mañana.

—¿Qué?

—El gato de esta mañana está muerto.

—¿Lo has matado?

—¿Qué cojones dices? ¿Cómo lo voy a matar?

—No sé. Dímelo tú.

—Estaba muerto en mitad de la calle.

—¿No habrá sido el mongólico del perro? Mira que si ha sido él se va de esta casa.

—¿Pero cómo va a matar a un gato?

—Juanma, tío, eres desesperante. ¿A qué viene esto ahora?

—¿A qué viene qué?

—Me quitas las fuerzas.

—¿De qué hablas? ¿Qué fuerzas?

—Lo del gato muerto. Qué cansada estoy.

—Que yo no he sido. Ya te lo he dicho.

—¿Pero qué haces con un gato muerto en mitad de nuestro salón?

—Lleva horas ahí tirado y no me parecía correcto. ¿Qué hago? ¿Lo dejo en la calle?

—¿Y lo metes en casa?

—No sabía qué hacer con él. ¿Tú qué harías en mi lugar?

—Yo no mato gatos.

—Ni yo. Lo ha debido de atropellar un coche.

—¿Y es el mismo gato que entró en casa?

—Sí.

—¿Seguro?

—Sí.

—Putas rarezas, Juanma. Pero putas, putas. Me desesperas.

—¿Qué te pasa ahora?

—Estas cosas nunca me ocurren a mí.

—Pero sí a mí, que es casi lo mismo.

—Saca esa bolsa de aquí. Lo vas a apestar todo.

—¿Y dónde lo llevo?

—¡Al contenedor de basura! Dónde lo vas a llevar si no.

—No sé. Al veterinario.

—¿Para qué? Si está muerto...

—A lo mejor hay que hacer algún trámite.

—Perfecto. Venga. Llévatelo al veterinario y haz el ridículo.

—Me voy a esperar un rato.

—Te vas a esperar una mierda. Saca eso de aquí.

—Ahora mismo no puedo.

—¿Que no puedes?

—No. Ahora no.

—¿Por qué?

—Porque no puedo. Esa mujer está en la calle.

—¿Qué mujer?

—La de la casa. Ya sabes.

—¿Ya sé? ¿Ya sé, Juanma?

—Sí, ya sabes. Estaba mirando fijamente todo lo que hacía.

—Normal. Yo también miraría a cualquier tarado que estuviera recogiendo un gato muerto en mitad de la calle.

—No me llames tarado. Sabes que odio esa palabra. Y no es eso.

—Sí lo es. Claro que lo es. Tú no te ves desde fuera, pero eres todo un espectáculo.

—Que no, T. Que esta vez no tienes razón.

—¿Y qué es entonces?

—El gato. El problema es el gato muerto. Que es suyo.

—¿Suyo?

—Sí. Bueno, es uno de esos gatos que siempre están en su jardín.

—¿Una vieja, una casa y un puñado de gatos? ¿De verdad? ¿Y tú eres escritor?

—Piensa lo que quieras. Me da igual.

—¿Y cómo sabes que es suyo?

—Lo sé.

—No lo sabes. Casi todos los gatos son iguales.

—Es uno de ellos. De verdad. Y ahora cree que lo he matado yo.

—No te soporto.

—Ya estamos...

—Juanma, no te soporto cuando empiezas así.

—A ti te pasa algo. No es normal que te pongas como te pones por un gato.

—Un gato muerto que has metido en nuestro salón y que casualmente también ha entrado esta noche. Y tienes razón, no es por el gato. Es por ti.

—Estas cosas ocurren.

—A mí no.

—¿Ah, no?

—No.

—Pues estás aquí.

—Porque estoy contigo. Si estuviese aquí, pero no contigo, esto no estaría ocurriendo.

—¿Y eso qué significa?

—Me voy. No cometas el error de que ese gato siga aquí cuando yo regrese.

DIECISIETE

Me contó que el niño no comenzó a hablar bien hasta pasados los tres años. Que antes de esa edad articulaba palabras que fonéticamente parecían construir un idioma imaginario. El pediatra solía decir que ese fenómeno era más habitual de lo que se creía, y que resultaba absurdo preocuparse porque tarde o temprano los niños se hacían entender. Pero ese no era el problema, claro. Porque el niño, en realidad, siempre se hizo entender. En su léxico bisoño ya existían palabras que significaban «agua», «cuento», «flor», «mosquito», «triste», «luna», «rodilla» y «pelo», por poner algunos ejemplos. O eso suponía la madre. Eran palabras nuevas que nombraban las cosas viejas. Por eso me contó que en aquella época la incomunicación nunca fue un problema para ellos. Que el problema vino, si es que vino, cuando comenzó a hablar como si fuera uno más.

Una noche, cuando creían que el niño estaba dormido en su habitación, se lo encontraron en la cocina, mojando galletas con chocolate en un pequeño cuenco con leche. Habló una vez que se supo observado. «Estas galletas no.» Eso dijo. Y como las palabras eran las de toda la vida, las que habían existido desde mucho antes de que él naciera, no terminaron de entenderlo. Así que ella le devolvió una pregunta. «¿Qué dices, cariño?» Y él, levantando la mirada de sus manos, del cuenco y de la leche, pidió algo sin articular palabra. «Vamos al jardín.» Ella lo abrazó, lo besó, se lo llevó a la cama y le tarareó una canción, buscando un sueño que en realidad nadie había perdido. Al menos esa noche.

DIECIOCHO

Sesión 2. Transcripción natural. Dos interlocutores. Fragmento 1/1.

DOCTORA WILKES: Quizá el problema sea precisamente tu virtud. Es una regla elemental, bastante común, por cierto, en la naturaleza. Lo que te hace singular puede que también sea el hueso más flaco de tu esqueleto. Ese talento con el que miras, reinterpretas y escribes cuanto te rodea siempre es una aproximación a tu vértigo interior, y te exige, por tanto, un gran control de esa habilidad. Es terrorífico, pero también hermoso y liberador si tomas conciencia del asunto. Aunque te resulte difícil de creer, cuando escribes una de tus historias pones en marcha los mismos engranajes mentales que cuando construyes esos pensamientos nocivos que das por reales. Con la diferencia de que en este último caso, el control ya no reside en tus manos, en la presión de tus dedos contra las teclas, sino que algo así como una enorme ola de espuma negra te golpea con tal virulencia que no sabes lo que es arriba o abajo, ni tampoco dónde empiezas y acabas tú. Ya no hay un eje de abscisas sobre el que ir punteando coordenadas. La emoción, ese concepto tan manoseado, te deja en carne viva. Y cualquier cosa que te roce o amenace con hacerlo te amplifica el dolor. Ahora lo que te hiere es el pánico a que no seas capaz de escribir ni una sola página decente después de haber ganado ese premio, a que descubran que fue un golpe de suerte, a que te tachen de impostor o de mal ventrílocuo. Pero, Juanma, ya hemos pasado por esto otras veces. Has tenido cáncer en cuántas, ¿cuatro o cinco ocasiones?, tu relación estaba abocada a un divorcio inminente en otras tantas, por no hablar del espanto que te provocaba la muerte de tus padres. Cuando compartías conmigo todos estos miedos, eras capaz de armar con tal precisión lo que estaba a punto de ocurrir que casi me hacías dudar de mi propio juicio. Reconozco que sentía angustia cuando me detallabas tu sintomatología, especialmente aquella vez que me hablabas del velo del paladar; también reconozco que me ponían en alerta determinados comportamientos de tu mujer; y, en algunos momentos, me llegó a parecer verosímil un cercano fallecimiento de tus padres. Ese es tu don. Hacernos creer que las cosas están ocurriendo o van a ocurrir de un momento a otro. Pero ni has tenido cáncer, ni te has divorciado, ni tus padres están enterrados. A veces, cuando te escucho hablar sobre tu bloqueo, sobre esa dolorosa certeza de que no volverás a escribir buenas historias, estoy tentada a decirte que sí, que es verdad, que lo más inteligente es que lo asumamos y empecemos cuanto antes a construir una nueva casa en la que vivir sin tanta angustia. Como ves, tu ola de espuma negra también llega a cubrir mis pies. Y es que lo haces francamente bien. Fíjate en esto. Tres o cuatro días atrás, le propuse a mi hija que se leyera tu novela y, con cierta despreocupación, se la dejé sobre la cama. Escuché que leía en voz alta el texto de la contracubierta y, en su silabeo, me llamó la atención una frase. «Dispuesto a saltarse todas las fronteras entre la realidad y la ficción.» Y me pregunté si eso era así. Si tú estás dispuesto a saltarte todas esas fronteras o es que, para bien o para mal, no alcanzas a reconocerlas. En esta consulta, la respuesta a esa disyuntiva está clara. No sabes dónde están. Pero eso no significa que no existan. Tienes un miedo real provocado por algo que no necesariamente es real. Así que deberíamos buscar la frontera que hay entre una cosa y otra. Has de verla con tus propios ojos.

YO: ¿Se va a leer la novela?

DOCTORA WILKES: Por ahora no. Dice que le parece muy liosa.

YO: Y que tiene muchas páginas, supongo.

DOCTORA WILKES: No me ha dicho nada sobre eso. Pero dudo que piense así. Suele leer sagas.

YO: ¿Y cómo podemos hacerlo?

DOCTORA WILKES: ¿Para que la lea?

YO: No. Para ver esa frontera de la que hablas.

DOCTORA WILKES: Acercándonos a ella. No conozco otra manera.

DIECINUEVE

Esta vez sí fue algo real. Una piedra obstruyó la salida natural de la orina de mi riñón derecho. En contraposición a lo que se suele decir sobre los cólicos nefríticos, yo no sentí dolor. Lo que vino en su lugar fue una lengua de fiebre que me estuvo embalsamando a fuerza de lametones y más lametones. Cuando acudí a urgencias, ya estábamos en el descuento de la prórroga, así que el urólogo apenas tuvo tiempo de introducirme un catéter por la uretra con el fin de desplazar la piedra y permitir el discurrir de la orina. Y aunque la artimaña funcionó, era tal el temor que despertó ese riñón casi colapsado que decidieron hacerme una nefrostomía —sacar un tubo por la espalda para aliviar el trabajo renal—, y eso exigió un ingreso hospitalario de algo más de una semana. Como cuando a Boludo se le jodió el cóndilo mandibular mientras mordisqueaba el mocho de una fregona (525 euros). T., en un arrebato de furia, tiró de ella, y no le desgajó la cabeza porque Boludo pareció ladrar la palabra *amén*.

Mientras estuve en aquella habitación, como no permitían visitas de familiares que no fuesen por causa mayor, lo más que hacía era ver la televisión y escribir mensajes o hablar telefónicamente con T. De hecho, le pedí en varias ocasiones que me trajera mi portátil y mi cuaderno con el fin de salir de aquel tedio narcotizante, pero siempre se opuso a ello argumentando que si estaba en el hospital era por ese portátil, por ese cuaderno, por esa desazón estúpida y autoinmune que me generaba piedras y una prostatitis que iba y venía a su antojo. No supe con precisión a qué se refería con esa retahíla, pero intuía que lo mejor era desistir de mi voluntad de convencerla. Así que mi único consuelo se redujo a quejarme con amargura cada vez que entraba el enfermero en la habitación para ver si así aumentaba la frecuencia de los analgésicos y tranquilizantes, que también es una bonita forma de mostrar empatía a un desconocido. Fueron días de idas y venidas desde mi más acá a mi más allá, en los que mi farfolla inventiva creía atravesar el espejo de la buena literatura. Nada que ver con la realidad.

Una tarde, en plena tormenta química, llamé a T. y, justo al descolgar, me soltó que no podía hablar y que me devolvería la llamada en un rato, cuando llegase a casa.

—¿Cuando llegues a casa? ¿Dónde estás?

—Dando un paseo.

—¿Y no puedes hablar mientras paseas?

—No.

—Qué calidad, ¿no?

—Te dejo. Luego te llamo.

—Que no pueda hablar yo por estar en la habitación de un hospital con un tubo que me sale de la espalda tiene cierta enjundia. Pero que no puedas tú por un paseíto...

—Juanma...

—¿Qué? ¿Ya se te ha olvidado que he estado a punto de perder un riñón?

—No.

—¿Me vas a donar tú uno si lo acabo perdiendo?

—Todavía te quedaría el izquierdo.

—Qué bien se te ha dado siempre el amor, T.

—Intenta dormir. Lo necesitas.

—¿Cómo sabes lo que necesito si ni siquiera podemos hablar?

—Porque te conozco.

—Puede que menos de lo que tú crees.

—En eso no te voy a quitar la razón.

—¿No?

—No.

—¿Y eso qué significa?

—Nada.

—Me dejas muy tranquilo. ¿Tú te crees que tengo yo ahora la cabeza para mensajes crípticos?

—Duerme, Juanma. Estoy paseando con Seve. Hablamos en un rato.

He aquí nuestro vecino Seve. Ya apareció. Resultaría absurdo, y de esto sé bastante, que cualquiera acabara pensando que al oír que paseaba con Seve los celos me hicieron retorcerme en la cama. No van por ahí los tiros, así que ceguemos esa vía de interpretación. Para explicar esto, comencemos por los pormenores de su persona.

Varón de unos sesenta y largos años. Divorciado. Sin hijos. Cabello canoso, en piadosa retirada, hirsuto. De figura delgada e indumentaria tan monótona como educada. Zapatos limpios, siempre. Con un perro minúsculo, refunfuñón, con aires de juventud, pero con la desconfianza de quien intuye tener una pata en la incineradora. Creo que Boludo, por su modo de tratarlo, siempre supo que olía a enfermedad, a intestino colapsado. Quisquilla es el nombre con el que se le hace justicia. El del perro, digo. Porque el de Seve es Severiano, claro. Y, según la ocasión, lo salpimentaba con una retahíla de apellidos y guiones imposibles de retener. Precisamente también se llamaba así su negocio. Tejidos Seve. Una tienda de linaje familiar especializada en los buenos géneros, en alfombras importadas, en mullidas moquetas y pesados cortinajes, cuyo futuro boqueaba, aunque una vez fuera cobijo de la enclenque aristocracia de la ciudad. Y ahí sigue él. De lunes a viernes, con horario partido. Empapado en el almíbar de otros tiempos, pataleando contra la jubilación y colando un *cojonudo* cada vez que tiene ocasión.

Desde que nos mudamos a la casa, Seve blandió el estandarte de la vigilancia, del análisis perimetral, del mimo al detalle ajeno. De hecho, Aurora, nuestra arrendadora, otro personaje que querrá meter codo más adelante, nos advirtió desde el principio sobre el comportamiento de este hombre. «Cuidado con el vecino, que es de los que se sacan un ojo con tal de deslizarlo bajo cualquier puerta.» Así que, como es de imaginar, nunca fue difícil sorprenderlo husmeando en nuestro jardín, o enroscado como una culebra a la correa de Quisquilla, o lanzando miradas sibilinas mientras manguereaba su viejo Volkswagen Passat.

Aunque nunca fue mi intención, reconozco que habría sido imposible ocultarle cualquier acontecimiento de mi vida. Muy especialmente desde que gané el premio, momento a partir del cual comenzó a tratarme como a alguien que acabara de ingresar en el salón noble de la extinta sociedad a la que él creía pertenecer. Pero, para ser sincero, me importaba bien poco. Llegó un momento en que integré su incómodo revoloteo en mi día a día y dejé de verlo. Nos saludábamos, manteníamos charlas insustanciales cuando Boludo se cruzaba con Quisquilla, e incluso nos pedíamos nimios favores relacionados con la llegada de tal o cual paquete de mensajería. Daba igual. A pesar de eso, incluso hablando con él, dejé de verlo. Y supongo que ese era su gran mérito en esto del espionaje vecinal. Que quienes lo rodeábamos tarde o temprano dejábamos de verlo hasta convertirlo en una presencia de fe. Omnipresente, omnisciente y casi omnipotente.

—Oye, T., ¿qué cojones haces paseando con Seve?

Pero T. no contestó porque ya había cortado la llamada. Así que comencé a dar alaridos en la habitación del hospital, hasta que llegó el enfermero empuñando una pequeña jeringa llena de una sustancia cristalina que, en el fondo, no era otra cosa que amor en estado puro.

VEINTE

La primera y la segunda vez que me escribieron desde la editorial para preguntarme de soslayo si había empezado a trabajar en algo —o al menos así lo interpreté yo—, les dije la verdad: que tenía un cuaderno lleno de anotaciones y que esperaba sentarme frente al portátil en breve. La tercera vez, mentí. Como lo habrían hecho dos tercios de los escritores españoles en mis circunstancias. Conté que ya estaba en plena faena y que la intención era entregar algo más o menos decente en unos cuatro o cinco meses. Fue una salida que me pareció liberadora y de cierta consistencia, pero que en aquel despacho debió de dar la impresión de esa bisutería que tiñe los dedos. Al día siguiente me llamó personalmente la editora. Fue una conversación breve, sin enigmas ni recovecos, alejada de metáforas y sinécdoques, en la que apenas medié palabra, pero que me ayudó a saber cómo estaban las cosas. Así que la agradecí. La sinceridad a veces es el mejor relajante muscular.

Esa misma noche, mientras cenábamos en la terraza de un restaurante italiano, ya con algunos limoncellos en el cuerpo, le conté a T. que iba a pasar a la acción; que todavía no sabía muy bien qué quería decir con eso, pero que saltaba tanto a la vista que mi proceso de escritura era agua estancada que en la editorial no lo habían pasado por alto. Además, era indecoroso pensar que me iba a dedicar a escribir que no escribía. Una estafa. Eso lo sabía yo y lo sabía ella. Así que se lo fui comentando desde una insolencia recalentada, bien repanchingado en la silla y haciendo un tirabuzón de vez en cuando con la mano para que la camarera me rellenara el vasito. En el cenit de mi mezquino desahogo, dejé entrever que si mi literatura no estaba fluyendo como se esperaba, se debía a factores que no dependían exclusivamente de mí. Y ahí vi la peste en sus ojos y la escarcha en los labios. Pero como ella no decía nada —ojalá hubiera abierto la boca—, yo ya no sabía parar por mucho que algo tirara de mi voz hacia dentro. Así que ese momento fue lo más parecido a una trasnochada ceremonia de defunción.

—Un escritor se debe a su escritura. Más le vale partir la mesa por la mitad si entiende que algo la pone en peligro. No acordarme del cumpleaños de mi madre o de comprar repelente de mosquitos son los efectos indeseados de este trabajo. A ver si se le mete a la gente en la cabeza. Porque la escritura tiene su propio amianto, y es previsible que, con el paso del tiempo, te cristalice por dentro. Nadie recrimina al herrero sus quemaduras ni al carpintero la amputación de alguna falange. No sé si me explico. Por qué he de soportar yo que cuestionen o infravaloren mis bloqueos, empezando por la psicóloga de los cojones, o que se quejen de mis ensimismamientos, o que se lamenten en cualquier página de reseñas estúpidas de que no resolviera cualquier cosa de una manera distinta a como decidí hacerlo. Es toda esa basura la que me tiene en este estado catatónico. Yo soy quien madruga, quien mira, quien conecta, quien decide, quien se equivoca y quien acierta. Lo demás queda fuera. Lo demás, a partir de mañana, no, a partir de este momento, no tiene hueco en mi literatura. No he llegado hasta aquí para no poder buscar a mi antojo las respuestas a las preguntas que llevo dentro. A mí las preguntas del resto me importan una soberana mierda. A ver si es que ahora todos somos escritores en este puto país.

Mi intención era disculparme a la mañana siguiente como tantas otras veces. Levantarme temprano, hacer zumo de naranja, calentar pan de semillas y preparar dos cafeteras para que ni ella ni yo nos quedáramos con las ganas de más. Y así lo dispuse todo. Pero, como a veces ocurre con el amor, nada de eso fue suficiente. Llegué tarde. O ella se fue a tiempo.

VEINTIUNO

Volviendo al tema de los jardines, creo que un jardín siempre es una pregunta. Y solo de la interacción de este con el paseante se puede extraer alguna respuesta. No es una cuestión de cómo es contemplado ese jardín, sino de si es escuchado o no. Tampoco es cuestión de dónde están ubicados cada árbol, cada arbusto, cada flor, cada piedra, sino de cómo se desenvuelve la luz en ese lugar. No quiero ser devorado por la trascendencia, pero es lo que he leído durante este tiempo. Nos empeñamos en observar la vegetación, cuando lo apropiado es escuchar qué nos quiere decir el sol, que es, en realidad, la principal ley que impera en los jardines. Así que una vez que nos adentramos en uno, lo hacemos casi todo mal, pensando que lo hacemos todo bien. Bueno, tampoco es cosa grave, a la vista está que seguimos vivos. Pero, de igual manera, asumamos que, por esta mala praxis, hay miles de jardines aún por descubrir en el mundo. Millones de jardines. Billones de jardines que nos rodean y cuya presencia pasamos por alto. Y todo, insisto, porque nos empeñamos en mirar, en lugar de escuchar. No hace tanto, un gran jardín, uno de esos majestuosos que hoy es recorrido por miles de turistas al cabo del año, fue descubierto, fue escuchado por una persona. Hasta ese momento, la gente, cuando lo atravesaba, no creía estar paseando por un jardín, sino por un bosque o, como acostumbramos a decir en un sentido amplio, por mitad de la naturaleza. Pero hubo alguien que, en lugar de contemplar su espesura salvaje y abrumadora, fue capaz de interpretar lo que le confiaba la luz, que es, si nos fijamos bien, lo único que no cambia con el devenir del tiempo. ¿Y qué le decía esa luz? Eso no lo sé. Quizá un «oiga, señora, es por aquí». También «por aquí, por aquí y por aquí, porque tiene que llegar allí». Lo suficiente como para vislumbrar la mano de una persona que coge un puñado de tierra y valora su idoneidad. Y yo me pregunto ahora qué clase de milagro es ese: el hecho de que te sea revelado, por fin, lo que siempre has tenido delante de tus ojos.

Cuando preparé el desayuno aquella mañana, la que vino después de nuestra conversación en el restaurante italiano, me senté a esperar a T. envuelto en el aroma del café, del pan tostado y de la mantequilla. Pensé que tampoco se dormía tan mal en la habitación de invitados, que mi mujer había hecho un gran trabajo con apenas tres o cuatro elementos decorativos y una acertada funda de edredón. La radio, de fondo, era un cuchicheo agradable; el frescor, una visita incómoda; y los gusanos de siempre avanzaban, uno detrás de otro, hasta perderse bajo el frigorífico. No tardé en darme cuenta de que mi mujer ya no estaba en casa. Y no porque no la viera. Lo supe porque no la oí. Y porque pasé por alto la única ley que había imperado en la casa sin que yo siquiera lo sospechara: su luz. Así que ahí me quedé, en silencio, en la claridad de la mañana, sumido en una nueva oscuridad, con el ruido que eso conlleva siempre.

VEINTIDÓS

Sesión 3. Transcripción natural. Dos interlocutores. Fragmento 1/1.

YO: ¿Y qué se supone que debo sentir?

DOCTORA WILKES: Nadie supone nada.

YO: Ah. Vale. Porque yo siento algo de esperanza.

DOCTORA WILKES: ¿Esperanza de qué?

YO: No sé. Esperanza.

DOCTORA WILKES: ¿De que ahora sí seas capaz de escribir?

YO: Tal vez. Pero la sensación de esperanza es difícil de acotar. La esperanza no es tal cosa si no desborda.

DOCTORA WILKES: Ya veo.

YO: ¿Eso está mal? ¿Sentir esa esperanza es algo ruin?

DOCTORA WILKES: En esta consulta no hay nada que esté mal o sea ruin. Ni yo tampoco estoy aquí para valorar en esa escala.

YO: No es que lo hayamos dejado. En fin... Simplemente se ha ido de casa. No es la primera vez que ocurre algo así.

DOCTORA WILKES: Lo sé.

YO: Aunque no me lo ha confirmado, juraría que está en la casa de Bárago.

DOCTORA WILKES: ¿Es la que os comprasteis en el norte?

YO: Sí, en Cantabria.

DOCTORA WILKES: ¿Habéis hablado después de su marcha?

YO: Un poco. Bueno, la llamé. Me dijo que no quería saber nada de mí durante algún tiempo.

DOCTORA WILKES: ¿Eso dijo?

YO: Sí.

DOCTORA WILKES: ¿Algún tiempo?

YO: Sí.

DOCTORA WILKES: Le preguntaste cuánto, ¿verdad?

YO: ¿Eso también está mal?

DOCTORA WILKES: No. Pero sabía que lo ibas a preguntar.

YO: ¿Tan previsible soy?

DOCTORA WILKES: Para mí sí. Y espero que siga siendo así. A fin de cuentas, soy tu psicóloga y es lo que se espera de mí.

YO: ¿Cuánto crees que tardará en volver?

DOCTORA WILKES: No tengo ni la menor idea. ¿Quieres que sea mucho o poco?

YO: No lo sé.

DOCTORA WILKES: ¿Y la esperanza?

YO: ¿Qué pasa con la esperanza?

DOCTORA WILKES: Dijiste que ahora tenías la esperanza de escribir de nuevo. Supongo que si vuelve pronto, esa esperanza se desvanecerá. De lo que se podría deducir que, en realidad, quieres que tarde en regresar, asegurándote, eso sí, el regreso.

YO: Antes me has dicho que en esta consulta no había

nada que pudiera ser ruin, pero esa forma de plantearlo me parece una buena definición de ruindad.

DOCTORA WILKES: Mantengo lo que te he dicho. En todo caso, el objetivo de mis palabras no es otro que acotar dónde estamos en cada momento.

YO: ¿Y dónde estamos?

DOCTORA WILKES: Bueno...

YO: ¿Dónde estamos?

DOCTORA WILKES: Muy resumidamente. Uno: te angustia no escribir. Dos: no sabes cómo salir de esa situación. Tres: has culpado a tu mujer de ser parte del problema. Cuatro: ella se ha ido de casa. Cinco: crees que eso podría ayudarte a romper el bloqueo. Seis: temes que esta vez ella no vuelva. Y siete: estás convencido de que tu cuerpo aloja una enfermedad terminal, aunque esto es aplicable a casi cualquier momento de tu vida.

YO: Más o menos.

DOCTORA WILKES: ¿Más o menos? ¿Cuál ha sido mi imprecisión?

YO: No me angustia no escribir.

DOCTORA WILKES: ¿Ah, no? Eso es nuevo.

YO: Lo que me angustia es no saber qué minúsculo recoveco quiero explorar con mi escritura. Sé que suena grandilocuente. Pero es así. Porque si el problema fuese el que tú apuntas, me bastaría con escribir una obrita de café teatro, ese subgénero en el que se han refugiado vagos, mediocres y resentidos. ¿Qué tiempo te puede llevar escribir una de esas obras? ¿Una semana? En realidad, cinco días si renuncias a la higiene personal y le das un empujoncito a tu inspiración con anís. ¿Crees que con eso diluiría esta angustia?

DOCTORA WILKES: La semana pasada asistí con mi marido a una de esas funciones.

YO: ¿Y?

DOCTORA WILKES: No sé si entendí bien el argumento. Pero las actrices estuvieron fantásticas.

YO: ¿Y tu marido? ¿Qué dijo él?

DOCTORA WILKES: Bueno, creo que él está en sintonía contigo.

YO: ¿Pero qué dijo?

DOCTORA WILKES: Al término de la obra, salió el autor de entre el público, y lo que parecía que iban a ser unas breves palabras de gratitud se convirtió en una interminable perorata sobre el poder transformador del teatro y cómo aún hoy los cómicos son silenciados por los poderes fácticos y la corrección política. Así que lo único que dijo mi marido fue que muy silenciado no parecía estar después del tostonazo que había soltado. Debió bajar la voz un poquito más, la verdad. Nos vimos obligados a aprovechar el humo de las cachimbas para salir de la cafetería.

YO: Después de esto tengo que conocer a tu marido.

DOCTORA WILKES: Él no hace distinción entre escritores de teatro y de novela.

YO: Ni se te ocurra presentarme como escritor.

DOCTORA WILKES: ¿Y qué le digo?

YO: Cualquier cosa. Lo que te parezca bien.

DOCTORA WILKES: A mí lo que me parece bien es lo de escritor.

YO: Vale. En ese caso, dile que soy jardinero.

DOCTORA WILKES: Jardinero...

YO: Sí.

DOCTORA WILKES: De todas formas, no se me ocurre una situación en la que tú y mi marido podáis coincidir.

YO: Pero por si acaso, no lo olvides. Jardinero.

VEINTITRÉS

Me contó que no llevaban ni tres semanas de invierno. También me dijo que aquel día había sido tan normal como lo es una cabeza de pescado o un grifo abierto que alguien oye desde otra habitación. Todos habían cenado: cerdo frito con ajos, patatas cocidas y ensalada de tomate y melva. Ella doblaba ropa mientras veía algo en la tele. Su marido dormitaba en el sofá con los zapatos aún puestos. Y el niño jugaba en el pasillo que iba del salón a la cocina. En circunstancias normales, si hubiera tenido que separar con unas pinzas esa noche de cualquier otra noche, no habría sabido hacerlo. Quizá por lo que comieron en la cena habría tenido alguna posibilidad de acertar. O por algo que hubiera dicho la presentadora del telediario. Y aun así nunca habría estado segura del todo. Pero entonces sucedió aquello, y eso hizo posible cualquier recuerdo. De ese modo fue como aprendió a distinguir aquella noche de entre todas las noches, no solo de su vida, sino de la vida de cualquiera que se cruzase con ella. Después de lavarse y secarse las manos, ahí estaba aquella noche. Si descorría cualquier cortina para que entrase la luz del día, ahí estaba aquella noche. Si evisceraba un buen pescado, lo partía en tres trozos y lo rebozaba para freírselo a su marido, ahí estaba aquella noche. Si se colocaba la manta eléctrica en la espalda para aliviarse algún dolor, ahí estaba aquella noche. Si le entraban ganas de morirse, ahí estaba aquella noche. Y si encontraba fuerzas para vivir, ahí estaba aquella noche.

Cada uno puede interpretar como quiera que una misma noche esté presente en todas partes, en todo el tiempo. Habrá quien encuentre en ello la contundencia de una verdad. Habrá quien encuentre el ruido de una metáfora. Pero aquella noche tuvo lugar: la luz se fue, se quedaron a oscuras.

VEINTICUATRO

Comencé a grabar las sesiones con mi psicóloga porque algo tenía que hacer al respecto. Puede que pasado un tiempo ella me hubiera dado una copia de nuestras charlas, pero no tenía prueba alguna de que eso fuera a ser así, de que llegado el momento me fuese a decir «toma, Juanma, todo tuyo, esto ahora te pertenece, haz que refulja en el corazón de los lectores». Es más, lo único contante y sonante que me ofreció fue su negativa a mi demanda por cuestiones clínicas. Así que no perdí el tiempo. Conecté la grabadora del móvil cada vez que entraba en la sala de espera de su consulta. No era la primera vez que lo hacía —en otras situaciones, eso sí— ni creo que sea la última, puesto que siempre me ha dado más de lo que me ha quitado. Por eso en estas páginas la llamo doctora Wilkes y no por el nombre que un día atornilló a su puerta. Un nombre bastante literario, por cierto, que habría resonado bien en el pecho de esta historia. A veces pienso que me podría haber ahorrado ese cambio. Ella me conocía, como ya he escrito en algún momento, mucho mejor que yo. Dudo que tardara en sospechar de mi artimaña, de mi nueva manera de silabear, de mi respeto por los turnos de palabra. Quizá me lo permitió sabedora de que su decisión se imponía pero mi necesidad se precipitaba. No lo sé. Y me temo que si algún día lo descubro, será tarde para darle su lugar aquí.

Hubo un momento en que llegué a creer que aquella sesión en la que la doctora Wilkes me hablaba de mi ruindad, aunque ella nunca utilizara esa palabra, me descompensó las enzimas digestivas. De la noche a la mañana, comencé a sentirme débil y una sensación de hartazgo me hizo quedarme en casa más tiempo del que habría deseado. Decidí acudir a la consulta del doctor Abelardo Cutillas —quizá sea de los pocos que se alegren de aparecer aquí con nombre y apellido—, al que T. y yo, desde que empezamos a frecuentarlo, bautizamos como Monseñor Escotilla —de esto se alegrará menos—, porque siempre nos despedía con un «que Dios os libre de caer», mientras miraba un crucifijo de hierro clavado en una piedra pulida que tenía sobre su mesa. También envié un innecesario correo electrónico a mi editora para comentarle que estaría unos días desconectado por cuestiones de salud. Y recibí un mensaje en el móvil como respuesta: «Déjate cuidar». Lo primero que sentí cuando lo abrí fueron ganas de llorar. Después, la balsámica e injustificada certeza de que tarde o temprano acudiría en mi ayuda.

Los resultados de los análisis fueron contundentes. No estaban bien el ácido úrico, la bilirrubina, la fosfatasa y una cosa que no había oído en mi vida y que se había multiplicado por diez, por cien o por mil: la gamma glutamiltransferasa. Cuando ese hombre miró en la pantalla los resultados, le cambió su habitual gesto de sacristán. Imprimió el documento, se levantó y salió de la habitación, no sé bien a qué, porque era una vieja consulta privada en un séptimo piso del centro de la ciudad. Había dos opciones. O iba a consultarles a los pacientes que esperaban en la sala adyacente o estaba huyendo. No sé qué me daba más miedo. Tardó en volver unos diez minutos y, cuando recuperó su silla acolchada, me dijo que lo íbamos a repasar todo desde el principio. Entonces fue cuando me hizo diez o quince preguntas sobre mi estado, mis sensaciones, mis hábitos, hasta que se interesó por el tiempo que llevaba sintiéndome mal, y le dije la verdad.

—Desde que mi terapeuta me llamó ruin a la cara. Cree que he forzado que mi mujer me abandonara para poder seguir escribiendo y, a la vez, piensa que estoy aterrado ante la idea de que no vuelva.

—No le entiendo.

—Ni yo a ella.

—En cualquier caso, lo que a usted le pasa no es un trastorno emocional. Tiene un enorme desajuste que no sabemos si viene del hígado, de la vesícula o del páncreas.

—¿Está seguro?

—Claro.

—Yo juraría que de alguna manera está conectado con lo que dijo mi psicóloga. Porque empecé a sentirme mal después de esa conversación que mantuve con ella.

—Aun así buscaremos otras causas.

—La tengo grabada.

—¿Cómo dice?

—La conversación con mi psicóloga. La tengo grabada. A lo mejor quiere escucharla para ver si hay algo ahí.

—¿La tiene grabada?

—Sí. Está al tanto, claro. Ella me graba a mí y yo la grabo a ella. Es nuestro proceder.

—No creo que me sea muy útil.

—Eso nunca se sabe. Qué sería de nosotros si renunciáramos al registro de los testimonios. Qué sería de la Historia. Qué sería de la poesía épica.

—¿La poesía épica?

—Sí.

—No sé qué es la poesía épica. ¿Toma usted alguna medicación?

—Solo lo del riñón.

—¿Qué es lo del riñón?

—No hace mucho me hicieron una nefrostomía. Una piedra casi me echa a perder el riñón derecho. El urólogo me dijo que tomara una pastilla durante cuatro meses, quizá tres meses.

—¿Y no me dice nada antes? ¿Le importa levantarse y enseñarme la cicatriz?

—¿No se lo cree?

—¿Por qué no iba a creerle?

—No sé. Da esa impresión. No le basta con mi palabra.

—¿Se acuerda del nombre de esa pastilla?

—No. Pero puedo escribirle un mensaje a mi mujer. Ella seguro que lo sabe. Lo tiene todo registrado en las notas de su móvil.

—¿No dice que su mujer lo ha dejado?

—Eso es lo que dice mi psicóloga. Se ha ido un tiempo a una casa que tenemos en el norte. ¿Le escribo o no?

—Hagamos otra cosa. Cuando llegue a casa envíeme el nombre del medicamento al correo que le voy a dar. Y vuelva en tres o cuatro días. Mientras tanto tómese esto. Son unas pastillas. Una cada veinticuatro horas. Calmará algo esa especie de náuseas.

—¿No cree que tenga nada que ver con lo que me dijo mi psicóloga?

—No.

—¿Y qué puede ser?

—Ahora mismo no se preocupe. A veces estas cosas se van de la misma manera que vinieron. Haga lo que le digo, y procure disfrutar de unos días en calma. Eso siempre ayuda. Sé por lo que está pasando.

—¿También sufre de hígado o de páncreas?

—No. Pero mi mujer se marchó de casa de buenas a primeras. Ya hace mucho de aquello. Y por eso puedo decirle que fue lo mejor que me pasó en la vida. ¿Tienen hijos?

—No. Un perro. Pero ella lo detesta.

—Es usted joven. Céntrese ahora en su salud y ya tendrá tiempo de dar con una buena mujer.

—Va a volver.

—No le digo yo que no. Pero tenga en cuenta una cosa. Nunca vuelve la misma.

—¿No?

—Rotundamente no. Y déjele el perro a ella. Usted no está ahora para ir recogiéndole las mierdas por la calle.

VEINTICINCO

A pesar de que al día siguiente obedecí al doctor y le remití a su correo el nombre de las pastillas que estaba tomando —junto con un enlace a unos poemas épicos para que me entendiera mejor—, no probé la medicación que me había prescrito para las náuseas. Ni siquiera las retiré de la farmacia. No porque ya no sintiera ese mordisco en la boca del estómago ni esa debilidad líquida en las extremidades, sino porque estaba convencido de que erraba en el diagnóstico. La situación era más compleja y él, en mi modesta opinión, se empeñaba en articular una explicación cómoda, sencilla, sumisa, obediente con los paradigmas que le habían permitido abrir, hacía treinta años por lo menos, esa consulta en aquel séptimo piso. Además, me resultaba imposible no ver cierto corporativismo en el hecho de que descartara con tal virulencia la implicación de mi psicóloga en el desajuste de enzimas. Cosa, por cierto, que hasta ella misma habría contemplado de haber estado en su lugar.

Reconozco que pensé en llamar a T. y contarle lo que me estaba pasando. Pero qué habría arreglado con eso. Probablemente nada. O lo habría empeorado todo. Sí, eso era verosímil. La imaginé sacudiéndome con su ironía, con su sarcasmo, con la hostilidad de ese silencio que, pegajoso y caliente como la salsa agridulce, no hay manera de que se te vaya de la barba. Así que, en lugar de llamarla, decidí trazar una pendiente en el destino, empujarlo todo hasta el filo y hacerlo caer. Yo sé hacer eso muy bien.

Mirad.

Con ese revoloteo desagradable en la barriga y con Boludo al otro lado de la correa, me dirigí a la casa del jardín. Como este animal no hace excepción ni siquiera en los momentos nucleares de la vida de uno, olfateó cada rueda, cada esquina, cada hoja seca, cada mala hierba que se abría paso entre la acera y la calzada. Eso me dio algo más de tiempo para reflexionar, pero lo cierto es que tampoco supuso el más mínimo cambio en mi determinación. Cuando me detuve frente a la puerta verde, Boludo alzó la mirada hasta clavármela en las gafas, y me resultó imposible no dedicarle unas palabras: «Tú qué sabrás, pellejero». No sé qué interpretó, pero me soltó un par de ladridos y mi instinto o la costumbre casi me hacen salir corriendo de allí.

No había timbre. O yo no lo encontré. De lo que sí me percaté fue de que a la puerta le habían añadido un paño de brezo para impedir que se viera cualquier cosa a través de la celosía. Eso no estaba antes, ya os lo digo yo. Me habría dado cuenta. No llevaría ahí más de tres o cuatro días. El tiempo que el dolor de barriga me había apartado de mis quehaceres. Y recordé lo que me había contado T. sobre ese miedo que le trajo a la mujer mi presencia acechante. Boludo tiró de mí en dos o tres ocasiones, como si hubiera encontrado el rastro de lo que él buscaba o de lo que yo ansiaba. Pero mantuve firme la correa y terminó por sentarse a mis pies mientras jadeaba y miraba a un lado y a otro.

Golpeé dos veces el perfil superior de la puerta de madera. Lo hice con fuerza. Pero la llamada no se acompasó a mi brío. Yo la oí con total claridad. También la sentí en los nudillos. Toc, toc. Más bien pom, pom. Sin embargo, y no sabría decir por qué, tuve la impresión de que hacia dentro, hacia la casa, hacia esa mujer, el sonido parecía desplazarse bajo el agua; que obedecía a leyes físicas distintas a las de este lado, lo que me hizo albergar el incómodo pensamiento de que ella, desde el primer momento, iba a jugar con ventaja. Nadie salió a abrirme la puerta, nadie preguntó quién era, nadie gritó «ya voy», nadie me dijo «puedes entrar, te espero dentro, vamos a hablar». Nadie. Nada.

Pasé la mano por encima de la puerta y trajiné la cerradura, tal y como había visto hacer a ella. Ni siquiera era un cerrojo. Se trataba de una especie de gancho que buscaba cobijo en un cáncamo. En cuanto lo alcé, la puerta se abrió lentamente, empujada por su propio descuadre, y yo tiré del perro hacia dentro. Esa fue la primera vez que puse mis pies en el jardín de la casa.

Tal y como dije parafraseando a Rousseau en *La nueva Eloísa*, en cuanto di siete u ocho pasos en el interior de aquel jardín, sentí que la temperatura era otra. Cuatro o cinco grados menos que en el exterior. La piel reaccionó a ese cambio y me abrazó una súbita sensación de bienestar. Mi espesor estomacal siguió ahí, pero la debilidad en brazos y piernas se diluyó como un pez de azúcar en toda aquella humedad. La floración era sobrecogedora: mimosas, rosas, buganvillas, hibiscos, madreselvas, gerberas, trompetas y algunas especies que ni entonces ni hoy sé nombrar. Los pájaros, los gatos y los animales invisibles habían hecho de aquel lugar su casa. Y aunque no había ninguna fuente, cauce o charca, por la abundancia de helechos supuse que el agua era una de las dueñas de aquel jardín. Olía a estanque de parque. Al igual que le ocurriera al protagonista del libro de Rousseau, la luz alcanzó mi imaginación como si hubiera atravesado una enorme vidriera. Pero ni me sentí solo ni me creí ser el primer mortal que entrara allí. Ese jardín ya había sido ocupado.

Fui rodeando la casa en sentido inverso a las agujas del reloj como quien hace memoria de un pasado que no le pertenece. Progresé con lentitud. Quizá por prudencia. Seguro que por miedo. Boludo, durante ese camino circular, no se detuvo a olfatear ni una mísera piedra. Avanzaba golpeándome la pantorrilla y enredándose con su propia correa. Hubo un momento en que me pregunté por qué demonios había entrado si ni siquiera tenía claro qué iba a decir a quien me encontrara allí adentro. Pero esa imaginación desbordada de la que hablaba antes parecía electrificarme el cuerpo. Al alcanzar el lateral izquierdo de la casa, vi por primera vez la puerta de entrada por la que tantas veces me había preguntado. Estaba cerrada y eso me tranquilizó. Se parecía mucho a la de mi casa y su pintura blanca se había cuarteado en buena parte de su superficie. Aquí sí había un timbre bien visible. Pero, en lugar de pulsarlo, aguanté mi respiración desmadejada e intenté oír cualquier cosa que tuviera lugar en el interior. No sé cuánto tiempo estuve así. Se me hizo largo, la verdad. De modo que en cuanto Boludo tiró de mí para salir de allí no opuse ninguna resistencia y me dejé llevar. Y así habría sido si la puerta no hubiera crujido, y no se hubiera abierto, y no hubiera dejado entrar la luz para sacar fuera algo de oscuridad, y de su interior no hubiera salido aquella mujer que, vista desde mi miedo, tenía la apariencia de una antigua escultura de madera que hubiera ido perdiendo la policromía.

—¿Es que no entiendes cuando se te habla? ¡Márchate! ¡Fuera!

Una nube de sangre ocupó toda mi cabeza. No sabía qué decir. Tampoco era capaz de estremecerme. A falta de valor para contemplar los ojos de la mujer, dirigí la mirada a Boludo, que ahora tenía el lomo erizado y cuyos labios negros se habían retirado en estampida. Fue entonces cuando oí otra voz, esta vez de un niño, que salía del interior de la casa. Quienquiera que fuera hablaba de mí pero no era a mí a quien se dirigía.

—El hombre no quiere irse.

SEGUNDA PARTE

LA MUJER

UNO

Mi madre me visitó en cuanto se enteró de que T. se había marchado de casa. No sé otras madres, pero la mía está colmada de superpoderes. Algunos de ellos francamente insoportables. Nada más atravesar la puerta comenzó a escanear con la mirada aquellos puntos que ella siempre ha considerado espacios de revelación. Hubo un tiempo en que más o menos disimulaba a la hora de hacer estas cosas, pero supongo que con el paso de los años el pudor se le extinguió y ahora lo hace con la misma naturalidad con que te dice que tienes un brazo más largo que otro o que te estás quedando calvo. ¿Y qué son los espacios de revelación para mi madre? Los sitios de la casa que le permiten concluir cuán jodida está la vida de una persona, con un margen de error tan pequeño que cualquier juez le daría la misma validez que a una prueba de ADN. En este sentido, para mi madre son claves el frigorífico, la cesta de la ropa sucia, el cajón de los cubiertos, el número de botellas de lejía que guardas en casa, la altura a la que tienes las persianas y la mesita de noche. Sobre esta última la he escuchado teorizar decenas de veces. Le irrita sobremanera que en el cine o en las revistas de decoración la mesita de noche se ofrezca como ese mueble generoso en el que poner un par de libros, un cactus, unas flores secas, una lamparilla de lectura, un candil sin vela o un portarretratos. Para ella las mesitas de noche son, en esencia, espacios de enfermedad. Como lo es un botiquín o el cajón donde se guarda la manta eléctrica y el tensiómetro. Por eso, si mi madre tuviera que ir de puerta en puerta vendiendo mesitas de noche, lo haría con la verdad por delante, que viene siendo un vaso de agua y una cucharilla, un par de jarabes en sus correspondientes cajas pringosas y mal cerradas, algunos pañuelos ya usados, una buena lámpara para ver el termómetro y unas gafas. Porque esa es otra: para ella las gafas tienen la misma consideración que una prótesis o un empaste dental.

El día que mi madre vino, la mesita de noche estaba más o menos despejada, pero supongo que por el resto de los espacios de revelación concluyó que el caos revoloteaba en círculos sobre mi casa.

—Juan, ¿qué ocurre?

—¿Qué pasa ahora, mamá?

—Así no. ¿Esto qué es?

—¿Has venido para decirme eso?

—Yo no vengo a ti. Yo siempre estoy en ti.

—Ya.

—Entonces, Juan, no me hagas preguntas tontas. He visto una fila de gusanos en la cocina.

—Ya he llamado a la empresa de fumigación.

—Y medicinas. ¿Son tuyas?

—Las del riñón.

—¿Pero no me dijiste que estabas bien del riñón?

—Ya no las tomo.

—Pues tíralas.

—Las medicinas no se pueden tirar a la basura. Hay que llevarlas de vuelta a la farmacia.

—¿Qué?

—Al punto de reciclaje.

—No he venido aquí para soportar cosas del futuro, Juan. ¿Tú estás bien?

—Sí.

—Pues ya está. ¿Y cómo lo vamos a hacer?

—¿A qué te refieres?

—Tú y la casa en general. La grasa de la cocina y la mierda del baño en particular. ¿Cómo lo hacemos?

—Mamá, yo me encargo de todo. No me opongo a que vengas si eso te hace estar más tranquila. Pero me niego a tener esta conversación cada vez que me visites.

—...

—¿Qué pasa? ¿Ahora te has ofendido?

—...

—Mamá...

—¿Va a volver?

—¿Quién?

—Quién va a ser. Tu mujer.

—Supongo que sí. No lo sé.

—¿Dónde está?

—Creo que en la casa de Bárago.

—¿Crees? ¿Ni siquiera lo sabes?

—¿Y eso qué cambia?

—Es que yo no sé para qué le compraste esa casa. ¿Para jugar a los divorcios?

—Nos la compramos los dos. Yo no le compré nada a nadie.

—Ya. Pero qué sentido tiene que compréis una casa en una montaña que está a mil kilómetros mientras aquí vivís de alquiler.

—Algún día te llevaré y verás lo bonito que es aquello.

—Yo me mareo en los coches porque tengo una edad y más me vale respetar las cosas de la edad. Pero ahora no estamos en eso. Me gustaría ayudar como bien pueda.

—Ya te lo he dicho. Visítame cuando quieras. Pero yo me encargo de mi vida.

—¿De tu vida?

—Sí.

—Oye, Juan, ¿y puede ser que en tu vida de ahora tengas los ojos un poco amarillos?

—¿Qué?

—Ya me has oído. Los ojos. Amarillos.

—Es por la medicina que ya no tomo. Se pondrán blancos en unos días. Me desajustó unas cuantas enzimas.

—Juan, por Dios. ¿Los ojos amarillos? ¿De verdad? ¿Es que quieres matarme?

—Mamá, ya te lo he dicho, en unos días estarán blancos. Yo estoy bien.

—Esto no se lo puedo decir a tu padre. Es capaz de dejar de comer.

—No se lo digas.

—Me lo va a notar.

—Está todo bien. En unos días estarán blancos. Te lo juro.

—No jures.

—Vale. Pues no juro. Te lo prometo.

—Eso viene a ser lo mismo. No sé qué te está pasando. Cuando estabas en mi barriga pensé que serías una niña. Y ahora mírate...

—No empecemos con eso, por favor.

—Nunca es el momento para nada de lo que digo, Juan.

Nunca. Pero nunca, nunca... Me voy. Se me va a escapar el autobús.

—Yo te acerco a casa.

—¿Es que no se ha llevado el coche tu mujer?

Hasta el momento en que mi madre formuló esa pregunta, no había pensado en ese detalle. Salí de casa y miré donde solíamos aparcarlo, pero allí no estaba. Así que volví a casa con una clara sensación de derrota, y le dije a mi madre que la acompañaría hasta la parada del autobús. Mientras caminábamos, aproveché para quitarle un poco de gravedad a la marcha de T. y a la pigmentación amarilla de mis ojos, pero yo sabía que eso no iba a servir de nada, es más, estaba convencido de que, aprovechando mi salida a buscar el coche, ella habría recortado las cajas de mis medicinas para quedarse con los nombres y preguntarle a su médico de cabecera.

No habló en todo el camino. Tan delgada, tan precisa, tan aparentemente frágil, tan convencida de las palabras que callaba. De repente me sumí en una tristeza que parecía llegar del futuro y tuve el deseo de pedirle que me sacara de allí. «Mamá, estoy muy triste. Ven a por mí.» Pero en lugar de eso le eché el brazo sobre los hombros y ella suspiró. Nos miramos entonces unos segundos y sonreímos para firmar una especie de armisticio en el que yo reconocía tácitamente que en las preocupaciones de una madre siempre hay verdad.

Cuando el autobús se aproximó a la parada, le pregunté si le gustaría que fuera con ella hasta su casa, hasta el final, hasta donde quisiera. Me dijo que eso era tirar el dinero y subió el único escalón de aquel ruidoso vehículo. El chófer estaba mirando el teléfono móvil. Entonces ella se giró y, cuando yo creía que me iba a ofrecer la última caricia redentora, volvió a sacar la cabeza al exterior para mirar algo. Intenté acompasar mi mirada a la trayectoria de la suya, pero lo que vi me hizo devolver instintivamente mi atención a los ojos de mi madre. En el centro de mi barriga destelló un pellizco que llevó frío y sudor al resto del cuerpo.

—Anda, mira, a esa mujer la conozco yo.

DOS

Sesión 4. Transcripción natural. Dos interlocutores. Fragmento 1/1.

YO: El urólogo me mandó unas pastillas que me han hecho más mal que bien.

DOCTORA WILKES: ¿Y por eso no viniste la semana pasada?

YO: Eso es.

DOCTORA WILKES: Espero que te encuentres mejor.

YO: No avisé porque mi intención era asistir a nuestra cita. Pero durante la tarde fui a peor y me eché un rato en la cama. Cuando volví a abrir los ojos eran más de las doce.

DOCTORA WILKES: ¿Y qué es exactamente lo que te ha pasado?

YO: Después de mi ingreso, el urólogo me mandó unas pastillas para ayudar al riñón a hacer no sé bien qué, y me han desajustado todo. El hígado se me ha intoxicado. Tiene un nombre, pero ahora mismo no lo recuerdo. Se me pusieron los ojos un poco amarillos, el estómago se me infló como una pelota e iba con las fuerzas justas para hacer cualquier cosa. Ya estoy mejor.

DOCTORA WILKES: Bueno... Me alegra que todo haya quedado en un susto. Creí que te habías enfadado por nuestra última conversación y que esa era la causa de tu ausencia. Así que te pido disculpas.

YO: No te preocupes. Tú piensa y haz lo que debas. Es lo que espero de ti.

DOCTORA WILKES: ¿Qué tal vas con la escritura?

YO: No escribo mucho, pero tengo la impresión de que estoy progresando.

DOCTORA WILKES: ¿Sobre la mujer, la casa y el pozo en el sótano?

YO: Ahora no sé si es un pozo en el sótano o cualquier otra cosa, pero sí, estoy con eso.

DOCTORA WILKES: ¿Me puedes adelantar algo?

YO: No quiero hacerme el críptico, pero aún no sé muy bien hacia dónde camino. Digamos que la intuición está siendo el principal propulsor de mi movimiento. Confío en ella y esa confianza no es algo nuevo en mi proceso de escritura. Sin embargo, y he aquí lo importante, han acontecido hechos que me permiten vislumbrar una especie de tejido invisible que conecta unas cosas y otras.

DOCTORA WILKES: ¿Como cuando Einstein formuló aquello del tejido espacio-tiempo?

YO: No. Claro que no.

DOCTORA WILKES: Era una broma.

YO: Esto es algo más modesto.

DOCTORA WILKES: Disculpa. Continúa, por favor.

YO: Es como si en tu mente contemplaras un trozo de tela rasgado que te llama la atención por lo que concentra de fragilidad y violencia. Transcurren los días, las semanas, incluso los meses, y no eres capaz de sacarte de la cabeza esa especie de jirón. Ahí, en tu interior, convive con toda tu chatarra personal: con tus recuerdos, con tu imaginación, con tus instintos, con tu conocimiento, con todas esas conexiones nerviosas que te mantienen en pie, controlan los esfínteres y te permiten soñar. No sé qué tal es esa convivencia. No sé si es armónica u hostil, la verdad. Pero un día, sin una razón aparente, te das cuenta de que ese trozo de tela rasgado pertenece a una sábana. Y entonces es la sábana con su desgarro lo que no eres capaz de sacarte de la cabeza. Luego, el tendedero del que cuelga la sábana rasgada. Después, el patio en el que se levanta el tendedero. Y la casa de pueblo, el camino que casi la rodea, los campos de algodón y naranjos y la carretera nacional que los atraviesa como una cuchillada. Y en esas estoy yo. Ampliando mi área de visión y sin sacarme nada de la cabeza.

DOCTORA WILKES: Hacía meses que no te veía así. Bueno, mejor dicho, tan allí.

YO: ¿A qué te refieres?

DOCTORA WILKES: A que llevabas una época en la que te hacías presente cada vez que entrabas en la consulta y ya no te ibas mientras estuvieras hablando. Sin embargo, hace unos segundos, mientras me contabas lo de la sábana, no estabas aquí, o al menos no por completo.

YO: Puede. No sé.

DOCTORA WILKES: Es bueno. Al menos para tu escritura. Te he visto así otras veces. No lo digo con ningún afán de juzgarte. Aunque, ahora que lo pienso, quizá debería hacerlo.

YO: ¿Juzgarme?

DOCTORA WILKES: Añadir algo más. No pasar de puntillas por esto. Decirte que tengas cuidado.

YO: Cuidado con las disociaciones, ¿no?

DOCTORA WILKES: Con lo de pasar más tiempo allí que aquí. Dejémoslo en eso.

YO: Entendido.

DOCTORA WILKES: Te voy a hacer una pregunta que puede que te incomode.

YO: ¿Desde cuándo me avisas antes de preguntarme?

DOCTORA WILKES: Desde que sospecho que la semana pasada no viniste porque te molestó lo que dije.

YO: Estuve enfermo.

DOCTORA WILKES: Lo sé. Ya me lo has dicho.

YO: No me encontraba bien y me quedé dormido.

DOCTORA WILKES: Cambio la pregunta por una afirmación. Así no tendrás que decir nada si no lo deseas. Tengo la impresión de que vivir solo te permite la disociación de una forma más libre y espontánea. Te dejas arrastrar por la corriente de tus pensamientos mientras te llevas un trozo de carne a la boca, contemplas ensimismado la televisión o pierdes el hilo del libro que tienes entre manos. Eso, con T. en casa, es imposible o, al menos, más complicado. Hay que estar pendiente porque la vida os empuja. Quién se pasará mañana a por el pan y la fruta. Qué vais a hacer con los irritantes gusanos de la cocina. Cómo llevaréis el cable de la antena hasta el dormitorio. Si dejaréis otra vez el perro en casa de tu madre durante el próximo viaje. Para qué comprasteis la máquina de correr si nadie la usa. Ya sabes a qué me refiero. Todas esas cosas que parecen brotar con el único fin de entorpecer tu pensamiento y tu labor como escritor. Ahora ella no está. Solo estás tú. Y puedes abandonar el aquí cada vez que quieras o surja. Es tu más allá. Y sabes que sin él es muy complicado escribir cualquier cosa. Pero no olvides, y esto es una opinión profesional, que te estarías equivocando si pensases que tu bloqueo creativo es una consecuencia directa de algo que pueda hacer tu mujer o de una interferencia de sus actos con los tuyos. Te bloqueas porque es algo inherente a lo que haces. Si te dedicaras a poner ladrillo visto, no te bloquearías. Te ocurre porque tu proceso de escritura es pleno. Es decir, yo no escribo novelas y por eso no digo que estoy bloqueada. Tú estás bloqueado porque las escribes. El día que no te preocupe caer en ese bloqueo, será un buen momento para comenzar a poner ladrillo visto.

YO: No estoy de acuerdo. Al menos no del todo.

DOCTORA WILKES: Piénsalo, ¿vale? Y así podemos hablarlo en la próxima sesión. Creo que es un tema que nos puede ayudar a progresar.

YO: Sí.

DOCTORA WILKES: Bien.

YO: ¿Es todo por hoy? Ha sido muy breve.

DOCTORA WILKES: Tengo una curiosidad. Antes me has hablado de ese trozo de tela desgarrada como origen de la escritura.

YO: Sí.

DOCTORA WILKES: ¿Cuál es tu trozo de tela esta vez? ¿Qué has contemplado que no puedes sacarte de la cabeza?

YO: Un hombre llorando.

DOCTORA WILKES: ¿Un hombre? ¿Dónde?

YO: Supongo que en mi más allá.

TRES

Afirmar que crees ciegamente en cualquier cosa que nunca has visto tiene algo de rito sagrado, de libro de fe. Más te vale estar preparado para cuando comiencen a cuestionar aquello que has venido a contar. Y para eso tienes que tener presente que procedes del mismo lugar que ellos, de allí donde germinan la incredulidad y el escepticismo. Eso te dará algo de ventaja. Diles: una vez fui como vosotros. Verán que hay verdad en tus palabras por el simple y deslumbrante hecho de que tú encontraste la literatura.

Esto que viene ahora ya lo adelanté. Pero su lugar en la historia es justo este. La primera vez que hablé del niño nadie me creyó. Cogí el teléfono, busqué en la agenda a T. y la llamé a pesar de que me había pedido que la dejara tranquila durante algún tiempo. «Tengo que contarte algo que ha pasado», le dije. Pero ella no me devolvió palabra alguna. Se quedó a la escucha y, casi como una ofrenda, compartió conmigo su respiración. Yo, en cualquier caso, le conté todo lo que volaba velozmente en el interior de mi cabeza, que para eso la había llamado. La sinopsis es muy elemental. La voz de un niño me llega desde el interior de la casa con jardín: «El hombre no quiere irse». Cuando concluí el relato, tuve que contener mi aliento para cerciorarme de que el suyo seguía al otro lado. Y ahí lo encontré. Como las olas que se hacen y deshacen a los pies de uno, como la lengua de un perro relamiendo un cuenco vacío. Así hasta que su voz crujió en el espacio, y confirmé que el mundo, el mío, tal y como lo conocía hasta entonces, se había ido a la mismísima mierda.

—Mi tranquilidad, joder, mi tranquilidad. No me vuelvas a llamar para algo así. ¿Me entiendes? No lo hagas. Porque la próxima vez no voy a tener tanta paciencia. En cuanto cuelgue el teléfono llamaré a tu madre y le explicaré por qué, a pesar de tener cuarenta y tres años en los huevos, no puedes vivir solo. Le explicaré por qué acechas a una vecina que vive asustada, por qué eres capaz de quitarle la vida a un gato por el simple hecho de entrar en casa, por qué no sabes escribir si no mandas antes a la mierda todo lo que te protege, por qué ya no hay mudanza que te saque de ese agujero que te empeñas en cavar y por qué ahora vienes con que hay un niño que habla desde la oscuridad o no sé qué estupidez más. Todo eso le voy a contar. O mejor, díselo tú mismo. Eso. Cuéntaselo tú. Hazme ese favor. Quizá hablar de todo esto os sirva de algo. Eres desesperante, joder. Así que, a ver cómo lo digo sin parecer una trastornada, esta vez hay un niño cuya voz vive en la oscuridad de esa casa, ¿no? ¿Lo he entendido bien? ¿Es eso? Santo Dios. ¿Esto no será como lo del bostezo del puto perro?

—¿Qué bostezo?

—Empiezas a darme pena, Juanma.

—¿Y qué tiene que ver mi madre en todo esto?

—¿Ella? ¿Tu madre? Que tampoco me llame más. Díselo también. Respetad mi tranquilidad.

Cuando T. colgó el teléfono, un remolino de desesperación se me alojó en la garganta. Me sentí confundido y, por supuesto, la rabia me exigió que restituyera el orden natural de mis cosas, sin siquiera saber por dónde tenía que empezar. Pasaron unas cuantas horas en las que no fui capaz de separarme del teléfono ni de desprenderme de un deseo negro de volver a llamarla. Estuve a punto de apretar la tecla unas diez o quince veces. Quizá más. No sabía qué debía decir, pero sí tenía claro que, fuese lo que fuese, lo haría gritando. Afortunadamente la noche comenzó a caer y el cansancio, otra forma de amor, se alió conmigo. Fue entonces cuando se me reveló lo que apunté al comienzo de este capítulo: yo también fui como ella, vine del mismo lugar de incredulidad y escepticismo, pero encontré la literatura. Y antes de caer rendido, tecleé un mensaje de cinco palabras: «La literatura me permite creer». Le di a enviar, aunque ese gesto no lo guardé en la memoria.

CUATRO

Me largué de allí. Bueno, para ser precisos, nos largamos de allí los dos. Porque Boludo tenía tantas ganas como yo de abandonar aquel jardín. Ni yo hablé ni él ladró. Piernas y patas fueron prudentes, pero ambos corazones, estampida de búfalos. Encontramos la puerta de madera abierta y salimos algo desnortados, lo que nos hizo invertir quince minutos en un camino que necesita dos o tres. Supongo que Boludo, una vez fuera de aquel lugar, alineó sin problema olfato y esfínteres, pero yo, por el contrario, fui incapaz de romper aquel terror letárgico. En mi cabeza, unas cuantas preguntas se iban extendiendo como la lenta e implacable colada de lava que sepulta un pueblo. ¿Dónde se originaba la contundencia de las palabras de aquella mujer? ¿De quién era la voz que salía del interior de la casa? ¿Estarían aguardando mi llegada? ¿Qué habría ocurrido de haberme quedado en aquel jardín, de haber pronunciado palabra, de haber liberado a Boludo?

Las preguntas y las respuestas no dejaban de repelerse. Quizá por eso la mañana que mi madre vio a aquella mujer cruzar la carretera y dijo que la conocía, subí instintivamente al autobús. Ella se quedó perpleja, claro. Vio en mis ojos amarillos una fuerza que creía extinguida en la niñez. La tomé del brazo y, después de pagar los dos billetes y recordar mi huida desesperada de aquel jardín, la conduje hasta los últimos asientos. Ella dijo «tan atrás me mareo, niño». Pero después de eso estuvimos en silencio mientras recorríamos los primeros dos o tres kilómetros, mecidos por un traqueteo que me llevaba a mis años de estudiante. Mi madre tenía la mirada clavada en sus propias manos, hechas un único puño, y ahí la mantuvo cuando comenzó a hablar.

—¿Qué pasa, Juan? ¿Cuál es la razón por la que tengo que preocuparme?

—Ninguna.

—¿Entonces?

—Entonces qué.

—Mírate. ¿Qué haces aquí?

—Me apetece acompañarte a casa.

—Bueno, eso no me deja más tranquila.

—Estoy bien. Hace tiempo que no doy una vuelta en autobús.

—Juan, me conoces mejor que tu padre. Sabes que no vas a soltarme cualquier tontería y me voy a quedar tranquila. No me bajo de este autobús mientras no me digas algo que sea verdad. Y eso te lo juro yo por tu padre, que me lo encuentre tieso viendo *La ruleta de la suerte* al llegar a casa. ¿Qué está pasando aquí? Porque menudo día me estás dando, Juan. Que tú, en el fondo del corazón, no eres así, que te conozco desde que lloraste en mi barriga. Tu mujer se ha ido, los ojos se te han puesto amarillos como limones, la casa se te está desmadejando, ¿cuántos kilos has perdido?, ¿cinco?, ¿seis?, y ahora esta escena en el autobús, que parece que venimos de que un médico nos desahucie, ¿qué van a pensar en el barrio cuando nos bajemos juntos?, ¿qué va a decir la gente de nosotros?, porque tú sabes que van a decir, van a comentar, van a inventar. Así que venga. O me cuentas qué tienes en la cabeza o lleno un bolso con un puñado de mudas limpias y me instalo en tu casa.

—¿De qué conoces a esa mujer?

—¿A quién?

—A la mujer de antes. A la que has visto cruzar la carretera cuando subíamos al autobús.

—¿Eso qué tiene que ver con lo que estamos hablando?

—Quieres saber qué me pasa, ¿no?

—Sí.

—Pues la respuesta a la pregunta que te he hecho es, en buena parte, lo que me pasa. ¿De qué conoces a esa mujer?

—Coincidimos en una residencia de estudiantes que yo limpiaba.

—¿Cuándo?

—Poco antes de quedarme embarazada de ti. Ella es más joven que yo.

—¿Estás segura de que es la misma? Ha pasado mucho tiempo.

—Estoy segura.

—Pero...

—Juan, estoy segura. Ya te lo he dicho.

—Vale.

—¿Y tú de qué la conoces?

—No la conozco. Vive cerca de mi casa.

—¿Y?

—Y nada. Es una vecina, alguien a quien veo de vez en cuando.

—Vas a escribir sobre ella.

—No creo.

—No es una pregunta. Sé que lo vas a hacer. Vas a escribir sobre ella o ya lo estás haciendo.

—Esta vez no se trata de mi escritura, mamá.

—¿Ah, no?

—No.

—¿Y de qué se trata?

—A esa mujer le pasa algo.

—¿Te lo ha dicho ella?

—No. Pero le pasa algo.

—A todos nos pasa algo. ¿Te parece poco lo que te pasa a ti?

—A mí no me pasa nada.

—Díselo a tus ojos. Díselo a esa cara desencajada que me traes. Díselo a T.

—Te estoy hablando en serio. No me equivoco.

—Muy bien. ¿Y qué? Deja que le pasen cosas. En eso consiste la vida, ¿no?

—¿Qué más sabes de ella?

—¿Lo ves? Vas a escribir.

—Mamá, por favor, deja ya lo de la escritura.

—¿Yo? Déjala tú.

—¿Trabajasteis juntas mucho tiempo?

—Juan, la gente quiere estar tranquila.

—Yo no hago nada para que la gente deje de estarlo.

—Es por esto por lo que se ha ido tu mujer, ¿verdad?

—¿Cómo se va a ir por esto?

—Porque cuando no la estás metiendo en una de tus novelas, estás inmiscuyéndote en la vida de los demás o incordiando con que no puedes escribir por esto o aquello. Juan, que ya nos conocemos. Que llevas años con la misma salmodia.

—Veo que a todos os hace mucha gracia mi carrera de escritor.

—¿Gracia? Ninguna. Nos tienes angustiados. Pero bueno, es lo que hay. Somos tu familia. Esa mujer, en cambio, no lo es. No tiene que entender qué es lo que te lleva a actuar así.

—Ya estás hablando como ella.

—¿Como esa mujer?

—No. Como T.

—Pues muy bien. Eso me deja más tranquila. En algo pensamos igual.

—¿Cuál es su nombre?

—Déjalo ya.

—No creo que su nombre también sea un secreto. ¿O sí? Dame al menos el respiro de poder dejar de llamarla «la mujer».

—A mí «la mujer» me parece un nombre estupendo.

—Mamá...

—No sé cuál es su nombre. No me acuerdo.

—Mamá...

—Deberías bajarte en esta parada.

—Pero todavía no hemos llegado al barrio.

—Por eso, Juan. Hazme caso. Quédate aquí, que bastante tienes ya con lo tuyo.

CINCO

Cuando, en contra de la voluntad de T., fui a la clínica veterinaria con el gato muerto metido en una bolsa de basura, le conté al auxiliar todo lo que había ocurrido esa mañana y la noche anterior. Él no dijo mucho, porque estaba ocupado ordenando unas latas pequeñas de comida para hámsteres, pero en el momento de cobrarme la gestión de las exequias del gato aplastado, me animó a observar al perro durante al menos dos o tres semanas. La razón era que si el felino había conseguido darle una tarascada, era muy probable que desarrollara una enfermedad llamada arañazo de gato. Escuché su advertencia con curiosidad apasionada porque yo sabía desde el principio que a esta historia de lucha y muerte le faltaba algo de pundonor. Al parecer, bastaba con que una uña abriera una herida minúscula bajo el pelaje de un perro para que una infección galopara por su cuerpo y los ganglios linfáticos se le pusieran como pelotas de golf. Al día siguiente volví con Boludo sin que T. supiera nada. El mismo auxiliar me recordó que era muy pronto para saber si había contraído la enfermedad, pero lo desparasitó, le cortó las uñas y le echó unas gotitas por la nariz (45 euros). Siempre se alegran de ver a Boludo.

Hasta que el médico me confirmó, algún tiempo después, que lo que me hacía mal era la medicación que estaba tomando, también contemplé la posibilidad de que fuera yo quien padecía esa enfermedad del dichoso arañazo del gato. No tenía el recuerdo de que esa noche, al levantarme y sorprender a Boludo y al gato en plena trifulca, este me hiriera a mí. Pero era imposible descartarlo por completo porque no tener recuerdos no es certeza de nada. En la madrugada de aquel día, me desperté sobresaltado y abandoné la cama borracho de sueño y adrenalina. ¿Era ese el mejor estado para que mi mente descodificara cuanto estaba a punto de suceder? ¿Iba a poder acudir a mi memoria con total confiabilidad en los días posteriores? El arañazo, era obvio, no estaba registrado en mi piel. El recuerdo tampoco emergía. Pero el desastre enzimático de mi cuerpo era incuestionable. Creo que por eso, después de una mala noche, llamé a la clínica veterinaria y pregunté si era posible que lo que me estuviera ocurriendo fuera consecuencia de un arañazo tan fino como una línea en el aire. El resto ya lo he contado con más o menos precisión. Fui al médico y me aseguró que si dejaba de tomar la pastilla, en una semana estaría limpio.

Aprovechando toda esta farfolla hipocondriaca que como escritor había consignado en mi memoria, me volví a presentar por segunda vez en la casa de aquella mujer. En esta ocasión golpeé la puerta del jardín en siete u ocho ocasiones hasta que la vi aparecer por un lateral. Su largo pelo canoso estaba amontonado en lo que parecía un improvisado moño, vestía una camisa blanca, un pantalón oscuro y, como una minúscula anomalía, unas botas de agua. No sé si era el jardín o ella, pero una fragancia dulzona se me alojó en la boca y, con el paso de los minutos, me acabó resultando incómoda. En un principio, la mujer no dijo nada. Se quedó esquinada y me hizo un gesto con la cabeza que yo no supe o no me convino interpretar de ningún modo. Eso me condujo a hablar a mí. Y lo hice como quien abre un grifo de agua caliente y la deja correr a la espera de alcanzar la temperatura justa.

—Vengo a hablar de uno de sus gatos.

—¿Qué gato?

—Uno negro. Por eso vine el otro día. No debí entrar, pero es que nadie me contestaba y pensé en llamar a la puerta de dentro.

—¿De qué gato me hablas?

—¿Puedo pasar?

No me contestó, pero como agarró una silla con rudeza, caminó unos metros y se sentó junto a la mesa redonda de piedra, empujé la puerta e hice exactamente lo mismo. No percibí temor por su parte. Quizá sí una prudencia helada o esa cortesía que se le brinda a alguien que quiere venderte algo que tú no buscas. Una vez que la tuve enfrente, me resultó inevitable centrarme en sus ojos. Marrones y anillados como el tocón de un viejo árbol. Hondos. Hinchados de un aire cálido.

—Hace un tiempo se coló un gato negro en mi casa. Mi perro dio con él y yo intenté que las cosas no acabaran mal, pero tuve la mala fortuna de que me arañó en la pierna. Casi nada, apenas un rasguño, ni me di cuenta en ese momento. Pero tiempo después comencé a sentirme mal y ahora el médico cree que se debe a una infección que se inició con esa herida.

—Ese gato no es mío.

—Me ha desajustado no sé cuántas cosas. Y eso me hace estar muy cansado y me ha borrado el apetito de un plumazo. El médico quiere saber si el gato está vacunado, desparasitado y sigue sus revisiones periódicas. Le preocupa que acabe siendo una infección más grave de lo que ya es. Una bacteria distinta a la que él tiene en mente.

—Ya te he dicho que ese gato no es mío.

—Pero yo lo he visto en su jardín muchas veces.

—Aquí los gatos van de jardín en jardín.

—Los gatos siempre son de alguien. Este, además, lleva collar.

—¿Lleva o llevaba?

—Lleva. Salvo que alguien se lo haya quitado, claro.

—Bueno... En cualquier caso, el gato no es mío.

—¿Cómo puede estar tan segura? ¿Cuántos gatos tiene en su jardín?

—Ninguno de ellos es cosa mía.

—Es decir, que mejor empiezo a hacerme a la idea de que el gato no está vacunado contra nada.

—No sé. Dices que tenía collar. Puede que lo estuviera.

—Tiene collar. En presente.

—¿A qué has venido? ¿A ver si me puedes denunciar por el arañazo de un gato?

—No. El médico me ha pedido...

—¿Eso es todo?

—No quiero molestarla. Supongo que sigue ofuscada por la confusión que produjeron mis paseos nocturnos. Pero, como ya le dijo mi mujer, había un interés estrictamente literario en la casa. Nada más.

—¿Tu mujer?

—Sí. Me lo contó. Y créame que entendí sus razones desde el primer momento. Es normal que se asustara, y es de sentido común que merezca todas las disculpas del mundo. Mi intención, no obstante, era comprender la casa desde fuera, y el jardín dificultaba muchísimo la tarea. Así que...

—Ve al grano, por favor.

—¿Cómo dice?

—Que qué demonios quieres.

SEIS

Sesión 5. Transcripción natural. Dos interlocutores. Fragmento 1/2.

DOCTORA WILKES: Llegas tarde.

YO: Lo siento.

DOCTORA WILKES: No es habitual en ti.

YO: Bueno... Ya he llegado.

DOCTORA WILKES: ¿Ya has llegado?

YO: Sí. He estado a punto de no venir.

DOCTORA WILKES: Supongo que había una buena razón.

YO: No creas.

DOCTORA WILKES: ¿Y una mala?

YO: ¿Por qué no contestaste al mensaje?

DOCTORA WILKES: ¿Por qué me enviaste ese mensaje?

YO: No lo sé, la verdad.

DOCTORA WILKES: ¿Entonces?

YO: Ya da igual.

DOCTORA WILKES: No. Es algo que me interesa, Juanma. Detengámonos en ello. ¿Cómo te sentías en el momento de escribirlo?

YO: Qué pereza.

DOCTORA WILKES: Si quieres lo dejamos por hoy. No hay problema. Tú decides.

YO: Me sentía jodido. Furioso. Pero no recuerdo por qué decidí enviártelo, la verdad. Tengo la imagen nítida de escribirlo, pero no de darle a enviar.

DOCTORA WILKES: Entonces estamos cerca de la respuesta a otra pregunta, que tampoco está nada mal. ¿Por qué lo escribiste?

YO: Me sorprendió que no contestaras a mi mensaje.

DOCTORA WILKES: Eso ya me lo has dicho. Pero no creo que sea así. Sabes de sobra que no contesto a los mensajes de mis pacientes, a menos que sea una urgencia. Es de las primeras cosas que te dije cuando comenzamos a vernos. Además, tú no formulabas ninguna pregunta, tampoco pedías nada, no interpreté necesidad alguna. Contesta, por favor. ¿Por qué lo escribiste?

YO: Supongo que pensé que si alguien podía entenderme en ese momento, esa persona eras tú.

DOCTORA WILKES: ¿Entenderte o comprobar si sigues teniendo a alguien cerca?

YO: Ambas cosas son necesarias.

DOCTORA WILKES: ¿Y a qué momento te refieres?

YO: Había discutido con T. La llamé y la conversación se nos fue de las manos. Nada del otro mundo. Porque últimamente ese es el tono en el que nos hemos instalado.

DOCTORA WILKES: ¿La has vuelto a llamar después de eso?

YO: No. Estuve a punto, pero no lo hice.

DOCTORA WILKES: Eso es un logro. Está bien que reconozcamos los logros.

YO: ¿No llamarla?

DOCTORA WILKES: Sí. Creo que habría empeorado la situación, dada la hostilidad de vuestra charla. Supiste reordenar ese pequeño caos. Y ella, por su lado, necesita un tiempo. Los dos salisteis ganando.

YO: ¿Y yo qué necesito?

DOCTORA WILKES: No sé. Eso tienes que decirlo tú.

YO: ¿Ella te ha dicho lo que necesita?

DOCTORA WILKES: No. Tú me has dicho lo que ella te comentó. Y, en cualquier caso, sus decisiones y sus actos la respaldan. No obstante, esto no nos lleva a ningún lado, ¿no crees?

YO: Ella se fue sin decir nada. Ni qué necesitaba ni qué no necesitaba.

DOCTORA WILKES: Juanma, insisto, esto no nos conduce a ningún sitio. No perdamos el rumbo.

YO: ¿Entonces qué? ¿Hablamos de micología?

DOCTORA WILKES: Me gustaría que te centraras en lo que escribiste y me enviaste. «La literatura me permite creer.»

YO: Ya te he dicho que estaba furioso.

DOCTORA WILKES: No parecen palabras especialmente furiosas.

YO: Pues no lo parecerán, pero habría reventado el móvil en mil pedazos. De hecho, ahora que has sacado el tema, sigo sintiendo que algo me hierve dentro.

DOCTORA WILKES: «La literatura me permite creer». ¿Qué querías que yo interpretara?

YO: Supongo que eso... La literatura no solo me permite concebir historias, personajes o lugares ficticios. También me ofrece la posibilidad de desentrañar esa realidad a la que no queremos darle lugar.

DOCTORA WILKES: No sé si te entiendo.

YO: Hay cosas que no tienen acomodo en nuestra vida.

A veces, porque nos resultan inasumibles, insoportables o incomprensibles, las sacamos de nuestra cabeza o, en el mejor de los casos, las escondemos en algún rincón del espacio negro de nuestra mente. Creo que la literatura ofrece a esas cosas el lenguaje de su existencia. Por desgracia, la literatura no tiene cobijo en la vida de todas las personas.

DOCTORA WILKES: En la tuya sí, claro. De eso no hay duda. Pero ¿podrías ponerme un ejemplo concreto?

YO: Da igual. Olvidémoslo.

DOCTORA WILKES: Ahora no. Ofréceme un ejemplo con el que yo sea capaz de entender lo que planteas.

YO: Puede que entender esto te lleve a no entenderme a mí.

DOCTORA WILKES: Evitemos los trabalenguas, por favor. Ya sabes que no me gustan.

YO: Si ahora mismo tú y yo echamos un vistazo a lo que nos rodea en esta consulta, nos pondremos de acuerdo en las cosas que podemos ver. Yo creo que hasta ahí sí llegaríamos juntos, ¿no? La mesa, el ordenador, las sillas, el armario, los libros, las cortinas, los cojines. Puede, en cambio, que haya un poco de discrepancia en lo que oímos u olemos, porque no pasa a través del cedazo de la vista, esa pequeña dictadora, y no vamos a tener más remedio que emplear otros sentidos que conectan muy bien con la subjetividad. Por tanto es previsible que a la hora de explicar qué estamos oliendo u oyendo empleemos alguna comparación, alguna metáfora o incluso, por qué no, alguna sinestesia, y eso puede hacernos disentir. El lenguaje literario aparecerá ahí de un modo más o menos natural para nombrar este aroma dulzón del incienso humeante o ese minúsculo mordisqueo que proviene de la madera de uno de los muebles.

DOCTORA WILKES: Esto me suena.

YO: ¿Sigo o no?

DOCTORA WILKES: Perdona. Adelante.

YO: En lo que no estaremos de acuerdo, y en esto no tengo dudas, es en inventariar lo que no vemos, ni oímos, ni olemos, pero que está tan presente como todo lo demás. Para nombrar eso, sea lo que sea, no basta con unos cuantos recursos literarios. Necesitamos mucho más. Exige toda la concepción literaria. Ojo, no para que eso exista. La necesitamos para poder creer que existe y, si me apuras, hacer creer a los demás que eso es así. Imagina que encuentro las palabras exactas para decirte que el día que fallezca tu marido no podrás soportar el dolor y decidirás unirte a él, pasando por encima de la desesperación de tus hijos y de tus nietos. Lo llaman profecía. Pero en el fondo es literatura. Sé que lo que te estoy diciendo es algo verdaderamente gordo, grave, inconmensurable. Es probable que te tomes estas palabras con desagrado, no es para menos, pero también con escepticismo. Y aun así, eso no impedirá que yo siga creyendo en ese desenlace funesto. No necesito esperar a ver a tu marido tumbado en la acera para creer que tú tomarás idéntico camino. No necesito que nadie me lo cuente. He encontrado las palabras exactas, y en ellas creo. En tu caso, en cambio, tendrás que aguardar esa llamada en la que te hablen de un hombre muerto en plena calle. Solo así reconocerás la naturaleza real del suceso y de las decisiones que asumirás. ¿Y por qué? Porque tú no crees en la literatura, o en la profecía, llámalo como quieras, que siempre es un estadio anterior a la realidad, a la vida, y no posterior, como suele pensar la gente.

DOCTORA WILKES: ¿Qué diablos estás diciendo?

YO: Te estoy poniendo un ejemplo para que lo entiendas.

DOCTORA WILKES: ¿Un ejemplo de qué? ¿De un delirio? No, de un delirio no, que puede que hasta te resulte literario. ¿Un ejemplo de un disparate? ¿Qué quieres provocar?

YO: No pretendía ofenderte.

DOCTORA WILKES: Probablemente ofenderme no. Pero cualquier otra cosa, sí.

YO: Discúlpame. Quizá el ejemplo no ha sido muy acertado. Aún estoy dándole vueltas a todo esto.

DOCTORA WILKES: ¿A todo esto? ¿A qué le das vueltas?

YO: A lo que te escribí en ese mensaje.

DOCTORA WILKES: ¿La literatura te permite creer que mi marido va a fallecer y yo me voy a quitar la vida?

YO: No. Ese era el ejemplo. Un mal ejemplo, como ya he reconocido.

DOCTORA WILKES: Es una estupidez de mal gusto.

YO: Me he disculpado. Además, ya te he dicho que aún estoy afectado por la conversación con T.

DOCTORA WILKES: ¿Y entonces en qué te permite creer la literatura?

YO: En que no estoy loco.

DOCTORA WILKES: Nadie ha dicho que lo estés.

YO: A veces me lo digo yo.

DOCTORA WILKES: ¿Por qué?

YO: Juraría que oí la voz de ese niño.

DOCTORA WILKES: ¿De qué niño me estás hablando?

SIETE

Tal y como mi madre le pronosticó a mi padre, aparecí en su casa el fin de semana siguiente a nuestra charla en el autobús. «Tu hijo no va a tardar en pasarse por aquí. Ya está escribiendo otra vez.» Llegar a esa conclusión no era cosa de alta hermenéutica, pero bueno, supongo que a ella le resultó imposible no emocionarse con la idea de que su oráculo emanara de mi corazón. A mi padre, en cambio, mi presencia le resultó irritante e inoportuna porque ya estaba al tanto del trasfondo de aquella visita. Para colmo, allí la situación tampoco era un remanso de paz y sosiego. Lo supe nada más entrar y contemplar que mi madre había cambiado de lugar todos los muebles del salón. Esa era una de sus señales delatoras: cambiar los muebles de un lado a otro, blanquear las juntas de los azulejos, dar escobazos en el rodapié a horas muy tempranas o imponer una nueva disposición de los alimentos en el frigorífico. Llegar a casa, ir a buscar algo que comer a la nevera y comprobar que nada estaba donde una vez estuvo, te cerraba el estómago hasta el día siguiente. En esa situación, ni siquiera nos atrevíamos a preguntar qué había ocurrido, por qué una nube de ceniza negra se cernía sobre nosotros, cómo nos había encontrado el Apocalipsis. Callábamos. Sabíamos que el silencio era la mejor ofrenda que podíamos hacer aunque no siempre resultara efectiva. Así que ese día no pregunté qué había sucedido. Ni siquiera posé la mirada más de cinco segundos en nada que pudiera atraer una interpretación capciosa por parte de mi madre. Mi padre, que estaba sentado en su sillón, se levantó y me dijo «me pillas yéndome, niño». Y mi madre, que veía la tele como quien apunta por una mirilla telescópica, no abrió la boca hasta que oyó que la puerta de la calle se abría y cerraba.

—¿Eso de tu camiseta es sudor?

—Sí, he venido en bicicleta. Tengo que hacer ejercicio por lo del riñón.

—Ya... ¿Quieres ducharte?

—No hace falta.

—Como quieras. Te quedas a comer.

—No.

—No es una pregunta. Te quedas.

—Tengo cosas que hacer.

—Te quedas. Ya está todo listo. Lo preparé anoche.

—Mamá...

—Vale, no te quedas. Si en realidad no me sorprende.

—No voy a preguntar qué ha pasado, mamá. No voy a caer en la trampa.

—¿Qué trampa? Estás en tu casa. No hables raro, anda. Esto no es una entrevista para la televisión.

—Yo no he dicho que esta no sea mi casa.

—¿Ves cámaras por algún lado? Yo no. Pero como tú eres escritor, vete a saber lo que eres capaz de ver.

—Mamá...

—Tu padre es un callejero que no se acuerda de volver. ¿Has visto que ha salido ahora? Pues ya no viene hasta la hora de comer. Aunque eso ya lo sabes tú. No es ninguna trampa, como dices. En esto hay más verdad que en una homilía. Ayer le dije una obviedad. Que el día que me muera no va a estar en esta casa. ¿Sabes qué me soltó?

—...

—Te he preguntado que si sabes qué me soltó.

—No, mamá.

—Que sea un poco más flexible. Que tampoco me va a pasar nada por morirme de noche, que es cuando él está aquí.

—¿Quieres que hable con él?

—Con tu padre no se puede hablar. Está muy cambiado. Parece mentira que no lo sepas.

—...

—Qué tonta fui.

—¿Tonta por qué, mamá?

—Por nada.

—Ya... Por algo será.

—No te quiero entretener, que ya me has dicho que estás muy liado.

—¿Qué has hecho de comer?

—No hagas preguntas estúpidas. Tú has venido por lo que has venido. Da igual lo que haya cocinado.

—No hagamos esto más difícil. Además, ahora sí me apetece quedarme a comer. Pero hasta entonces, ¿qué te parece si salimos a que nos dé el aire? Así charlamos un rato. Y sí, por supuesto, es obvio, salta a la vista y todo lo que tú quieras: voy a hacerte preguntas sobre mi vecina. No hace falta que sueltes ningún comentario al respecto.

—Allá tú.

—¿Qué significa eso?

—Más clara no puedo ser.

Estuvimos paseando por un camino mal asfaltado que transcurre al lado de la valla del aeropuerto. El lugar es infame por lo que tiene de zona de exclusión, casi radioactiva, pero mi madre se ha acostumbrado a estirar las piernas por ahí. Dice que apenas pasan coches, que es raro encontrarse con otros vecinos y que, como la presencia del aeropuerto imposibilita nuevas construcciones, la zona conserva la misma apariencia que tenía en su infancia. Y es verdad que hay olivos retorcidísimos que parecen como mínimo de la Edad Media, y ahí siguen los cauces secos que llevaban agua a los viejos bancales, y del mismo modo continúan al filo del asfalto unas matas resecas que sobreviven precisamente porque no parecen vivas. Para mi madre la palabra *paseo* tiene una carga terapéutica que ella no está dispuesta a acoger en su vida. Lo mismo le pasa con las infusiones y con las sopas. Ella estira las piernas, anda o hace mandados. Cualquier cosa que se exceda de eso lo entiende como una actividad propia de gente que no quiere morirse. Algo que considera ridículo y poco elegante con Dios. Por eso, mientras caminábamos, me di cuenta de que no se había quitado el mandil y que lo disimulaba haciendo de él un ovillo a la altura de la cintura. No era un olvido. Era su manera de dejar constancia de que aquella excentricidad mía de salir a andar no podía durar mucho porque ella tenía menesteres más importantes que acometer.

—Mamá, necesito que me cuentes todo lo que sabes sobre mi vecina.

—Tampoco es que sepa mucho.

—Vale. Pues justo eso.

—¿Y por dónde quieres que empiece?

—Por el principio.

—Me parece bien. Pero voy a empezar por el final.

—¿Por el final?

—Sí.

—¿Y cuál es el final?

—Eso ya depende de ti. Hay dos finales posibles. El primero es el mejor: yo te cuento todo lo que sé de tu vecina porque antes me has dado tu palabra de que hoy mismo llamarás a T. para arreglar las cosas. Y luego está el segundo final, que, aunque es un poquito peor, tampoco está tan mal: yo no te cuento ni un mísero detalle porque tú no me das tu palabra de que vas a llamar a T. ¿Qué me dices, Juan? ¿Qué final prefieres?

—Tú y tus condiciones. Siempre.

—De condiciones nada. Leyes.

OCHO

Me contó que hace ya muchos años, treinta y cinco, quizá más, cuarenta, el barrio en el que se levantaban nuestras casas, la suya y la mía, no era así. La distancia que lo separaba del centro de la ciudad era lo más parecido a una buena cicatriz, y eso condicionaba el lugar que te había tocado en este mundo. Nada que ver con la situación actual, en la que todo se había reunido a fuerza de derribar tapias y sustituir descampados por parques. Además, en aquellos años, ni siquiera había farmacia. Ni un solo edificio municipal. Ni tres colegios, como ahora. Bastaba con uno solo, pequeño, bonito, a veces blanco, bien puesto. Tampoco estaban los adoquines que hoy amplifican las rodadas de los coches ni habían levantado tres cuartas partes de las casas que hay ahora. Por supuesto, sí funcionaban ya la imponente iglesia, diseñada también por el gran arquitecto de la ciudad, y una casa de socorro de la que jamás oí hablar a nadie y de la que no he encontrado información alguna.

Más o menos así era este barrio mientras vivieron juntos. De modo que el lugar en el que pasaban más tiempo cuando no había que estar en el colegio o en el trabajo era el imponente jardín de la casa, correteando entre buganvillas, madreselvas, mimosas y helechos. Dónde si no. Allí, sentados alrededor de la mesa de piedra, el padre acostumbraba a armar cuentos en los que cada uno tenía que representar un pequeño papel. No había nombres. También es cierto que en los mejores cuentos nunca los hay. Así que la madre podía ser un pájaro, el padre, un árbol, y el niño, la lluvia, por ejemplo. Pero las posibilidades eran tantas que acabó por escribirlos para que el olvido no los borrara. Piedra, luz y flor. Agua, rama y abeja. Tierra, raíz y sombra. Ella me dijo que eran los cuentos del jardín, así que supuse que ese era el nombre que les habían dado.

«Cuando mi marido comenzaba el cuento, nuestro hijo abría los ojos de par en par como si estuviera contemplando la nieve por primera vez. Siempre las mismas palabras en el mismo orden: Mirad esta pequeña semilla. Dentro hay una historia que quiere hacerse grande. ¿Me ayudáis?»

NUEVE

En literatura, ir al grano no suele ser una buena estrategia. Soy muy consciente de ello y por eso lo escribo aquí. Pero hay veces en las que no queda más remedio que coger ese atajo. Sobre todo cuando se tiene la sospecha de que uno está haciendo equilibrio entre el todo y la nada. Entonces hay que apostar con desesperación. El día que hablé por primera vez con la mujer en su jardín fue una de esas veces. Así que sí: obedecí y fui al grano.

Sentados frente a frente en aquella mesa redonda de piedra, le conté que, una mañana, mientras sacaba a pasear a Boludo, me topé con una ambulancia en la puerta de su casa. Atrapado por la curiosidad que concentra toda desgracia ajena, me acerqué con prudencia y vi cómo se llevaban a alguien en una camilla. Mientras se lo relataba, la miraba con el mismo celo con que se pasa un detector de metales por un arenal. Iba de sus ojos profundos a su boca invisible, de sus manos quietas a su cabello enhebrado con horquillas, de su piel sobrescrita a su cuello blanco y enhiesto. Su atención era absoluta, debilitante, expansiva. O esa era la impresión que me daba a mí, mientras intentaba no perder el hilo de mi relato.

—Parecía una anomalía en mitad de mi mañana. Un sueño pegajoso. Lo sacaron de aquí. Por la misma puerta por la que yo he entrado. Ni siquiera alcancé a ver quién era. Pero cuando llegué a mi casa, no sé por qué, cogí mi cuaderno y escribí exactamente lo que acababa de presenciar. Bueno, exactamente no. Porque al término de la escena, una vez que la ambulancia se había ido y todo parecía haber recobrado su orden natural, incorporé a mi relato un hecho que en realidad no había tenido lugar. Yo volvía a merodear por las afueras del jardín y sorprendía a un hombre llorando al otro lado de la puerta. Un hombre muy mayor. Un hombre que estaba sentado en el suelo, contra la pared, y cuya congoja parecía inagotable. Eso, como le digo, no lo vi porque no sucedió. Pero pensé que quizá también tenía que estar ahí, junto a todo lo demás, junto al perro, la casa, el jardín y la ambulancia. Lo curioso es que después de esas dos o tres páginas, no he conseguido escribir más sobre el asunto.

—Y ahora crees que hablando conmigo puedes volver a escribir.

—Buena deducción.

—No es una deducción. Es lo que me ha dicho Seve.

—¿Seve?

—Sí.

—¿Y él qué sabe de mí?

—Dice que basta con leer tus libros anteriores para conocerte bien. Además, me ha asegurado que eres inofensivo.

—Vaya... Supongo que se lo agradeceré cuando me lo cruce.

—También me ha dicho que eres muy raro.

—Él tampoco es muy normalito.

—Todos tenemos nuestras cosas, ¿no?

—Supongo.

—Así que esta es tu manera de trabajar.

—No sé qué quiere decir con eso.

—Pues es bien fácil. Atravesar todas las líneas hasta conseguir lo que quieres.

—Entonces no. Esa no es mi manera de trabajar.

—¿Y cuál es?

—Madrugar, escribir y borrar.

—¿Ya está?

—No crea... Es más difícil de lo que parece.

—No, si yo no digo que sea fácil. Solo intento entender por qué llevas semanas merodeando por aquí, por qué fotografías la casa, por qué te escondes detrás de la buganvilla, por qué eres capaz de entrar al jardín con esa ridícula historia del arañazo del gato muerto...

—No está muerto.

—Pues habrá resucitado en el último momento, porque no tenía muy buena pinta cuando lo metías en la bolsa.

—...

—No nos subestimemos, anda.

—No se trata de atravesar líneas. Lo he hecho porque creo que aquí hay una historia.

—¿Aquí? ¿Dónde? ¿En esta casa?

—Sí.

—¿Y por qué crees eso?

—Por nada en concreto. Bueno, sí. Por intuición.

—Entonces veamos qué tal vas de intuición. ¿Cómo era ese hombre que viste llorando?

—No lo vi. Como le digo, me lo imaginé. Y ahí, en mi cabeza, era muy mayor. De unos ochenta años. El llanto le pronunciaba las arrugas, y el cabello, casi blanco por completo, lo tenía repeinado como un niño. Gimoteaba.

En ocasiones daba la sensación de haber tragado agua. Más o menos eso fue lo que escribí y, cuando lo releo, lo visualizo así.

—¿Cómo sabes que no lo viste al otro lado de la puerta?

—Porque no estoy loco. Solo lo escribí.

—¿Hablaste con él?

—Eso no lo sé porque no avancé más allá de esas páginas.

—¿Y dónde dices que estaba ese hombre?

—Justo ahí. Entre la puerta del almacén, o lo que quiera que sea eso, y esta esquina de aquí. Sentado. Se supone que yo lo veía a través de la celosía de la puerta, porque antes no estaba ese paño de brezo.

—Ya.

—¿Lo ha puesto usted?

—¿Quién si no?

—¿Lo ha hecho por mí?

—¿Tú qué crees? Aunque en realidad no ofrece mucha intimidad, ¿no te parece?

—No.

—Aquí, desgraciadamente, no vive ningún viejo.

—En cualquier caso, me gustaría saber, si no es mucha indiscreción, a quién se llevaron en la ambulancia aquella mañana.

—...

—¿Me ha oído? En la ambulancia... ¿A quién se llevaron?

—Pero eso sería empezar por el final.

—¿Y?

—Que si de verdad crees que aquí hay una buena historia lo apropiado sería comenzar por el principio. Lamento decirte que soy de las que piensan que a cada historia, su orden.

—No veo inconveniente. Aunque el orden de la vida, a veces, tiene poco que ver con el orden de las novelas.

—Entonces yo me encargaré de la vida y tú de la novela. Y así ya tenemos un punto de partida.

—Me parece bien. ¿Algo más?

—Claro que hay algo más. Hablar con Seve me ha dado un poquito de ventaja y he tenido tiempo de pensar en algunas cosas. Tengo unas cuantas condiciones para ti.

—¿Condiciones?

—Sí.

—Como si fueran leyes...

—¿Leyes? Bueno, si prefieres esa palabra...

—Me resulta más familiar.

DIEZ

El día que la mujer aceptó hablar conmigo, yo ya estaba al tanto de ciertas cosas que me había contado mi madre. Y eso, aunque no era mucho, me ofrecía unas vistas panorámicas a las que nadie habría renunciado de buenas a primeras. Podría haber compartido con ella que su vida y la de mi madre se habían cruzado en algún momento del pasado, pero no lo hice. No le conté ni eso ni alguna otra cosa que buscaba en mi cabeza un asiento en primera fila. Puede ser que en esa decisión literaria ya se cobijaran la semilla del acierto y la flor de la equivocación. Eso nunca se sabe hasta que uno alcanza el desenlace de los acontecimientos. Y a veces ni siquiera así.

Aquel día en que visité a mis padres, mi madre esperó a que almorzáramos y a que mi padre se marchara de casa para contarme algunas cosas que recordaba sobre mi vecina, sobre la mujer. Mientras lo hacía, intuí cierta inquietud en su voz, pero era difícil precisar si se la provocaba su memoria revuelta o la idea de que yo fuese a escribir sobre el tema. Intenté interrumpir su relato lo menos posible. Intenté anotar en mi cuaderno cuanto pude. Intenté detectar aquellos momentos en que la historia se quebraba hábilmente para salvar algún escollo. Lo intenté todo. Pero cuando mi madre cuenta, mi madre manda. Incluso en mi silencio, en mi cuaderno y en mi atención.

—Trabajé cinco años en aquella residencia de estudiantes. Te estoy hablando de los años setenta, antes de que tú nacieras. Llegué allí porque la caja de ahorros se había quedado con ese enorme edificio y, como yo ya limpiaba algunas de sus sucursales, el que entonces era el encargado de estas cosas, un conocido de tu padre, me ofreció la posibilidad de formar parte del grupo de mujeres que limpiaría allí. Era un buen cambio, la verdad. Lo de las sucursales se había convertido en un matadero. Tenías que ir de un lado a otro de la ciudad, a veces tirando de fregonas, escobas y garrafas de lejía, y la mayoría de los directores te trataban o bien con desprecio o bien mordisqueándote las piernas con los ojos. Ella aterrizó en la residencia cuando yo ya llevaba unos dos años, y fue porque uno de los encargados pilló una malura en un viaje y el cerebro se le encasquilló para siempre. Ocupó un cargo que no era exactamente el de directora de la residencia, pero en la práctica parecía tal cosa. Se partía el lomo para que todo funcionase, y hay que reconocerle que lo conseguía.

—¿Trabajasteis juntas dos años y pico?

—Bueno, eso no es trabajar juntas. Ella hacía sus cosas y nosotras, las nuestras. Y a veces en el fragor de los quehaceres nos cruzábamos.

—¿Y qué tal era?

—Trabajadora. Muy trabajadora. La típica mujer que no se pone mala nunca, que siempre está al pie del cañón. Lo contrario a tu hermano, para que te hagas una idea.

Con bastante mala leche cuando había que sacarla afuera, especialmente con los niñatos que dormían y cagaban allí. Ninguna de nosotras tuvo problema alguno con ella. De hecho, nos escuchaba, que era algo a lo que no estábamos acostumbradas en ese trabajo. Recuerdo que cuando me quedé embarazada de ti, fui a contárselo yo misma para que no se enterara por otra boca, porque en esa empresa, antes de que ella llegara, habían despedido a algunas mujeres en cuanto se preñaban. En estas cosas nunca se sabe porque una no está dentro de la cabeza de la otra, pero yo juraría que se alegró de corazón. Me contó que ella y su marido llevaban años buscando un hijo, y que no había manera, que se habían gastado un dineral en tratamientos, así que a la palabra *esperanza* ya le faltaba alguna letra. No lloró ni se puso triste mientras me lo contaba. Sonreía porque saltaba a la vista la felicidad que a mí me había traído el embarazo. A los tres o cuatro meses de eso, una noche me desperté creyendo que un calambrazo me partía la barriga en dos. El ginecólogo me dijo que no podría trabajar hasta que tú llegaras al mundo. Me cogí una baja y ya nunca volví a la residencia.

—¿Por qué?

—Bueno... Ya sabes que tu padre nunca se ha caracterizado por el acierto y la idea brillante. Cuando llegó el momento de reincorporarme, él me convenció para que me quedara un tiempo más a tu cuidado. No sé por qué le hice caso. Ahora tendría una jubilación en condiciones como todas las que trabajaron conmigo, y no la basura que estoy cobrando.

—¿Y mi vecina?

—¿Qué?

—¿Ya no supiste nada más de ella?

—Sí. Mucho tiempo después.

—¿Y?

—Esta es la parte que no sé si hago bien contándotela.

—No empecemos...

—No, Juan. Lo que no sé es si acabar.

—Hemos hecho un trato, ¿recuerdas? Esta noche llamaré a T. e intentaré que las aguas vuelvan a su cauce.

—No me gusta hablar del dolor ajeno.

—Hemos hablado del dolor ajeno centenares de veces.

—¿Yo?

—Los dos.

—Yo no. Y no tires por ahí porque soy capaz de cerrar la boca y no abrirla ni para tomar aire.

—Que sí, mamá, que me queda claro. Pero ¿qué puedo hacer yo mal con ese dolor?

—Traerlo de vuelta.

—Me sobrevaloras.

—No empieces con tu palabrería porque entonces sí es verdad que hemos acabado ya.

—Te prometo que no traeré de vuelta ningún dolor.

—Tampoco seas cínico.

—Dime qué supiste de ella, por favor.

—Me voy a arrepentir. Lo sé.

—Mamá...

—Es que lo sé, Juan. Lo veo tan claro... Pero bueno... Muchos años después de dejar el trabajo, no sabría decir cuántos, ocho o nueve, me encontré a esa mujer en el parque del Puerto. Estaba sentada en un banco. Me costó reconocerla. Muy delgadita, con la mirada más allí que aquí. Llevaba un par de tiestos, y supuse que estaba descansando.

—¿Tiestos?

—Sí, maceteros vacíos. Uno dentro de otro.

—Vale.

—Ella no me reconoció. Tuve que explicarle quién era. «Dolores, la de la residencia, una de las encargadas de las habitaciones, ¿te acuerdas?» Y nada. Un buen rato intentando llevarla a aquellos lejanos años para traerla de vuelta de donde estuviera en ese momento. Hasta que, por fin, afloró alguna emoción en su cara.

—¿Cuál?

—Vete a saber. Estaba francamente mal. Le dije de tomar algo en una cafetería que no quedaba lejos, aunque yo en realidad me la habría llevado a casa y la habría metido en la cama. En cuanto se puso a caminar a mi lado, lo supe.

—¿Qué?

—Estaba muerta en vida. En ella no había ni una chispa de alegría. La resignación se lo había llevado todo por delante.

—¿Por qué?

—Recuerdo que aquel bar olía a lejía. Y probablemente sea lo único agradable de ese momento. Nos sentamos una enfrente de la otra, y comencé a contarle algunas cosas. Saltaba de un tema a otro porque yo era consciente de que había algo que le ardía en los ojos. Ya sabía, por una antigua compañera, que algún tiempo después de que me marchara consiguió quedarse embarazada. En cuanto se olvidó de médicos, la cosa cuajó, claro, como siempre. Pero fue un embarazo complicado, así que acabó haciendo lo mismo que yo. Dejó el trabajo. Y eso que el suyo no era meter la escoba debajo de las literas. Precisamente le estaba hablando de aquellas insoportables literas cuando llegó el primer chorrito de coñac a su café.

—¿Coñac?

—Sí. Se lo pidió varias veces al camarero.

—Ya.

—Yo me habría caído de culo. Pero a ella no se le movió ni una sola arruga de la pena que llevaba dentro.

—¿Qué pena?

—Su hijo, que tenía cinco o seis años, no estaba bien.

—¿Qué significa eso?

—Lo que te he dicho. Que no estaba bien.

—¿Te refieres a que estaba enfermo?

—Yo no me refiero a nada. Solo repito lo que ella me dijo. Mi hijo no está bien. Y la verdad es que teniendo en cuenta la cara que vestía, a nadie se le habría ocurrido dudar de sus palabras.

—¿Pero tú no le preguntaste?

—Yo no soy de preguntar todas las cosas.

—¿Que tú no eres de preguntar?

—No te la juegues, Juan.

—Perdona.

—Después de decirme eso, se levantó de la silla y, con la excusa de que se había olvidado los maceteros en el banco del parque, se fue zumbando.

—¿Y ya está?

—No, Juan, ya está no. Estamos hablando del dolor de una madre. Tú no sabes lo que es eso, pero yo sí. Y te aseguro que lo que menos quiere una es que venga un desconocido a hurgar en ese dolor, sea el que sea y quede donde quede. Así que hazme caso. Déjala tranquila y céntrate en lo importante. Ya no tienes edad para quedarte solo.

—Yo no estoy solo.

—Pues si no lo estás, te queda bien poco. Llama hoy mismo a T. y arregla las cosas.

—¿Qué crees que le pasaba al niño?

—Nada bueno.

—Mamá, te conozco. ¿Qué le pasaba?

—Supongo que algo lo suficientemente malo como para que ella no pudiera estar con él en ese momento. Porque una madre no se separa de un hijo pequeño así como así.

ONCE

Buena parte del dinero que gané con el premio lo invertí en la reforma de una casa que habíamos comprado cinco años antes. El lugar es idílico. Al menos para alguien que ha nacido en las tripas de un desierto. Se ubica en Bárago, un minúsculo pueblo, quizá no llega a eso, en la Vega de Liébana, en Cantabria, formado por apenas veinte casas, una pequeña iglesia de más de tres siglos y un cementerio que mira a los Picos de Europa. La casa la levantaron con piedra y madera, hace casi cien años, y nosotros dimos con ella porque, durante algún tiempo, una familia del mismo pueblo la ofrecía como alojamiento rural. En nuestra tercera visita, durante tres veranos consecutivos, ambas partes lo tuvimos claro. A ellos, un matrimonio mayor cuya única hija vivía en Estados Unidos desde hacía una década, les interesaba vender y quitarse de encima las obligaciones del arrendamiento, y nosotros estábamos lo suficientemente embelesados con la vida como para cometer la locura de comprar un plan b a casi mil kilómetros de distancia y a más de diez horas de viaje por carretera.

Aunque la casa estaba en muy buenas condiciones, en cuanto gané el premio decidimos acometer algunas reparaciones y reformas. El tejado había mostrado signos de debilidad en una de las alas y necesitaba canaletas nuevas; hicimos un pequeño baño en la planta baja, donde hasta entonces solo estaban el salón y la cocina; sustituimos el suelo de toda la casa por una tarima de madera de un árbol de la zona, no sé si de castaño o arce; y renunciamos a un dormitorio en la primera planta para hacer un despacho en el que yo pudiera escribir y leer con vistas, en un primer término, a la Vega, y más allá, a la cara sur de la imponente cordillera. Desde que terminaron las obras, no habíamos visitado la casa de Bárago. Alexis, el antiguo propietario, nos envió algunas fotos de la reforma y un mensaje en el que nos decía que le encantaba cómo había quedado todo, y con eso nos dimos por satisfechos. Además, él mismo nos había hecho el favor de ponernos en contacto con la empresa de construcción y se había encargado de la supervisión de los trabajos. Teníamos tan buena relación con él que a veces nos decía que la casa, para bien o para mal, nunca había dejado de pertenecerle.

No llamé a Alexis antes porque imaginé que T. podría haberle pedido que no me revelara nada: si estaba o no en la casa, si al menos había pasado por allí, si la había visto más triste de la cuenta. La conozco y sé que esos detalles no se le escapan. Así que cuando decidí llamarlo, ya había armado un relato con el que ponerle las cosas difíciles. En tres ocasiones no me cogió el teléfono, lo que reforzó mi idea de que estaba evitando hablar conmigo. En el cuarto intento, sí lo hizo. Y se mostró contento desde que pronunció la primera palabra. Su voz parecía concentrar regocijo y levedad. Y si su intención, tal y como sospechaba, era ocultarme cualquier cosa relativa a T., se me antojaba asombrosa la naturalidad con la que parecía envolver el afecto que me hacía llegar. Eso pensé mientras intercambiábamos las primeras palabras. Aun así, decidí seguir adelante con lo que me había llevado a marcar el teléfono de Alexis a las diez y media de la noche. A esa hora, le habría bastado con retirar la cortina de una de sus ventanas para ver si alguna luz se escapaba de nuestra casa. Eso borraba del tablero la opción de un «no lo sé, no me he dado cuenta, no he pasado por allí».

—Alexis, estoy intentando hablar con T. pero no me coge el teléfono. Lo debe de tener sin sonido. Ya sé que es tarde, pero ¿te importaría subir a la casa y decirle que me devuelva la llamada cuanto antes? Es importante. De otra forma no te molestaría con estas cosas. Uno de sus hermanastros ha llamado desde Argentina con malas noticias.

—¿Que suba a la casa? ¿Pero T. está en Bárago? ¿Desde cuándo? Esta misma mañana he pasado por la puerta y estaba cerrada a cal y canto. Y aquí no se ha presentado a saludar.

—¿Estás seguro, Alexis?

—Por supuesto. En cualquier caso, en cuanto cuelgue el teléfono subo y echo un vistazo. Pero juraría que allí no hay nadie. Llevamos semanas en las que no oímos siquiera el motor de un coche. Solo el tractor de Lamadrid. ¿Cuándo salió de Almería?

—Hace ya algunos días.

—¿Pero cómo que hace algunos días? ¿Y no habéis hablado? ¿Ni siquiera te dijo si había llegado bien a Bárago?

—No te preocupes, Alexis. Claro que hablamos. Salió de Almería hace unos días, y tenía previsto parar en casa de una amiga en Valladolid. Esta misma mañana me dijo que retomaba el camino para Bárago, pero ha debido de retrasar el viaje por cualquier cosa. Que no te extrañe que le hayan llegado ya las noticias desde Argentina y esté volviendo a casa. Ya la conoces.

—No sé. De todas formas, echaré un vistazo en la casa.

—Vale. Pero, de verdad, no te preocupes. Todo está bien. Si quieres, cuando la localice te mando un mensaje.

—¿Y eso de Argentina? ¿Qué ha pasado?

—Su padre. Creo que te contamos alguna vez que vive en Argentina, que ellos se vinieron, que él se quedó por allí... Ya sabes. Un desastre. Está muy mayor. Y ha dejado de reconocer a la gente.

Pensé que si Alexis estaba mintiendo, lo hacía asumiendo las reglas de un juego en el que poco tenía que ganar. No era un hombre hecho al embuste, al recoveco de la impostura. Habría optado por el silencio o por cualquier expresión que dejara entrever que él estaba fuera de esta historia. Era casi imposible que mostrara ese nivel de preocupación mientras contemplaba la casa encendida desde su ventana o el coche aparcado en la misma puerta. No, me dije. Me está diciendo la verdad. Así que di por buenas sus palabras, y las preguntas y el miedo fondearon en mi estómago como una bolsa de tierra. ¿Dónde se había metido? ¿Con quién estaba?

Por primera vez desde que se había marchado, fui al armario a comprobar la ropa y los zapatos que se había llevado. Examiné cuántas maletas faltaban en el trastero, miré en los cajones de su despacho, rebusqué en las carpetas de nuestra documentación y me metí en nuestras cuentas bancarias comunes. Todo parecía mostrarse igual que en otras discusiones. Hasta que abrí el primer cajón del mueble de la entrada y algo crujió dentro y fuera de mí: ahí estaban sus llaves de la casa de Bárago, también los dos mandos del coche —no se lo había llevado tal y como yo creía— y un folio doblado por la mitad. Antes de leerlo, yo ya sabía que aquello era un golpe maestro. Había imprimido un correo electrónico que le enviaba a Aurora, la propietaria de la casa en la que yo estaba y de la que ella huía:

> Hola, Aurora:
>
> Ya sabes que en unos meses termina nuestro contrato de alquiler. Te escribo para comentarte que, lamentándolo mucho, yo no renovaré, pero puede que Juanma sí esté interesado en continuar. En cuanto tenga ocasión, te llamo y tratamos el asunto de viva voz. Es una casa estupenda y tú una anfitriona magnífica, pero a veces la vida se impone sobre los deseos. Habla con él. Ojalá os pongáis de acuerdo. No quiero generarte problemas.
>
> Te llamo pronto. Gracias por todo.
>
> Un abrazo.
>
> T.

En cuanto concluí la lectura de esas líneas, fui capaz de cavar un túnel imaginario y volver a aquella noche en la que T. decidió marcharse de casa. Sus pensamientos debieron de alcanzar esa temperatura en la que el futuro parece fundirse para adoptar una forma nueva y tan distinta como sea posible. Mientras yo dormía en la habitación de invitados, acurrucado sobre el empalagoso alcohol del limoncello, T. se detuvo a escribir un correo desde un sosiego que cualquier hombre o mujer habría resumido con las siguientes palabras: «Juanma, aquí tienes un buen final para tu relación». Cualquier hombre o mujer, a excepción de mí, claro. Porque, a cada paso que daba, me enredaba en nuevas preguntas. ¿Por qué me lo había dejado casi escondido en un cajón cuando podría habérmelo reenviado a la par que se lo remitía a la casera? Para responder a esto, yo tenía una gran respuesta que generaba otra gran pregunta: T. quería ganar tiempo, pero ¿para qué?

DOCE

Sesión 5. Transcripción natural. Dos interlocutores. Fragmento 2/2.

DOCTORA WILKES: A veces, cuando estamos sometidos a un nivel de estrés muy alto, nuestra mente es capaz de lo mejor y de lo peor con una solvencia sobrecogedora. Llevas meses angustiado por ese bloqueo literario, T. se ha marchado de casa y no hay glándula en el cuerpo que no se te haya desajustado. Con esto no quiero cuestionar nada de lo que tengas en tu cabeza. Lo que me gustaría es que no fueras demasiado rígido contigo mismo; que entendieras que quizá unas certezas líquidas te proporcionen menos sufrimiento que unas sólidas. Al menos en este momento. El cuerpo, en las condiciones en las que tú estás, suele seguir siendo operativo si lo escuchas.

YO: No te entiendo.

DOCTORA WILKES: Sí me entiendes.

YO: ¿Me estás diciendo que asuma con la máxima flexibilidad posible la opción de que en mí, ahora mismo, convivan la realidad y la alucinación?

DOCTORA WILKES: La realidad no deja de ser un tipo de alucinación, así que no hay que alarmarse cuando pronunciamos esa palabra.

YO: Sí, una alucinación que todos compartimos. Es bien distinto.

DOCTORA WILKES: Lo que te propongo es que contextualices lo que estás viviendo en este momento. Lo que ves y lo que oyes. Y por supuesto lo que sientes.

YO: No tengo ningún problema en contextualizar que yo oí la voz de ese niño.

DOCTORA WILKES: No digo lo contrario. Pero también es cierto que te embarga una evidente extrañeza desde el mismo momento en que me has planteado el asunto en esos términos.

YO: Porque creo que hay algo raro en lo sucedido, algo que aún no sé encajar del todo.

DOCTORA WILKES: ¿Esa mujer te ha dicho que vive sola?

YO: No. Pero no es difícil deducirlo.

DOCTORA WILKES: ¿Por?

YO: Porque en esa casa no entra ni sale nadie que no sea ella.

DOCTORA WILKES: Bueno, ese argumento es algo endeble. Tú no has visto a nadie entrar o salir. ¿O estás veinticuatro horas mirando la puerta de la casa?

YO: No. Veinticuatro horas no.

DOCTORA WILKES: Muy bien. Ahí lo tienes. Ha podido entrar alguien que tú no vieras entrar.

YO: No sé yo.

DOCTORA WILKES: Cómo que no sabes...

YO: No lo tengo claro.

DOCTORA WILKES: Bueno... Vale... Aceptemos, entonces, que tu vecina vive sola. Eso excluiría de esta ecuación al niño.

YO: No necesariamente.

DOCTORA WILKES: ¿No crees que un niño estaría todo el rato entrando y saliendo de esa casa?

YO: Sí, claro que lo creo. Pero lo cierto es que ahí estaba su voz, así que este niño, o lo que quiera que sea, no es de los que están todo el tiempo entrando y saliendo de la casa. Es más bien de esos niños que se quedan dentro.

DOCTORA WILKES: *¿Este niño o lo que quiera que sea?* ¿De verdad? De modo que, según tú, tenemos una casa ocupada por una mujer y, más que un niño, la voz de un niño, ¿no?

YO: En este momento, es una buena manera de plantearlo.

DOCTORA WILKES: ¿Te estás quedando conmigo?

YO: Te doy mi palabra de que no.

DOCTORA WILKES: ¿Y cómo explicas el delirio que acabas de soltar?

YO: Te lo dije en el mensaje. Gracias a la literatura.

DOCTORA WILKES: Deslumbrante, Juanma. Creo que por hoy ya tenemos suficiente.

TRECE

Me contó que en ocasiones tenía que ir antes de tiempo a por el niño al colegio. Que la llamaban porque algo no iba bien. Y ella lo recogía inmediatamente y de vuelta a casa le preguntaba con mucha delicadeza qué le estaba pasando. Al principio él no le contestaba; se sumía en un mutismo descorazonador. No porque él quisiera hacer de aquello un secreto. Más bien era una cuestión de no dar con las palabras precisas entre tantas palabras que no lo eran. Pero, como todo llega, sucedió que una de esas mañanas ella le preguntó y él contestó. Cogido de su mano, le habló de un cuento que ocurría en su cabeza, y que le sobrevenía sin necesidad de estar dormido, ni de cerrar los ojos, ni de volverse del revés como un calcetín. No parecía haber nada en ese cuento. Ni siquiera se podía decir que hubiera un arriba y un abajo. Todo era oscuridad y, a la vez, el corazón de esa oscuridad estaba iluminado. Las palabras textuales del niño, según la madre, eran otras, claro: «Yo ya he estado antes en ese lugar, mamá». De repente, el padre del niño aparecía al otro lado de la oscuridad. Padre e hijo se miraban en la distancia, a pesar de que la magnitud de esa distancia no fuese de este mundo. Y aunque, como digo, no había nada en aquella oscuridad iluminada, algo separaba al uno del otro. Yo me imaginaba una laguna negra o el estómago de un gran pez. Así que el niño tenía que gritar con todas sus fuerzas, desgañitarse al filo de aquella nada si quería tener alguna opción de que su padre lo oyera. «Ten cuidado —le decía—. Papá, ten cuidado.» Pero su voz se hacía líquida y se convertía en pequeñas gotas que salían disparadas en todas las direcciones. La madre interrumpía su relato para asegurarle que su padre estaba bien, que no había nada de lo que él debiera preocuparse. Pero el niño siempre tenía algo nuevo que contar, un detalle en el que había reparado durante el último sueño dormido o despierto: un cajón lleno de lápices de colores. «Cariño, a papá no le pasa nada, de verdad.» La madre le insistía. Y él: el ruido del agua. «Cuando lleguemos a casa podrás comprobar que todo está como lo dejaste», le explicaba sin soltarle la mano en ningún momento. Y él: una flor nueva. «Todos tenemos pesadillas, cariño. No tienes que darle más vueltas al asunto.» Y él la miraba con los ojos brillantes como cucharones. «No llores, mi amor, hoy pasaremos el día jugando en el jardín.»

—¿Jugaremos todos?

—Todos.

—¿Papá también?

—Sí. Por supuesto. Papá también.

—Vale. Que nos lea uno de los cuentos del jardín.

—Claro.

—Esta vez tú harás de pájaro, mamá.

—Hecho.

—Papá será ese árbol que siempre se me olvida. El amarillo.

—Mimosa.

—Ese.

—¿Y tú qué serás?

—Yo lo de siempre. La lluvia.

—Qué cara más dura. ¿Otra vez te toca a ti la regadera?

—Es lluvia, mamá, no una regadera. La mimosa necesita mucha agua. Además, tú eres un pájaro, y desde cuándo los pájaros saben hablar.

Algo así me he imaginado yo más de una vez.

CATORCE

La mujer dijo «condiciones», sin embargo mi madre, algunos días antes, había dicho «leyes», así que esa fue la palabra que yo propuse y que ella aceptó. Podría haber elegido cualquier otra. Normas, reglas, cláusulas. Pero quizá ya desde el principio la mujer y yo tuvimos claro que aquello no era un juego de mesa ni la firma de un préstamo hipotecario. Lo de ella era la vida, y lo mío, la literatura. Y quizá sean leyes lo que imprime orden en ambas cosas.

Se podrían articular de muchas maneras. Esta sencillamente es una que no nos quita mucho tiempo:

Ley primera. El niño será el niño o el hijo. La mujer será la mujer o la madre. Y el hombre será el hombre, el padre o el marido. No revelaré ni el nombre ni los apellidos por los que una vez fueron conocidos.

Ley segunda. El orden también es importante. Primero lo que es primero. Después lo que viene después. Así hasta el final.

Ley tercera. Como ella no está siempre en la casa, nos encontraremos en el jardín cuando ya haya caído la noche. Solo tendré que pasar y comprobar si me está esperando en la mesa de piedra. Luz, la que deje caer el cielo, la que ofrezca la farola que tartamudea en la calle.

Ley cuarta. No podré grabar nuestras conversaciones. Sí podré, en cambio, tomar notas en mi cuaderno. No es una entrevista ni un interrogatorio. Todavía no es una historia. Por ahora, una travesía nocturna en alta mar.

Ley quinta. No dijo nada sobre Boludo, a pesar de que estuvo a mis pies todo el rato sin apenas estremecerse. El silencio forma parte del espíritu de cualquier ley. Así que Boludo será eso. Silencio. Compañía.

He aquí el fondo de sus leyes. La forma, como digo, es mía. Porque es el punto exacto donde confluimos ambos. Ella y yo. Su vida y mi literatura.

QUINCE

Ya habían transcurrido demasiados días desde la marcha de T. Llamé a su hermano y me apuntó lo mismo que me había dicho en otras discusiones conyugales. «No me hagas ir a buscarte.» Su madre, en cambio, aprovechó para subrayar el carácter inflamable de T., lo realmente difícil que siempre había sido tratarla, casi desde que era una niña, y me propuso que aprovechara la situación para darle una buena lección de humildad. Era intolerable, según ella, que estuviera marchándose de casa cada vez que las cosas no salían como esperaba. O que abandonara los grupos de WhatsApp de la familia por alguna intervención que considerara carente de sentido común, como si las suyas siempre fueran oportunísimas. O que no contestara ni a los mensajes ni a las llamadas, incluso cuando estaban motivados por razones de emergencia humanitaria. En cuanto terminó su discurso, recordé que la madre era la menos indicada para saber dónde estaba su hija. Así que, cuando colgué, lo único que hice fue lo que mejor se me da en esta vida: desear. En este caso, que T. nunca tuviera conocimiento de la conversación telefónica que acababa de finalizar.

Por suerte, un par de mañanas después de aquello, mientras paseaba con Boludo no muy lejos de casa, recibí una llamada de un número extranjero. Lo cogí llevado por el mal pálpito de las horas, porque lo normal habría sido colgar directamente. Al otro lado sonó una voz que llevaba más de dos años sin oír: Helena, la mejor amiga de T., casi una melliza separada al nacer, una militante dispuesta a morir por la causa de la sangre. Un buen día defenestró nuestra cordial relación —nunca pasó de eso— porque la metí en una novela donde la describía como una hermana con instinto de perra recién parida, celosa, salvaje, implacable, salomónica, una columna de pájaros negros, que hacía su vida libérrima en Bruselas y en alguna que otra red social. Lo cierto es que, aunque comprendí su enfado sin demasiado esfuerzo, solo mentí en una cosa, y lo hice así por respetar lo más inviolable de la intimidad: su domicilio. No vivía en Bruselas. Vivía en Horgen, un municipio que pertenece al cantón de Zúrich. Y precisamente desde allí, con el +41 de Suiza por delante, me estaba llamando aquella mañana.

—Me tienes que enviar a la dirección que te indique una carpeta que T. guarda en el mueble del despacho, el de las puertas de cristal donde acumulas los libros pendientes de lectura.

—¿La carpeta del médico?

—Una carpeta. Supongo que ya la revisarás tú antes de enviarla.

—¿Está bien? ¿Puedo hablar con ella?

—Te llamo desde el trabajo. No está conmigo ahora mismo.

—Te repito la pregunta, Helena. ¿Está bien?

—...

—¿Por qué necesita la carpeta del médico?

—¿Tienes bolígrafo y papel a mano?

—Me pillas paseando a Boludo.

—¿A tu novio?

—¿Qué?

—Mejor te mando la dirección en un mensaje.

—Estoy preocupado por T. ¿Quieres hacer el favor de decirme qué está pasando?

—¿Que qué está pasando?

—Sí. Yo creía que T. se había ido a Bárago a desconectar durante unas semanas. No a Horgen tanto tiempo. Necesito hablar con ella de un par de cosas. Son importantes. Más para ella que para mí.

—Entonces tú no sufras, hombre. Limítate a atender tus asuntos importantes. Los de ella déjanoslos a nosotras.

—Sabes perfectamente que soy capaz de presentarme en Horgen.

—Y tú sabes perfectamente de lo que yo soy capaz.

—No, no lo sé.

—Si pones un pie aquí, pasarás de ser un problema de mi amiga a ser también un problema mío. Parece lo mismo, pero no lo es, créeme. Tampoco deberías perder de vista un detalle: nada me haría más feliz que mandarte las pelotas a la boca del estómago.

—¿Qué coño estás diciendo?

—No te hagas el sorprendido, tarado.

—¿Tarado?

—¿No te gusta esa palabra?

—¿Tú de dónde has salido? ¿De una novela social?

—¿Una novela social? ¿Pero te has oído? ¿Por qué hablas así? Das grima. Envíanos la carpeta que te he pedido.

—Te voy a enviar una mierda.

—Muy bien. ¿Es lo que quieres que le diga a T.?

—Lo que quiero es hablar con ella. No con una resentida que no tiene otra cosa que hacer que meterse en vidas ajenas.

—Lo más cerca de ella que vas a estar es esto. Como te he dicho, la dirección te la mandaré en un mensaje. Es urgente. A ver si puedes acercarte hoy mismo a la oficina de correos. Por cierto, también me ha pedido que te diga que hables con la casera cuanto antes.

—Eso es cosa mía.

—Qué poco agradeces que alguien se preocupe por ti.

—¿Tú te preocupas por mí?

—¿Yo? No digas gilipolleces. Si fuese por mí, no habrías pasado de ser una aburrida anécdota en nuestras vidas. T. es la que se preocupa por ti.

—¿Te refieres a la que ha desaparecido de la noche a la mañana?

—No te enteras de nada. Que busques y envíes la carpeta, tarado.

DIECISÉIS

Mi padre usa el teléfono lo justo, o un poco menos. Y eso, en los tiempos que corren, lo define como un individuo que se caga en el metaverso. Por supuesto, no tiene móvil y solo descuelga el fijo si quien llama tiene la paciencia de aguantar cinco tonos. Si cuelga antes, mi padre suele sonreír y decir entre dientes «Tan importante no sería», y sigue viendo el concurso de preguntas o una serie turca que nadie sabe que ve. Por supuesto, desactivó, no sabemos cómo, el contestador automático. En mi familia, cada vez que tenemos ocasión, recordamos el día que llamó a una ambulancia porque se sentía mal. Lo supimos cuando oímos la sirena revolverse en la calle y alguien golpeó la puerta de casa. «Ya abro yo, que esto es para mí.» Por muy poco no fue a mi madre a la que se llevaron con los pies por delante. Ella cree que las ambulancias y los coches fúnebres se venden en el mismo concesionario. Mi padre, en cambio, pidió que le pusieran la radio mientras volaban hacia el hospital.

Eran las once de la noche. Me llamaron desde la casa de mis padres, y descolgué el teléfono pensando que sería mi madre para preguntar por el amarillo de mis ojos y por los gusanos de la cocina. Así que cuando oí la voz de mi padre, se me oscurecieron los cristales de las gafas con todas las calamidades que fui capaz de imaginar en décimas de segundo.

—¿Qué ha pasado, papá?

—Nada.

—¿Nada? Venga ya. ¿Qué ha pasado?

—Ya te lo he dicho. Nada.

—¿Y me llamas a las once de la noche?

—Así me aseguro de que te pillo en casa.

—Pero si me estás llamando al móvil, y sabes que lo llevo siempre encima.

—Yo qué sé, Juan. A ver si ahora todo va a ser un problema.

—Me has asustado. Solo eso.

—Anda que si nosotros tuviéramos que asustarnos cada vez que llamas tú aquí.

—Yo no llamo a estas horas.

—Pero llamas cuatro o cinco veces al día. Y eso tampoco es sano.

—¿Dónde está mamá?

—En casa de la vecina. Ahora les ha dado por ver un programa juntas. Y como no creo que tarde en llegar, voy a ir al grano: tenemos que vernos.

—Lo estás arreglando. Dime ya qué está pasando ahí.

—¿Otra vez con eso? Que no pasa nada.

—¿Desde cuándo tú me llamas para decirme que tenemos que vernos? Vamos, se me ponen los pelos de punta.

—Pues qué pena que digas eso de tu padre.

—Venga, papá. Que nos conocemos.

—¿Cómo te va esta semana?

—¿Para qué?

—Juan, por Dios. ¿Cómo que para qué? Está siendo la conversación más absurda de la historia de la telefonía.

—Si quieres voy al barrio en un par de días. Y si es urgente, mañana mismo.

—No. En un par de días. Que mañana tu madre quiere que vayamos a comprar pintura.

—¿Vais a pintar la casa?

—Dice que solo los bajos, pero ya sabes cómo va esto.

—Joder. ¿Le has preguntado qué pasa?

—Ni de coña. Eso no me corresponde a mí.

—¿Ah, no?

—Claro que no. No sé de qué hablasteis el otro día, pero tu madre lleva rara desde entonces. Así que ahora te toca arreglar lo que has estropeado. Antes, eso sí, hablaremos tú y yo. Nos vemos en dos días.

—Vale. ¿Dónde te recojo?

—¿Recogerme? Yo no me subo en el coche, que me mareo y ya no levanto cabeza en toda la semana. Nos vemos en la puerta del Barrio Alto.

—¿El restaurante?

—No, el museo de arte contemporáneo.

—Ya. ¿A qué hora?

—Por la mañana.

—Por la mañana estoy más liado.

—Y yo lo estoy por la tarde.

—¿Disputas una final de dominó en el club de los jubilados?

—Ojalá. Porque significaría que no me toca raspar las paredes del salón y enmasillarlas por tu culpa.

—Vale. En dos días. A eso de las diez.

—En el Barrio Alto.

—Sí.

—Perfecto. ¿Te vas a la cama ya?

—¿En este estado? ¿Después de tu llamada? No creo que pueda.

—Pues si vas a estar parado, mírale la lotería a tu madre por internet, que nosotros no sabemos. A ver si nos ha tocado y estamos aquí perdiendo el tiempo en arreglar algo que ya no necesitamos.

DIECISIETE

Sesión 6. Transcripción natural. Dos interlocutores. Fragmento 1/1.

DOCTORA WILKES: He pensado que quizá vayas a escribir una novela de terror.

YO: ¿Por qué?

DOCTORA WILKES: Por los elementos sobrenaturales de los que me hablas. Y por el tono en el que lo haces. Es algo que explicaría muchas cosas. Ese empeño constante en el misterio. El niño, el pozo, la voz...

YO: ¿Sobrenaturales? Sinceramente, no creo que nada me lleve a una novela de terror. Y menos porque existan determinadas piezas a las que no sabes darles un encaje lógico en esta consulta.

DOCTORA WILKES: ¿Yo? ¿En esta consulta? Claro, Juanma, porque fuera de ella tú no tienes ningún problema en cómo encajar cualquier cosa.

YO: Tengo muchos. Pero no el de si oí o no oí una voz.

DOCTORA WILKES: Es verdad. No me acordaba de que a ti la literatura te permite creer.

YO: Eso es. Pero entiendo que a mucha gente le parezca poca cosa.

DOCTORA WILKES: *Creer* es un verbo muy próximo a la intuición, a la incertidumbre, a la fe, a la duda e, incluso, a la mismísima nada. Eso no te da mucha ventaja a ti sobre mi incredulidad. No pisas una tierra más firme que la mía.

YO: Me da toda la ventaja del mundo. Porque a ti te basta con encajar la voz del niño en una construcción racional. Me dices que si hay algo que me perturba es porque quiero escribir una historia de terror. Y eso te conduce a un punto confortable. El de problema solucionado, ya está, por fin todo vuelve a ocupar el lugar que le corresponde. Pero mi verbo *creer*, ese al que tú aludes, es una hermosa puerta que atravesar o un prometedor sendero en el que adentrarme. Y eso es precisamente lo que he hecho.

DOCTORA WILKES: ¿Qué has hecho?

YO: He ido a hablar con esa mujer.

DOCTORA WILKES: Madre de Dios...

YO: ¿Eso también es una locura?

DOCTORA WILKES: Locura... Deberías rebajar la intensidad de tus palabras. Le dan demasiada altura a tus actos.

YO: Vaya... T. habría aplaudido en este momento.

DOCTORA WILKES: Entonces, ¿le has preguntado a esa mujer si hay o no un niño en su casa?

YO: No me parece una buena manera de empezar ni esta ni ninguna conversación. ¿A ti sí?

DOCTORA WILKES: Deja de hacerme preguntas, Juanma.

YO: Le he dicho que estoy interesado en conversar con ella.

DOCTORA WILKES: ¿Y eso le ha parecido suficiente?

YO: Sí. Lo cierto es que sí.

DOCTORA WILKES: ¿Y cuál es el objetivo?

YO: ¿El objetivo?

DOCTORA WILKES: Sí. ¿Qué es lo que pretendes realmente? ¿Saber si ese niño existe o es solo una voz encerrada en una casa? ¿Dejar atrás tu bloqueo creativo? ¿Hacerle ver a T. que eres capaz de escribir sin que ella te busque un nuevo despacho, sin que te advierta de los pantanales en los que te metes, sin que imponga ese orden por el que un día te refugiaste en ella? ¿O se trata de vencerme a mí en uno de esos agotadores duelos sobre los que sostienes tu manera de entender la vida? Dime, ¿cuál es el gran objetivo esta vez?

YO: Saber cómo acaba todo esto. Supongo.

DOCTORA WILKES: No va a acabar bien, ya te lo digo yo.

YO: ¿Para quién?

DOCTORA WILKES: Para ti. Aquí, entre estas cuatro paredes, siempre hablamos de ti. Ese fue el motivo por el que un día atravesaste la puerta. Para hablar de lo que te ocurría, de todo lo que te hace ser como eres. Así que sí: esto no va a acabar bien para ti.

YO: ¿Y qué significa eso?

DOCTORA WILKES: Es difícil de precisar. Pero generalmente tiene que ver con el final de algo.

YO: ¿Se aproxima un final?

DOCTORA WILKES: Los finales también se construyen. No son una estación de tren o un tobogán por el que dejarse caer. Qué más quisieras. Hay que picar mucha piedra para asistir al final de cualquier cosa.

YO: No es difícil vislumbrar en tus palabras cierta resignación. Como si ya no estuviera en tu mano ayudarme.

DOCTORA WILKES: Siempre es uno el que se ayuda a sí mismo. Cualquier otra cosa es pan para hoy y hambre para mañana. Lo que yo hago es acompañarte en el proceso. Y así seguiré haciéndolo mientras tú lo consideres oportuno. Si terminas levantando ese final, ahí estaré también. Puede que haya resignación, pero no es una retirada por mi parte.

YO: Advertirme de que estoy construyendo un final también es una forma de ayudarme.

DOCTORA WILKES: Por Dios, Juanma. ¿Advertirte? Yo me he dado cuenta hace poco. Pero tú eras consciente de ello desde el primer momento, quede donde quede ese momento.

DIECIOCHO

No sé si porque quería ahuyentar el temor a lo desconocido o porque hay acontecimientos de la vida que uno no debe vivir solo, pero tuve claro que Boludo me acompañaría aquella primera noche al jardín. De ahí que lo incorporara a las leyes de la mejor manera posible. Le puse su correa y, después de acariciarle entre las orejas y apretarle el hocico, santo y seña de nuestra hermandad, le ofrecí el tiempo que me fue exigiendo en cada estación de penitencia: aquí olfateaba, allí meaba, más allá cagaba o gruñía. Fui atando mi mirada a él, a sus movimientos, a sus ininteligibles intuiciones caninas, como si aquel paseo de ciento cincuenta o doscientos metros albergara las claves de interpretación de lo que estaba por llegar. En varios momentos, detuvo su paso desconfiado y se volvió hacia mí, cabeza alta, orejas de punta, nariz brillante, quizá sabedor de que, después de tantas visitas al veterinario, nos habíamos estado preparando para esa noche.

Cuando abrí la cancela, la mujer, cuyo perfil ya se recortaba en la penumbra, junto a la mesa de piedra y bajo la copa llorona de una gran mimosa, inclinó levemente la cabeza. Yo aquello lo interpreté como un primer gesto de asombro al verme acompañado por el perro, pero pudo ser casi cualquier cosa: un saludo, un acto reflejo, una advertencia. Miré a Boludo y dudé si dejarlo libre por el jardín o mantenerlo atado y cerca de mí; entonces recordé la habitual presencia de la colonia felina y preferí evitar que aquel encuentro se nos fuera por el sumidero de los ladridos, las carreras y las tarascadas.

Unas horas antes de aquella escena, había estado fondeado en un mar de dudas. Apenas salí de casa y me resultó francamente difícil mantenerme sentado en el sofá o prepararme cualquier cosa que echarme a la boca. El nerviosismo era un centinela riguroso que en ningún momento me perdía de vista; siempre a esa distancia providencial que le permitía acudir en caso de que los ojos se me cerraran o el corazón aflojara su traqueteo. Ni los libros pendientes, ni una larga y fría ducha, ni las infusiones de hierbas y semillas sirvieron para algo que no fuera mirar el reloj con impaciencia. ¿Cómo debía afrontar nuestro primer encuentro? Un interminable rosario de preguntas pasaba por la punta de mis dedos sin hallar el alivio de una sola respuesta convincente. Para eso, claro, debía saber qué era lo que deseaba yo. En palabras de mi psicóloga, cuál era mi objetivo esta vez. Y aunque en la sesión había dicho que lo que yo quería era averiguar cómo acababa todo, mi planteamiento era a todas luces insuficiente. Había algo más que yo no sabía cómo formular.

El desasosiego se mezclaba con un estado muy concreto de euforia. El que precede a un gran acontecimiento, a una celebración que llevara esperando mucho tiempo. Así que me resultó inevitable no sentir el deseo de llamar a T. para compartir lo que estaba a punto de ocurrir. No había resentimiento ni reproche en ese impulso. Había amor. A ella. También a mi literatura. Por eso decidí que, en cuanto concluyeran los encuentros con la mujer, la llamaría para arreglarlo todo. O me presentaría en Horgen para pedirle que volviera a casa, que aún estábamos a tiempo de hablar con la casera y recuperar el curso natural de nuestra vida. Hay cosas que solo se pueden imaginar desde la euforia más estúpida o desde el cansancio de cualquier pena.

Boludo se metió bajo la mesa del jardín y salió a los pocos segundos. Supongo que olió lo que necesitaba saber. Se sentó a mis pies y, entonces sí, yo también ocupé mi lugar: justo enfrente de ella, a un metro y medio escaso de distancia, donde la anaranjada luz llegada desde la calle nos permitía vernos e imaginarnos a partes iguales. Todo comenzó a ganar una intensidad muy literaria. Yo sé, porque no soy tan inocente, que esa sensación estaba más en mí que en todo aquello que me rodeaba, pero, llegados a este punto en el que uno ha atravesado todas las líneas para escapar de no se sabe bien qué, eso es lo de menos. Dónde se originen las cosas ya no importa. Lo relevante es hacia dónde te arrastran. Y esto parecía haber alcanzado ese ángulo cóncavo en el que la escritura se inclina para correr pendiente abajo.

Más allá de la luz, un grifo goteaba a buen ritmo. El viento hacía crujir con levedad las copas de algunos árboles. Las polillas, sin origen y sin destino, revoloteaban sobre nuestras cabezas. Y todo se fue amontonando: mi respiración acelerada, los suspiros hondos de Boludo y las primeras palabras de la mujer.

Por fin, nosotros en el jardín.

«Tú sabes mejor que yo que cualquier comienzo es una decisión azarosa, porque antes de cualquier principio hay más principios. Empecemos por donde empecemos habremos acertado y fallado a la vez. Si digo "yo", dónde dejo el "nosotros" que casi siempre fuimos. Si me atrevo con ese "nosotros", no habré sido justa con el sacrificio que asumí desde mi "yo". "Tú", obviamente, no existías. "Ellos" dejaron de ser "ellos". Solo hay, pues, una palabra que está más allá de cualquier encrucijada: "Él". Empecemos, entonces, por ahí. Y ya iremos viendo.»

TERCERA PARTE

EL NIÑO

UNO

La carpeta que yo encontré no era la de los asuntos médicos de la familia. De hecho, ni siquiera era una carpeta que hubiera visto antes. De un marrón desgastado, poco grosor, en la balda más baja de la estantería, dispuesta entre los libros de mayor tamaño. Me costó dar con ella, porque mi fijación era esa gruesa carpeta verde donde habíamos ido archivando nuestras idas y venidas a urgencias, sobre todo las mías, y a los distintos especialistas, sobre todo los míos. Mentiría de un modo descabellado si ahora apuntara que hubo un instante en que me planteé respetar la confidencialidad que reclamaban sus dos elásticos. Ni siquiera existió el amago. En cuanto di con ella, me senté en la silla giratoria del despacho, la abrí de par en par y fui ojeando cuanto había en su interior. Por mucho que me duela reconocerlo, hay veces en las que Helena acierta. Lo sé porque algo muere dentro de mí.

Aquello era una pequeña miscelánea que no terminaba de alinear con lo que nos estaba ocurriendo. Pocos papeles, de distinta naturaleza, algunos viejos o dañados, y un par de objetos que no había visto antes. Obviamente yo tenía claro que algo se me estaba escapando. T., en las circunstancias en las que nos encontrábamos, no habría pedido jamás que le enviara aquella carpeta de no cobijar en su interior algo irrenunciable en ese momento. ¿Pero qué era lo que buscaba? Y, una cuestión que me inquietaba aún más, ¿por qué yo no era capaz de leer esa importancia? Imaginé a T. recibiendo la carpeta en casa de Helena. Con más furia que ansiedad, abriría el sobre en cuanto cerrara la puerta tras de sí. Luego la carpeta de par en par sobre su regazo. Y entonces el asombro le tintaría toda la cara al comprobar que yo no había entendido nada, o que no había dado con tal o cual documento trascendental, o que ya, de una vez por todas, se rompía el grueso cable que nos había unido durante tanto tiempo. Ella reiría con alivio. Y Helena, esa hija de la gran puta resentida, haría retumbar con una carcajada el encantador y cívico edificio en el que vive en el centro de Horgen.

No pude evitarlo. Me fui al salón y, en la mesa blanca donde al principio solíamos comer juntos y luego uno después del otro, fui colocando el contenido de la carpeta y fotografiando cada elemento, por delante y por detrás, como si me hubiera poseído el departamento de la policía científica al completo. Lo que en ese momento me parecía indescifrable, un tiempo después podría resultarme la viga maestra de esta catástrofe, la piedra de Rosetta de mi incomprensión, así que no me quedaba más remedio que dejar constancia tanto de lo que veía como de lo que pasaba por alto.

Doc 1. Dos postales casi idénticas, sin usar, con una imagen en blanco y negro de una zona del barrio por la que suelo pasear con Boludo. Concretamente un plano picado y otro frontal que abarcan la iglesia de San Antonio de Padua y buena parte de la plaza de España, que, por entonces, más que plaza, parecía un enorme jardín. En el reverso se lee lo siguiente: *1951, Colección Arístegui.*

Doc 2. Una cuartilla escrita a mano, quizá por un niño, quizá por alguien muy mayor, no reconozco la letra, con el título de un libro y el nombre de una imprenta.

Doc 3. Un artículo de periódico donde alguien recordaba que hubo una época ya muy lejana en que las casas de este barrio solían estar cubiertas de un polvo oscuro, a veces rojizo, debido al mineral que transportaban los vagones hacia el puerto, y que el viento de poniente solía arrastrar a su antojo. El texto está fechado en 2017.

Doc 4. Un trozo de folio, apenas una faja, doblada como un acordeón, con una sola línea escrita a mano. Es la letra de T. «La casa de la valla de madera, justo al subir la cuesta.»

Doc 5. Una fotografía en blanco y negro en la que aparecen un hombre enfundado en un traje, de unos veintitantos años, y un niño de apenas cuatro o cinco, en pantalón corto, sin camiseta.

Objetos 1 y 2. Dos botones dorados idénticos que bien podrían ser de un traje militar o de una chaqueta de gala de otro tiempo.

Todo parecía indicar que la razón de que ese material compartiera una misma carpeta no era otra que el paso de los años. Cualquier tiempo antes de este. El blanco y negro de las postales y la fotografía, la alusión en el periódico a aquellos lejanos días de carbón y ceniza, los vetustos botones dorados... Todo eso ofrecía una mirilla telescópica que apuntaba a un pasado que no era el nuestro. En otras circunstancias, si el hallazgo se hubiera producido mientras T. trabajaba en la otra punta de la casa, me habría parecido una herida abierta por esa tendencia tan suya a la nostalgia propia y ajena. Pero con ella a más de mil ochocientos kilómetros de distancia, exigiendo que le enviara la carpeta cuanto antes, todo parecía concentrar un misterio irresistible. Como si estuviera a punto de revelarse un secreto que fuera a cambiar no solo nuestro futuro, sino la manera en que se había ido urdiendo nuestro pasado en común.

Metí la carpeta en uno de los sobres grandes acolchados en los que acostumbro a enviar mis libros. Antes de cerrarlo, busqué en el teléfono el mensaje que me había enviado Helena. Entonces reparé en la palabra con la que concluía lo que hasta ese momento era una escrupulosa dirección postal: «Tarado». El efecto fue idéntico al que me habría provocado el estallido de una muela. Cogí un folio de la impresora y escribí con una violencia casi infantil: «T., llámame, tu hermanastro ha telefoneado desde Argentina, no te localiza. Tu padre, ya sabes, está ocurriendo». Lo metí en el interior del sobre, junto a la carpeta, y lo cerré. Golpeé la mesa. Tres o cuatro veces. Agarré por las hojas la maceta con la que verdeaba su espacio de trabajo y la estrellé contra la pared. El sustrato cayó sobre el ordenador. Di otro puñetazo, esta vez en el centro de un cuadro que ella misma había colgado. Un calambrazo se me arremolinó en el codo y salió disparado hacia el centro de mi cabeza. Me senté extenuado en la silla. Sin darme cuenta, tenía el sobre arrugado sobre mi regazo. Rompí a llorar. No sé bien por qué. La rabia o la pena. La vergüenza. Boludo, entretanto, me miraba aterrado desde el quicio de la puerta de su caseta del jardín, la misma que un día me recomendó vivamente su veterinario (270 euros).

DOS

El Restaurante Barrio Alto está a apenas doscientos metros de la casa en la que me he criado. Existe desde antes de que yo naciera. Para mi padre es un templo, un bosque milenario, un imponente trasatlántico en el que recorre los días de su vida. Para mi madre, «la oficina de tu padre». Y en realidad ambos tienen algo de razón. Por un lado, es un lugar venerado al que peregrina mucha gente desde distintas partes de España para dar buena cuenta de su calamar en aceite, del gallopedro frito y de los gambones a la plancha con sal gorda. Por otro lado, el sitio desde el que mi padre ve correr mansas las exhaustas aguas de su vida. Acostumbra a ir por las mañanas y ya bien entrada la noche, cuando el fragor de la clientela ha declinado. Y allí, todos apiñados como una familia de castores, hablan de fútbol —comparten equipo—, de política —comparten siglas—, de enfermedades —comparten médico— y del futuro de cualquier cosa a la que le quede poco futuro.

Tal y como acordé con él, llegué al restaurante a eso de las diez del jueves que me indicó. Mi padre, que ya estaba en la puerta con su habitual pose de letra minúscula, cruzó la mirada conmigo, se metió las manos en los bolsillos y entró. Yo lo hice unos segundos después no sin cierto pudor. Siempre le he recriminado que fuese tan molesto con sus idas y venidas al restaurante. En el comedor no había clientela. Solo la danza de platos, vasos y cubiertos que llegaba desde la cocina, y la gerente, al otro lado de la barra, revisando lo que parecía un grueso libro de reservas. Me dijo «ahí tienes al jefe», haciendo un gesto con la cabeza y sin desatender sus menesteres. Y la verdad es que lo parecía: un jefe, un alcalde, un capitán, el dueño de una finca hecho a sí mismo. Se había sentado en una de las mesas que pegaban a la pared, mirando hacia la puerta, y removía con mucha parsimonia una taza, supongo que de descafeinado sin azúcar porque esa siempre ha sido su costumbre. Cuando me senté frente a él, di por hecho que iba a poner una pistola sobre la mesa para decir «Oye, Juan, ¿tú y yo desde cuándo nos conocemos?». Pero en lugar de eso, estornudó tres veces seguidas, y la gerente, mientras se reía, le dijo socarronamente que iba a conseguir que le cerraran el local.

—¿Estás resfriado?

—¿Por unos estornudos?

—Corren malos tiempos para quienes estornudan, ya sabes.

—¿No te habrá visto tu madre llegar?

—No.

—¿Dónde has aparcado? ¿En el descampado?

—Sí.

—Te ha visto.

—Que no me ha visto.

—Que sí, Juan, que sí. Te ha visto. Ya te tienes que quedar a comer.

—No puedo. Además, no me apetece.

—¿Y tú crees que a mí sí?

—No me ha visto.

—Da igual. Si eso lo vamos a terminar sabiendo. No ves que tu madre no deja escapar una.

—En eso tienes razón.

—¿Solo en eso?

—¿De qué quieres hablar, papá? Porque llevo dos días sin pegar ojo.

—Me gustaría saber de qué iba lo del otro día con tu madre.

—¿No te ha contado nada ella?

—No. Pero tampoco le he preguntado.

—Ya.

—Ya qué.

—Estás pensando que hemos hablado de ti, ¿no?

—Esa es una posibilidad, pero no el problema en cuestión.

—¿Y cuál se supone que es el problema?

—Que después de vuestra conversación ella ha empezado a hacer sus cosas.

—¿Sus cosas?

—Sí, ya sabes. El frigorífico, la pintura, los muebles del salón... Me tiene acojonado. Por no decir que esto no es vida. Uno no puede salir de la cama cada mañana con miedo en el cuerpo.

—El otro día no hablamos de ti. Puedes estar tranquilo.

—Vale. Una cosa menos. ¿Y de qué hablasteis?

—De su etapa como limpiadora en la residencia de estudiantes. Justo antes de que yo naciera.

—¿Qué?

—Eso. Que hablamos de esa época, de su trabajo, de sus compañeras.

—¿Y para qué?

—Pues para...

—No me lo digas. Para tus libros, ¿verdad?

—No.

—¿No?

—Mamá estuvo en mi casa y, por puro azar, vio a una de mis vecinas. Y resulta que fue compañera suya en aquel trabajo.

—¿Y eso qué tiene que ver contigo?

—¿Conmigo?

—Sí. Tu madre se encuentra a una vieja compañera y tú apareces al poco tiempo en casa para hablar del asunto. ¿Te crees que soy el tonto de la familia? Ya estás con tus libros y tus trastornos, porque siempre son tus libros y tus trastornos.

—No me digas que he venido para esto porque me levanto y no me ves el pelo en mucho tiempo.

—Cada vez te pareces más a tu madre con tanta amenaza. ¿Quién es esa mujer? ¿Cómo se llama?

—No sé el nombre. No se acordaba.

—¿Que tu madre no se acordaba? No te lo quiere decir.

—Puede ser. Me contó que era una especie de directora.

—No me suena. ¿Y dices que es tu vecina? ¿Puerta con puerta?

—Más o menos. Su casa está al final de la calle.

—Llevas cuatro años viviendo a su lado, ¿y salta la liebre ahora?

—Yo no la había visto antes.

—¿No se supone que los escritores estáis atentos a todo?

—No tires por ahí, papá.

—Bueno, vale. ¿Y qué más?

—Nada más.

—No me jodas, Juan. ¿Qué más?

—Se la encontró muchos años después y la mujer estaba pasando por un mal momento. Su hijo no estaba bien.

—Ahora sí. Ya me acuerdo de aquello.

—¿Sí?

—Bueno, un poco. Creo que me dijo algo. Me quiere sonar. Pero eso no es lo que le pasa a tu madre.

—Pues entonces no lo sé.

—Piensa, Juan, piensa. Nos estamos jugando mucho. Especialmente yo. Tú estás con tus cositas de escritor, pero yo llevo días trastornado por el olor del aguarrás y de ese producto letal que echa en las juntas de los azulejos.

—Como no sea por la marcha de T.

—¿Qué?

—¿No te ha contado nada?

—¿Te ha abandonado tu mujer?

—¿Abandonar? ¿Por qué usas esa palabra? Se ha ido por un tiempo. Necesitamos pensar, estar tranquilos, coger algo de distancia. Un tiempo. No mucho. Lo justo.

—¿Lo justo? ¿Has dicho lo justo?

—Sí.

—¿Pero tú te crees que yo no necesito pensar, estar tranquilo y coger distancia durante un tiempo?

—No sé lo que necesitas, papá. Bastante tengo con lo mío como para adivinar qué tienes en esa cabeza.

—Claro que necesito todas esas cosas. Y más aún. Pero ¿qué es lo que hago realmente?

—Ni idea.

—Hablar con mi hijo para intentar que mi mujer esté mejor.

—...

—Raspar las paredes, enmasillarlas y pintarlas para que mi mujer esté mejor.

—...

—Salir a comprar el pan sabiendo que eso es solo el principio de todo lo que voy a tener que comprar en el día. Porque luego voy a salir a comprar dos garrafas de agua de cinco litros que en el camino me van a dejar los dedos a pique de la gangrena. Y más tarde saldré a comprar levadura fresca, aunque tu madre sepa de sobra que eso es algo que no venden en el barrio. «Anda, ve a mirar por si ya han traído levadura fresca», me dirá. ¿Y qué haré yo? Pues exactamente eso: ir a mirar para intentar que mi mujer esté mejor.

—...

—Y así podría estar toda la mañana, haciendo tareas y más tareas. Pero entre todas ellas hay tres que nunca hago. Pensar, estar tranquilo y coger distancia durante un tiempo. Aunque sea lo justo. Porque eso es una cosa que en los libros sí, pero en la vida no. ¿Me entiendes? Al menos en mi vida con tu madre. Así que contéstame a una pregunta, para ir simplificando todo este asunto. ¿Tú quieres que tu madre esté bien?

—Papá...

—¿Quieres o no quieres que tu madre esté bien?

—Quiero.

—Juan, entonces, hijo de mi vida, menos pensar, menos estar tranquilo y mucha menos distancia. Si es que es muy fácil. No se puede ser escritor todo el rato. Porque eso cansa. Y no me refiero a ti. Nos cansa a nosotros.

TRES

Nosotros en el jardín.

—Tú sabes mejor que yo que cualquier comienzo es una decisión azarosa, porque antes de cualquier principio hay más principios. Empecemos por donde empecemos habremos acertado y fallado a la vez. Si digo «yo», dónde dejo el «nosotros» que casi siempre fuimos. Si me atrevo con un «nosotros», no habré sido justa con el sacrificio que asumí desde mi «yo». «Tú», obviamente, no existías. «Ellos» dejaron de ser «ellos». Solo hay, pues, una palabra que está más allá de cualquier encrucijada: «Él». Empecemos, entonces, por ahí. Y ya iremos viendo.

—Vale. Aunque como todas sus reflexiones sean de ese calado, no sé si mis apresuradas notas les harán justicia. Yo no quiero contravenir nada, y menos en mi primera intervención, pero todo sería más fácil si pudiera usar la grabadora.

—No podemos estar cuestionando las condiciones, bueno, las leyes, desde el minuto uno. Eres escritor, ¿no? Esto no va de anotar o grabar. Eso también sé hacerlo yo.

Harías mal si no confiases en tu capacidad para recrear, para restaurar, para seducir a quien te vaya a leer.

—Bueno... Haré lo que pueda.

—Eso es. Harás lo que puedas. Que es exactamente lo que voy a intentar yo.

—Pues sigamos. ¿Quién es «Él»?

—Mi hijo. Bueno, nuestro hijo. Fue un niño muy deseado. Nos costó la misma vida traerlo al mundo. Por entonces me dijeron de todo. Que si los óvulos, que si el estrés, que si la matriz, que si la sangre... Incluso hubo un médico que me aseguró que estaba tan seca como una rama muerta. Pero un día, cuando la esperanza, qué digo la esperanza, la fe, eso es, cuando la fe ya era un pueblo bajo las aguas, me quedé embarazada. Qué alegría, qué milagro. Y también qué miedo. Por entonces yo trabajaba a brazo partido en una residencia de estudiantes. No es que aquello fuera mi futuro soñado, pero tampoco estaba mal. A mí lo que me gustaba era el magisterio, enseñar, porque me licencié en Historia y era una de las salidas más comunes. Pero reconozco que en ese momento me faltó determinación. O se la dediqué a otras cosas. Bueno... La cuestión es que, después de dar algunos tumbos, conseguí ese trabajo en la residencia y lo interpretamos como una buena señal. A veces me quedaba a dormir allí con tal de gastar menos y ganar más, aunque a mi marido aquello le pareciera una aberración. La verdad es que era agotador. Una residencia de estudiantes requiere tanta firmeza como mano izquierda, y hacer mucho, y parar poco, y tomar decisiones todo el tiempo, y soportar cosas que nunca sospechaste que soportarías. Eso era lo que nos quedaba si queríamos que alguno de nuestros planes se cumpliera. Como ves, poca diferencia hay con respecto a otras vidas. Hasta que una tarde, mi marido me esperó en una cafetería cercana a la residencia y me contó que la citación notarial que habíamos recibido días antes era para comunicarle que lo habían nombrado único heredero de esta casa en la que estamos ahora. Acababa de fallecer su tío, el soltero, el extraño, el agrio, el único hermano de su padre, uno de esos hombres que desde jóvenes ya parecen viejos, de buen aspecto moral, militante de San Antonio de Padua, pensionista del Estado por una mala caída en la guerra, y más solo que la una por derecho propio. ¿Te imaginas que te llaman y te dicen que esta casa y este jardín y todo lo que hay dentro ahora es tuyo? Pues a nosotros nos ocurrió. ¿Y qué fue lo que pensamos? Que una piedra se acababa de partir por la mitad y, contra todo pronóstico, de su interior brotaba un fruto inagotable, algo que parecía que nos iba a surtir de futuro lo que nos quedara de vida. No te voy a precisar cuántos metros cuadrados tiene esta casa porque ya la has analizado bastante. Pero sí te diré que el hombre nos dejó un buen seguro de vida y algunas colecciones por las que había gente dispuesta a pagar mucho dinero. Sellos, libros, monedas, postales, medallas, insignias militares y estampas religiosas. Era un nostálgico de los peligrosos. Mi marido lo tuvo claro y a mí tampoco me pareció una locura. Nos mudamos deprisa y corriendo a esta casa, vendimos sus colecciones, todas sin excepción, cobramos hasta la última peseta del seguro de vida y yo dejé el trabajo en la residencia, porque no se nos iba de la cabeza la posibilidad de que el embarazo tomase un mal camino.

—¿De qué año estamos hablando?

—Unos meses antes de que naciera nuestro hijo. Mil novecientos ochenta y dos.

—¿Y su marido a qué se dedicaba?

—Mi marido se ha dedicado toda la vida a las plantas. Cuando él estaba de buen humor, solía decir que a la «alta jardinería». Probablemente ya andaba en eso desde antes de nacer, porque su abuelo paterno trabajó en el Real Jardín Botánico de Madrid y su padre, durante bastantes años, hizo lo propio. Por desgracia, una diabetes desaforada se llevó por delante su pierna izquierda, y eso le impidió dejarle a su hijo, es decir, a mi marido, ese puesto y sus menesteres. Bueno, él en realidad no se quejó nunca por el infortunio. Siempre me dijo que eso no impidió que su padre le enseñara todo lo que había que saber sobre las plantas, el agua, la tierra y la luz. Cuando su padre recibió los papeles de la pensión y se hizo al vacío que le dejó la pierna, la familia, pequeña y apretada, se vino a Almería. Su hermano, que ya era propietario de esta casa, le había contado maravillas de la ciudad, así que no tuvieron dudas al respecto.

—¿Este jardín es obra de su marido?

—No.

—¿No?

—Probablemente sea de los pocos del vecindario en los que no ha posado su mano. Hablo de los jardines bonitos. Porque aquí hay cada cosa... Aunque parezca mentira, en este resisten, más o menos, las mismas plantas que nos encontramos cuando mi marido heredó la casa, porque si era necesario sustituirlas, y alguna vez lo fue, claro, lo hacíamos por otras de idéntica especie. Siempre respetamos el orden que encontramos. Y es algo muy normal. La vegetación está llamada a pasarnos por encima, y no a secarse, tal y como piensa mucha gente. Por los alrededores, en cambio, hay bastantes jardines que se idearon sobre la mesa de nuestra cocina. Ahí era donde trazaba los planos, anotaba lo que se le iba ocurriendo, tomaba decisiones. Era un espectáculo verlo trabajar. Precisamente porque para él aquella tarea tenía algo de acto íntimo.

—¿Como escribir un poema?

—Creo que no he escrito un solo poema en mi vida, así que no sabría decirte.

—Mejor.

—Más bien diría que era como hablar con alguien que te gusta.

—Nunca me había imaginado la tarea de jardinero en esos términos.

—No se sabe nada de los jardineros. Eso te lo garantizo yo.

—...

—Un mal jardinero se conforma con propiciar algo de sombra.

—¿Y uno bueno?

—Te recuerda cada segundo de tu vida que somos tan estúpidos que nos hemos convencido de que ya no formamos parte de la naturaleza.

—Bueno... No creo que nuestros vecinos, contemplando sus jardines en una mañana de sábado, lleguen a esa conclusión tan sofisticada.

—Por eso. Porque son muy estúpidos. Pero lo tienen delante de sus narices.

—Yo he leído en un librito que una de las claves está en que los jardines no se miran. Los jardines se escuchan.

—Es bonita la idea. Mi marido te habría dado la razón.

—A mí no. A quien escribió ese libro.

—¿Tú no estás de acuerdo?

—No sé mucho sobre la materia.

—Sobre jardines, más o menos, sabemos todos, porque siempre tienen que ver con la protección, el refugio, el descanso, el tiempo ameno. Es decir, con el amor. Y el amor no se entiende sin esa buena escucha a la que tú aludías.

—Puede ser.

—Yo a mi marido lo he escuchado muchísimo. Y él a mí. Siempre. ¿Tú escuchas a tu mujer?

—...

—Disculpa. No tienes por qué responder a eso si no quieres.

—No... Estaba pensando qué contestar.

—Ella sí te escucha.

—¿Usted cree?

—Lo sé. Alguien que viene a dar la cara por ti, tal y como ella hizo aquel día, demuestra no solo que te escucha, sino que te protege. Como los jardines.

—Parece que el amor está en todos lados.

—Me dijo que eras un buen escritor y que estabas pasando un momento complicado.

—¿Complicado?

—Eso dijo.

—Ya.

—Cuando se acercó a mí, lo hizo con la excusa de que vuestro perro, al que veo muy tranquilo hoy, por cierto, estaba obsesionado con los gatos. Cuando lo hiciste tú, empleaste una historia parecida.

—Lo que demuestra que no soy muy original.

—Eso que acabas de decir te pone a ti en el centro. Y no es justo, la verdad. Yo creo que lo que demuestra esa coincidencia es que tu mujer te conoce tan bien que dijo lo que tú habrías dicho.

—¿No me diga que también hay amor en eso?

—Podría. Pero tampoco se puede descartar que haya lo contrario.

—...

—Discúlpame de nuevo. Estoy nerviosa.

—No se preocupe.

—No quería decir eso.

—Entendido.

—¿Por dónde quieres que sigamos?

—¿Le importa si lo dejamos por hoy?

—No hay problema.

—Es nuestra primera conversación y tengo que ordenar todas estas notas si no quiero olvidarme de algunos detalles. Poco a poco todo será más fluido. Además, tampoco tenemos prisa, ¿no?

—Ahora suena gracioso que seas tú quien dice eso.

—Si no le parece bien, seguimos, claro.

—No. Lo dejamos aquí.

—Vale. Me iré pasando por el jardín.

—En ese caso nos veremos pronto.

CUATRO

Sesión 7. Transcripción natural. Dos interlocutores. Fragmento 1/1.

YO: T. está en Horgen, Suiza. En casa de su amiga Helena. La cosa parece más seria de lo que había pronosticado.

DOCTORA WILKES: ¿Más seria?

YO: Pensé que estaba en Bárago, en nuestra casa de veraneo. Pero resulta que ha sido más creativa en su planteamiento. Ha escrito, además, a nuestra casera para desvincularse del contrato de alquiler. Yo ahí veo mala leche, pero seguro que tú tienes un análisis más objetivo.

DOCTORA WILKES: Respeto sus razones.

YO: ¿Y yo no?

DOCTORA WILKES: No sé. Tú dirás.

YO: Respeto sus razones incluso cuando nacen de esa mala hostia que gasta.

DOCTORA WILKES: Vale... También respeto las tuyas, que conste.

YO: Hoy toca hablar del respeto, ¿no?

DOCTORA WILKES: ¿Cómo estás?

YO: ¿Cómo estoy? Pues, veamos... Este asunto me tiene hinchadas las pelotas. Perdón... A ver... En algunos momentos, furioso. En otros, desconcertado. T. no ha atendido a mis llamadas y su amiga ha sido de lo más desagradable conmigo.

DOCTORA WILKES: ¿Su amiga está ejerciendo de enlace?

YO: Más o menos. Aunque esa manera de decirlo es muy sofisticada para lo que realmente aporta esa señora a nuestra historia.

DOCTORA WILKES: ¿Y qué vas a hacer ahora?

YO: Si te refieres a la casa, no lo sé. Pero no me voy a ir a un hostal porque haya tenido esta ocurrencia. Supongo que seguiré en la casa hasta que termine lo que he empezado.

DOCTORA WILKES: ¿Te refieres a ese asunto con tu vecina?

YO: Sí. ¿Cómo me voy a ir ahora? Tiraría por tierra lo que he trabajado durante semanas. Además, creo que he comenzado a vislumbrar cierta orientación en todo lo que hago.

DOCTORA WILKES: Explícate.

YO: ¿Te acuerdas del jirón, la sábana, el tendedero...?

DOCTORA WILKES: Cómo olvidarme de tanta metáfora.

YO: No era exactamente una metáfora.

DOCTORA WILKES: Bueno, lo que sea. No abramos ahora el melón de las figuras literarias.

YO: Vale... Por las noches, a las diez y media, me paso por su casa. Si está sentada en el jardín, entro y charlamos. Esa es la señal. Bueno, no sé si es una señal. Las cosas ocurren más o menos así. Yo miro, la veo o no la veo y entro o no entro. Me ha puesto, además, algunas normas. Nada que no sea salvable.

DOCTORA WILKES: ¿Por ejemplo?

YO: Chorradas.

DOCTORA WILKES: ¿Y de qué habláis?

YO: Vamos poco a poco. Por ahora nos hemos centrado en sus primeros momentos en la casa.

DOCTORA WILKES: ¿Y?

YO: No todo es relevante, pero hay tensión literaria en lo que me cuenta.

DOCTORA WILKES: No me refiero a eso. Te pregunto por tus sensaciones.

YO: Bueno... La verdad es que me embarga algo parecido a la euforia. Una emoción desbocada me hace pensar que estoy asistiendo a algo genuinamente grande. Ya sé lo que me vas a decir sobre esta intensidad...

DOCTORA WILKES: ¿Crees que esa emoción, además de existir, tiene fundamento?

YO: A veces sí.

DOCTORA WILKES: Entonces, ¿a veces no?

YO: Más bien es que procuro moderar mis expectativas. Quizá porque sé que es lo que esperas de mí, y eso también me lleva a pensar que es lo correcto.

DOCTORA WILKES: La dicotomía entre correcto e incorrecto no es ahora mismo pertinente. Lo hemos hablado hasta el hartazgo en esta consulta. ¿A qué crees que asistes en ese jardín?

YO: No lo sé todavía. Y eso es, quizá, lo más esperanzador. Porque la escritura suele emerger del extravío, de la escasez de certidumbre.

DOCTORA WILKES: Ya veo. ¿Entonces aún no has empezado a escribir?

YO: Escribir no es la única forma de escribir. Pero si a lo que te refieres es a una novela, te diría que, en sentido estricto, todavía no. Dejo constancia, eso sí, de lo que está ocurriendo en este momento. De lo que dice. De lo que veo y siento. Me aproximo. Me asomo. Me precipito. Ya sabes. En esas estoy.

DOCTORA WILKES: Te voy a hacer una pregunta y espero, Juanma, que no haya malentendidos como en otras ocasiones. Creo que es mi obligación formularla. Algo inevitable, llegados a este punto. Pero también asumo, y quiero por tanto dejarlo claro, que tu momento personal te puede llevar a interpretarla como una ofensa o como un cuestionamiento de la veracidad de tu relato. No es esa mi voluntad. Y nunca lo será.

YO: Soy todo oídos.

DOCTORA WILKES: Y yo soy tu psicóloga. Así que no olvides lo que te acabo de decir.

YO: No lo olvido.

DOCTORA WILKES: ¿Es real la conversación con esa mujer?

YO: ¿Real?

DOCTORA WILKES: ¿Ocurre? ¿Tiene un tiempo y un lugar en tu vida? ¿O es una fabulación que contribuye a que aquello que tienes en mente acabe relatándose tal y como deseas? Te lo pregunto porque ya sabes que no es la primera vez que has hecho algo parecido.

YO: Te equivocas.

DOCTORA WILKES: Vale. Pues sácame de mi error.

YO: Ahora, la que se desliza entre la realidad y la ficción eres tú. Y no yo. Es cierto que en mis libros anteriores he jugado a esa confusión. He mezclado hechos reales con episodios que eran ficticios y que, como tú bien precisas, me ayudaban a que las cosas sucedieran tal y como yo deseaba. Pero, en este caso, te has olvidado de algo muy importante. Yo, por ahora, no estoy escribiendo ninguna novela. Te lo acabo de reconocer. Así que no hay manera de jugar a esa confusión que propicia la literatura. Como ya te he dicho, los hechos acaecen y yo tomo buena cuenta de ellos.

DOCTORA WILKES: Acaecen... Ya veo... En ese caso no tendrás problema en responder a mi pregunta con un sí o un no. ¿Es real la conversación con esa mujer?

YO: Sí.

DOCTORA WILKES: ¿Es real que T. se ha marchado de casa?

YO: Sí.

DOCTORA WILKES: ¿Estás grabando nuestras sesiones?

YO: No.

CINCO

Durante algunos días aguardé con una tímida esperanza la respuesta furibunda de T. Un aguijonazo de bilis, una lengua de fuego. Pero nada de eso llegó. Así que supuse que había optado por el camino más directo y fiable. Llamar a su hermanastro para preguntarle si, efectivamente, le había pasado algo a su padre, con el que llevaba sin hablarse, por cierto, desde mucho antes de que ella abandonara Argentina. Yo era consciente de que esa maniobra era la más razonable, pero eso no impedía que me sintiera satisfecho con la sola posibilidad de que la angustia le estrujara el ánimo durante el tiempo que le llevara tomar la decisión de buscar a su hermanastro en la agenda. Un minuto. Unas horas. Algunos días. Todo era suficiente.

Cuando T., junto a su madre y hermano, llegaron por primera vez a España, de eso hacía casi tres décadas, ya llevaban muchos años sin tener relación con el padre. Un divorcio desastroso y un hombre con un deseo animal de construir un futuro de espaldas a un pasado al que nunca volvió siquiera a mirar. La madre y el hermano supieron enterrar todo eso en un sarcófago nuclear y empezar así una nueva vida, como si hubieran vuelto a nacer, como si la memoria familiar hubiera sido incinerada para evitar que la enfermedad se expandiera. Pero T., ya siempre vulnerable ante cualquier amenaza de abandono, no dejó de hacerse preguntas, de reflexionar sobre el perdón y sus consecuencias, de imaginar un posible reencuentro redentor, y permitió, por desgracia, que en su descanso se infiltrara el miedo a que ese hombre muriera y ella no hubiera podido abrazarlo una última vez. Yo mismo, en un gesto raro y trastornado, hace unos años escribí una novela en la que T. y su padre compartían una vida ordinaria, pero ese delirio literario solo sirvió para que una compañera de trabajo la pusiera en alerta sobre mis extraños procedimientos. Ahora, más que nunca, con su padre chapoteando en la demencia senil, cagándose encima de vez en cuando, confundiendo los nombres de los viejos y los nuevos hijos, sentía que a ella, por fin, la pesadilla se le iba a hacer realidad más pronto que tarde. Su hermanastro, que fue quien un día la buscó y encontró en las redes sociales, la tenía al tanto de todo. En el último tiempo, la llamaba una vez cada quince días, a veces cada semana, para decirle que había pasado esto, que había hecho esto otro, que no creía que tardara mucho en dejar de ser quien había sido una vez. Por eso yo estaba convencido de que T. no me llamaría cuando leyese mi nota. Lo haría una vez que hablase con el hermanastro y descubriese que se trataba de una rastrera y torpe artimaña para forzar un movimiento suyo. Sin embargo, tampoco ocurrió eso.

Mi madre se presentó en mi casa a primera hora de la mañana de un miércoles. En cuanto la vi, no sé por qué, supe que las piezas empezaban a golpearse unas contra otras, y detrás de ese golpeteo había un orden que yo creía descodificar. Entró en casa como si nadie le hubiera abierto la puerta. Se sentó en la butaca de mis lecturas y acarició la cabeza de Boludo, que acudió a ella con ojos de cristal soplado para comprobar que aquello que no iba bien, sea lo que fuere, no tenía nada que ver con él, pobre chucho, víctima de una separación, criatura leal enroscada siempre en la indiferencia.

—Hola, mamá. Adelante. Estás en tu casa.

—Vas a dejar el asunto de tu vecina.

—¿Cómo dices?

—Lo que has oído.

—¿Te refieres a tu compañera?

—Juan, templa el humor. Témplalo, porque yo sé templarlo a mi manera. No juega tu padre conmigo, no vas a jugar tú.

—¿Me puedes explicar qué está pasando?

—No. Explícame tú qué estás haciendo.

—Nada que tú no sepas.

—¿Pero qué mierda de respuesta es esa?

—La que tengo ahora mismo.

—Esto no va a acabar bien. Y no va a acabar bien porque tú no quieres. Porque, por la escritura o por la fama o por lo que sea, te estás acostumbrando a la reyerta y a la maldad. Eres un pendenciero egoísta.

—¿Pero qué dices, mamá?

—Digo lo que oyes. Pero tú vas a seguir haciéndote el tonto.

—De verdad que no te entiendo.

—¿Yo qué te dije a ti?

—¿A qué te refieres?

—¿A qué me refiero? Me voy a cagar en el milagro de la vida, y no quiero porque eso luego me hace sentir mal y lo acabo pagando con tu padre. ¿Tú y yo no llegamos a un acuerdo?

—Sí. Y lo cumplí.

—Mírame a los ojos y repite lo que has dicho.

—Mamá, lo cumplí.

—¿Qué buscas, Juan? ¿Que quienes te quieren te acaben despreciando?

—¿De qué hablas?

—T. me telefoneó anoche para contarme lo que le has hecho.

—...

—¿Ahora te callas?

—¿Qué se supone que he hecho?

—Una canallada que no es propia de un hijo mío. Un acto miserable. Yo te dije que la llamaras y arreglaras las cosas. No que le hicieras creer que su padre había muerto.

—Empezamos muy mal, porque eso es mentira.

—Hay que tener mucho escombro en el corazón para hacer algo así.

—Mamá...

—Qué decepción, Juan. Qué vergüenza. Qué ruina más grande. De verdad que no supe ni qué decirle a esa mujer.

—Mamá...

—No he pegado ojo en toda la noche. Y tu padre está igual o peor que yo. Está convencido de que lo que has hecho tiene cárcel.

—Mamá, yo no le he hecho creer a T. que su padre había fallecido. Yo le he dicho que llamara a su hermanastro porque su padre había empeorado. Ya sabes que le han diagnosticado alzhéimer. T. ha estado en aviones, en el extranjero, muy agobiada, no soy su único problema... Ha tenido el móvil apagado y su hermanastro no ha encontrado forma de comunicarse con ella. Ya está. Así de simple.

—Estaba dispuesta a enviarme fotos de todo. Pero yo no sé de esas cosas.

—Créeme. Es tal y como te lo estoy contando.

—¿Qué te pasa, Juan?

—Te estoy diciendo la verdad. Te lo juro.

—Ya estás jurando otra vez...

—Es que no sé cómo hacerme entender.

—Nuestra aspiración en la vida, la de tu padre y la mía, era que tu hermano y tú fueseis normales. Y eso, durante algún tiempo, nos hizo sentir mal. Tengo amigas que siempre desearon que sus hijos llegaran a ser cirujanos o notarios o arqueólogos o científicos. Pero nosotros no. Qué va. Nosotros nos conformábamos con la idea de que fueseis normales, ordinarios, uno más, como todos en esta estirpe de desgraciados. Porque sabíamos que eso nunca era pedir mucho. Qué santo iba a negar eso en una casa. Así, cuando tuviéramos que implorar algo importante, ahí estaría el comodín que no gastamos. Pues mira tú por dónde, no nos concedieron ni eso.

—No te entiendo. Y prefiero que sea así, porque me suena todo demasiado ofensivo.

—Sí me entiendes. Ya lo hemos hablado muchas veces. Esto no te llega de nuevas. No solo eso, sino que a pesar de haber escuchado mis quejas en multitud de ocasiones, has metido nuestras conversaciones, es decir, esas mismas quejas, en tus novelas porque eso te resultaba original y divertido. Tu padre dice que un día le contaste que en realidad lo que haces es parodiar y que eso es algo que está muy bien visto en literatura. ¿Parodiar? ¿De verdad, Juan? ¡Maldigo la parodia y la literatura! Pero si aquí lo único paródico, por no decir otra cosa, eres tú. Que le haces creer a tu mujer que su padre ha muerto o está a punto de hacerlo. Que la obligas a que se vaya de casa porque no tienes el valor de asumir que escribir o no escribir es solo cosa tuya, que a nosotros nos la trae al pairo. Que tienes que inmiscuirte en las vidas ajenas porque la tuya, la que tú levantas cada día, la de los ojos amarillos y la fila de gusanos en la cocina, no da para mucho. Y ahora, para colmo, vas a meter las zarpas en la casa de esa mujer. ¡Para! ¡Para de una maldita vez! ¿Me oyes? O paras tú o paro yo todo esto.

—¿Tú te estás viendo?

—No, y da gracias a Dios. Porque estoy convencida de que si me viera la cara ahora mismo, me levantaría de esta butaca y saldría por esa puerta para siempre.

—Deja de soltar amenazas de una vez, mamá.

—Tienes razón. Voy a dejar de soltarlas para empezar a cumplirlas.

—Mamá, escúchame...

—Eres insoportable.

—Eso no te lo voy a discutir.

—Mira que tu padre tiene sus cosas, pero, desde luego, jamás en la vida se aproximó a tu nivel. Me voy.

—Mamá...

—¡Aparta!

—Dime qué puedo hacer.

—Empieza por lavar a ese perro, que apesta.

SEIS

Cuando mi madre salió de casa, dejó tras de sí el aroma desinfectante de la lejía. No solo por lo que me había dicho y cómo me lo había dicho, sino porque ya era imposible que ese olor se extinguiera de las palmas de sus manos y de la suela de goma de sus zapatos. La lejía siempre fue su manera de alzar muros, de cavar profundos fosos, de cegar con violencia puertas y ventanas, de proteger a su familia de cualquier amenaza que estuviera dentro o fuera de ella. Así que la lejía, no sé bien cómo, ese mismo miércoles por la mañana, también alcanzó el corazón helado de sus palabras. Hay quien habla y conmueve. No es el caso de mi madre. Ella habla y desinfecta.

Me costó, pero reuní el valor suficiente para llamar a T. con una doble esperanza: que no descolgara el teléfono y que mi gesto calmara la desazón que me comía de dentro afuera. Ninguna de las dos se cumplió.

—¿Qué quieres?

—Disculparme.

—¿Por?

—Ya sabes.

—No, no lo sé.

—Ha habido una confusión con el asunto de tu padre, y quiero disculparme.

—¿A qué te refieres con que ha habido una confusión?

—T., esto no está siendo fácil para mí.

—Volvamos a lo de la confusión. ¿Qué quieres decir con eso?

—Tu hermanastro...

Y la palabra *hermanastro* bastó para que diera por finalizada la llamada. Es obvio que, cuando uno se da cuenta de que está en un callejón sin salida, son ya pocas las opciones que quedan. Y en todas ellas hay algo de desesperación. En una circunstancia como esa, una de las posibles soluciones es volver sobre los pasos que se han dado y revisitar lo que se ha ido dejando atrás, con la esperanza de hallar una trampilla en el suelo o un tablón suelto en la pared. Y eso fue lo que hice: regresar buscando mi rastro, la estela de mis intenciones, consciente de que quizá era una de las pocas opciones que me quedaban. Cerré los ojos y comencé a repasar con pulcra lentitud los últimos acontecimientos. Desde lo inmediato a lo más alejado en el tiempo. Desde el ahora hasta el entonces. Mi atención se había convertido en una especie de pulpo con cuyos tentáculos intentaba manosear y dar la vuelta a todo lo que me iba sobreviniendo. Con paciencia. Con miedo. Con amor, cómo no. Hasta que llegué a ese momento en que, sentado en la silla giratoria del despacho, abrí la carpeta de T. y di con aquella serie de documentos que no supe siquiera contextualizar. Y entonces sí, ahí, aleluya, en ese recoveco de mi recuerdo, una liebre de luz atravesó el interior de mis párpados. Abrí los ojos y cogí el teléfono móvil. Indagué en la galería hasta que di con las minuciosas fotografías que yo mismo había tomado de cuanto había encontrado en el interior de la carpeta. Las repasé una y otra vez buscando la singularidad, la mutación, ese minúsculo cambio que provoca la dislocación de la realidad que yo quería atravesar. Cinco documentos y dos objetos. Dos postales casi idénticas, una cuartilla manuscrita, un artículo de un periódico, un trozo de folio escrito con urgencia, una fotografía y dos botones. ¿Dónde estaba el interruptor que lo ponía todo en movimiento? ¿Por qué T. quería que le enviara esa carpeta? ¿Qué había en ella que quisiera alejar de mí y de nuestra casa? Necesitaba llegar a algún lugar. Estaba desesperado. Así que escribí en un buscador el título del libro que alguien había garabateado en la cuartilla. *El libro de las semillas.* Un volumen descatalogado, publicado en 1994, sin autor explícito, y que por editorial consignaba una imprenta cerrada desde hacía más de quince años. Solo pude contemplar una imagen de la cubierta en una página web en la que alguien había ido archivando con mucha nostalgia algunos de los trabajos de impresión. En esta portada se veía, además del título, una fotografía a color de un imponente árbol que yo no me había cruzado en la vida. Volví a cerrar los ojos por si seguía la liebre de luz en el mismo sitio, y entonces creí dar con parte de la verdad que mi desesperación andaba buscando: «T. no pretendía alejarse de mí. O al menos no solo eso. Ella tenía su propio plan». Esa idea me atravesó el cuerpo e imaginé que también sacudía a T. allá en Horgen. Así que me dirigí al dormitorio, me acosté en la cama y llamé a Boludo, que se echó a mi lado, justo en ese vacío que ella nos había dejado. Lo que vino después fue un sueño profundo y gelatinoso. Los dos ahí. Abrazados.

SIETE

Nosotros en el jardín.

—Aquí criamos a nuestro hijo. Es un buen lugar para formar una familia, ¿no te parece? Lo era entonces y lo sigue siendo ahora si excluyes de la ecuación el mal estado en el que se encuentra la casa. Por aquí, en aquellos años, apenas pasaban coches, siempre tenías la impresión de vivir apartado de todo y eran agradables, incluso útiles, las charlas con los vecinos en la puerta de los jardines. La arquitectura de las casas propiciaba el encuentro, y eso generaba cierta familiaridad. Como seguiría ocurriendo hoy si los tiempos no hubieran cogido estos derroteros de tanta desconfianza y ensimismamiento. Nos hicimos amigos de Seve en cuanto nos instalamos. Es un tipo al que le puede la curiosidad, pero nadie intentaría poner en duda su bondad sin caer en la mentira. Recuerdo la primera vez que cruzamos palabra. Yo estaba caminando alrededor de esta manzana porque el embarazo me había traído algunos problemas de circulación, y él, desde la acera de enfrente, me preguntó si me estaba dando guerra el pequeño de la casa, señalándose su propia barriga. «¿Cómo sabes que es un niño?» «Vecina, cojones, salta a la vista.» Ahí todavía yo no estaba al tanto del asombroso poder de su mirada. ¿A ti qué te parece Seve?

—No tengo un trato íntimo con él. Pero mi mujer, por lo que he sabido últimamente, sí.

—Es raro que no lo hayas intentado con Seve.

—¿Intentarlo?

—Saber de mí acercándote a él. Creo que encaja bastante bien con esa forma tuya de hacer las cosas.

—¿Y por qué iba a hacerlo así si puedo acercarme a usted?

—Porque no tengo la impresión de que te haya resultado muy fácil.

—Lo fácil no suele ser un buen combustible a la hora de escribir.

—En eso tú tienes más información que yo. Así que no sé si puedo estar de acuerdo.

—Tampoco sabe mucho de mi manera de trabajar, pero habla como si hubiese escrito una tesis doctoral.

—No te enfades, hombre. Entenderás que si he aceptado contarte mi historia es porque antes he hecho bastantes cábalas sobre todo esto. De no ser así, habría llegado aquí con mucha desventaja, ¿no te parece? ¿O crees que voy contándole mi vida al primer tipo que entra a hurtadillas en el jardín y se interesa por ella?

—¿Y por qué ha accedido?

—Eso no es estrictamente de esta historia.

—¿No habíamos quedado en que la vida era cosa de usted, pero la historia no?

—Entonces volvamos a mi vida.

—Creo que iba a hablarme de su hijo.

—Sí. Sigamos por ahí... Tan astuto como su madre. Tan sensible como su padre. Tenía tres años y aún no sabía hablar. Bueno, me corrijo. No sabía hablar como nosotros. Porque se había inventado palabras para nombrar muchas de las cosas que lo rodeaban. En alguna libreta conservo un puñado de aquellos vocablos que soltaba como pompas de jabón. A mí eso me preocupaba, qué quieres que te diga. A su padre, algo menos, la verdad. Así que lo llevé al pediatra en cuanto pude para quedarme tranquila. En realidad fui más de una vez, pero bueno... Me dijo que me olvidara del asunto, que el día menos pensado echaba a hablar y ya no iba a callar nunca. Se equivocó. Al menos en parte. Todavía recuerdo el momento en que pronunció sus primeras palabras normales. Con normales me refiero a las que tú y yo estamos utilizando ahora, porque a mí las suyas también hubo un tiempo en que me parecieron de lo más normales. Era de noche, se había levantado de la cama y estaba en la cocina mojando galletas con chocolate en un cuenco de leche. «Estas galletas no.» Esas fueron sus palabras. ¿Te puedes creer que no lo entendimos en un primer momento? Estábamos tan acostumbrados a su propio vocabulario que de repente parecía que hubiera comenzado a hablar en una lengua extranjera. Después me pidió que lo llevara al jardín. Esta vez sin articular palabra. Solo señalando hacia la ventana, como él solía hacer. Pero lo conduje hasta su habitación y, ya en la cama, le tarareé una canción. No hay nada más limpio que la respiración de un niño que acaba de entrar en el sueño. No tienes hijos, ¿verdad?

—No.

—Eso se nota.

—¿En qué?

—En muchas cosas.

—Deme ejemplos.

—No es cuestión de ejemplos. Se nota y punto. Pero si los quieres, yo te los doy. En el esfuerzo casi infantil que has invertido en dar vueltas alrededor de la casa. En la determinación enfermiza con la que abordas estos quehaceres tuyos. En el inquietante detalle de no haber nombrado a nadie, o a casi nadie, desde que cruzamos la primera palabra. En la manera de tratar a tu perro. Te he escuchado hablar con él, darle instrucciones, confiarle algunos pensamientos, regañarlo por no contestar a tus preguntas. Has pasado mucho tiempo detrás de esa buganvilla. Y puede que yo detrás de la ventana.

—¿Eso le ha permitido concluir que no tengo hijos?

—Sí.

—¿Y no puede ser que simplemente lo concluya porque Seve le ha contado que no los tengo?

—Eso solo lo certificó. Yo ya lo sabía.

—Ya veo.

—¿A que tú sabes que hay algo en esta historia que no va a acabar del todo bien?

—Más o menos.

—Pero yo no te lo he dicho... Y aun así lo sabes.

—Ya, pero...

—Lo sabes. Y sin embargo eso da igual, porque tú vas a querer escuchar hasta el mismísimo final. Del mismo modo que yo ya sabía que tú no tenías hijos y quería que me lo dijeras. ¿Por qué? Ya lo comentamos en nuestro anterior encuentro. Algunas cosas no basta con saberlas. Necesitamos escucharlas.

—Otra vez a vueltas con el amor, ¿no?

—O con el dolor.

—No me quiero poner catastrofista, pero casi todas las historias bien contadas acaban mal. Si ve que algo va bien, eso es que sencillamente aún no está en el final.

—Qué mierda de frase.

—Lo siento, pero es lo que pienso.

—Bueno, me parece estupendo, pero es una impresión que no puedo compartir.

—Es algo más que una impresión. Me dedico a esto. Sé lo que digo.

—Allá tú.

—¿Le ha molestado?

—No, claro que no.

—En realidad, yo debería hablar menos. Estoy aquí, como usted ha dicho, para escuchar, y no para soltar mis ocurrencias.

—Aunque esto no es un interrogatorio, tampoco me gustaría que fuese un monólogo. Está bien que digas lo que creas conveniente. Incluso aquellas cosas en las que nunca estaremos de acuerdo.

—Bueno, en ese caso intentaré que mis aportaciones estén a la altura.

—Y yo me comprometo a contarte algo un poquito más alegre el próximo día. A ver si levantamos esto.

—¿Ya hemos terminado por hoy?

—Eso creo.

—A este paso no vamos a acabar nunca.

—No conviene correr. Esta historia no es muy larga, y aún tengo cosas que hacer esta noche.

OCHO

Me bastaron dos noches de guardia en la puerta de Seve para forzar un encuentro casual. Después de la última conversación con mi vecina, hubo una pregunta que se hizo fuerte dentro de mí. ¿Por qué no había intentado despejar algunas cuestiones a través de Seve? En aquel momento salí del paso como pude, pero era más que evidente que mi torpeza ya estaba fuera de toda duda. Seve debería haber sido uno de mis principales recursos. Había residido en el vecindario toda su vida, poseía una mirada que era capaz de atravesar puertas, persianas y tabiques, y le resultaba imposible no agarrar el cabo de una buena conversación si alguien se lo tiraba cerca. ¿Podía haber alguien en el barrio que tuviera más información que él? Francamente, no lo creo.

En cuanto lo vi salir de su casa, liberé a Boludo y corrió en busca de la caricia de Seve y del aroma rancio de Quisquilla. Yo fui detrás de él, sin gritar, sin pronunciar su nombre, con el paso algo nervioso, determinado a no parar hasta llegar donde el uno lamía y el otro manoteaba.

—Perdona, Seve. Este perro hace lo que le da la gana.

—No te preocupes. Es un buen tipo. Míralo. Qué fondo más cristalino.

—¿Tú crees?

—Absolutamente. ¿Verdad, Boludo?

—Tengo que lavarlo. Huele fatal. Yo diría que no está pasando por su época más cristalina.

—Es un gran fichaje para este vecindario. Al menos yo estoy muy contento con él. ¿A que sí, Boludo?

—A ver si un día coincidimos con Quisquilla y juegan un rato juntos.

—Quisquilla ya no está para muchos juegos. Pero no pasa nada porque Boludo lo sabe muy bien. Ellos se entienden. ¿O no tengo razón, Boludo?

—Sí, supongo que sí.

—Boludo, no vuelvas a escaparte porque por aquí pasan los coches volando. Bien lo saben los gatos.

Ese fue el momento en el que estuve a punto de impostar una vocecita aflautada, infantil, irritante, de esas que nacen en el mismo lugar que el desprecio, y hablar como si Boludo le estuviera contestando: «Vale, vale, Seve, no te preocupes, no volverá a suceder, ¿puedo olerte el culo?». Afortunadamente, el ventrílocuo que quería ponerse a los mandos de la situación salió de mi cabeza y me limité a decirle que ya no lo molestábamos más, que no queríamos hacerlo llegar tarde. Y ahí fue cuando nuestra charla comenzó a girar sin ningún control.

Me dijo que iba a dar una buena caminata porque el colesterol le había repuntado, según un reciente análisis, y se negaba a tomar más pastillas de las estrictamente necesarias. Recuerdo que lo miré de arriba abajo porque jamás habría sospechado que ese hombre se dispusiera a practicar actividad deportiva alguna. Ni siquiera a caminar o hacer ejercicios de respiración. Vestía un pantalón de pinzas, una camisa clara de lino y unos zapatos castellanos en versión veraniega. La cabeza le espejeaba por la pátina de gomina que le fosilizaba el cabello y no llevaba sus habituales gafas de montura colorida. Supongo que se percató de mi extrañeza. Solo lo supongo. Pero me parece una suposición muy razonable, teniendo en cuenta la pregunta que me formuló. Fue un movimiento digno de los mejores maestros del escapismo.

—¿Y tú qué? ¿A lo de siempre?

No es que me metiera el *rigor mortis* en el cuerpo, pero reconozco que me costó encontrar palabras con las que responder a esa pregunta. Porque ¿a qué se estaba refiriendo? ¿A mis merodeos nocturnos? ¿A mis charlas con la vecina? ¿A mi burdo intento de forzar una conversación con él? Hice lo que pude con lo que en ese momento tenía al alcance. Hoy, probablemente, habría tirado por otro camino.

—Esta noche no tengo previsto verme con la vecina.

Empleé esa expresión y, nada más oírla salir de mi boca, pensé que quizá ese era un buen comienzo para afianzar una charla entre él y yo. «Verme con la vecina.» Cuatro palabras que podían interpretarse de varias maneras y que encerraban un punto de provocación que yo estaba deseando que Seve percibiera.

—En el barrio nos hemos alegrado mucho de su vuelta.

—Parece una buena mujer.

—Lo es. Es cojonuda. Aunque no le han faltado motivos para cagarse en la vida unas cuantas veces. A ver si quedo con ella antes de que se marche.

—¿Se va?

—Claro, vecino. Qué va a hacer ella aquí. En cuanto ponga en orden todo, se marchará. Eso, al menos, nos dijo a algunos vecinos en la cena que organizó hace unas semanas. Por los viejos tiempos, por la buena gente, por lo poco que nos queda en este mundo. Te vi pasar con Boludo durante el brindis, por cierto.

Sentí cómo Seve afilaba su mirada y evaluaba los daños que estaba generando en mí. Es un profesional en el sector de la información, me dije. En una conversación de apenas un minuto y medio había logrado demostrar que no luchábamos en la misma categoría. El primer golpe, más previsible y con mi guardia alta, fue reconocer abiertamente que era conocedor de mis encuentros con ella en el jardín. El segundo, hablar de una inminente marcha de la vecina, con lo que incorporaba a la ecuación un inédito miedo a que ella se marchara y yo no hubiera tenido tiempo de llegar al final. Y el tercero, ya con mi rodilla clavada en la lona, la innecesaria confesión de que me había visto apostado tras la buganvilla aquella noche de la cena. Tres golpes con hechura de ráfaga que no me dieron más opción que mirar a la cara de Seve desde cierta conmoción, para comprobar cómo se daba media vuelta y me dedicaba unas últimas palabras que a mí me parecieron el repique frenético de una campana.

—Vecino, coño, parece mentira... Parece mentira.

NUEVE

Desde que mi madre se marchara de casa dando un portazo en mi garganta, no había consentido hablar conmigo. Lo había intentado con alguna llamada a horas estratégicas, pero se había negado a ponerse al teléfono, aunque mi padre siempre adujera que estaba en casa de la vecina. Así que decidí hacer cualquier movimiento que me permitiera acceder nuevamente al otro lado de la membrana familiar. En esto, después de unas cuantas novelas y algún que otro disgusto, me declaro un experto.

Mi padre subía por una de las calles principales del barrio, quizá para comprar algo de levadura fresca, cuando me vio aparcar el coche. Lo sé porque dio media vuelta y aceleró el paso con la intención de llegar a casa antes de que yo pudiera alcanzarlo. Él sabía que, en ese momento, la casa, incluso su calle, eran tierra quemada para mí; que si conseguía llegar hasta allí, la voluntad de mi madre se impondría sobre cualquiera de mis intenciones. Por suerte, a pesar de mis padecimientos reales e imaginarios, sigo siendo más rápido que este hombre septuagenario. Cuando llegué hasta él, no aminoró el paso, pero sí comenzó a hablar para advertirme de que estaba llevando a cabo la peor maniobra de nuestras vidas. Así lo dijo. Incluyéndose entre los damnificados.

—Juan, estás llevando a cabo la peor maniobra de nuestras vidas.

—Espérate. Vamos a hablar.

—Vas a liar la mundial.

—¿La mundial?

—Sí, la mundial.

—Pero deja de andar, por favor. Que va a ser un momento, de verdad.

—No puedo.

—¿Cómo que no puedes?

—Tu madre, ya sabes.

—Ella no se va a enterar.

—No digas gilipolleces. Ya hemos hablado otras veces sobre los poderes de tu madre.

—Papá...

—Vas a conseguir que me dé algo con tanta carrera. Vete a tu casa.

—Papá...

—Ya te avisaré yo cuando las cosas estén más calmadas.

—No me voy a ir.

—Ya eres mayorcito. Allá tú. Pero a mí me dejas tranquilo.

—¿Qué está pasando?

—Joder, Juan, qué pesado.

—Por favor.

—No es tan difícil. Sabes que no lo es. ¿Qué te hemos pedido tu madre y yo?

—¿Qué?

—Que arregles las cosas con tu mujer, ¿no?

—Sí.

—¿Y lo vas a hacer?

—Pero...

—¿Lo vas a hacer sí o no?

—Parece mentira que no alcancéis a entender que eso no depende solo de mí.

Y en ese momento mi padre detuvo el paso, se giró y estampó sus ojos contra los míos, con una decepción a la que aún hoy no he sido capaz de ponerle adjetivo. Como yo en el fondo de mi corazón no esperaba que interrumpiera su carrera, mi primera reacción fue desear que la retomara cuanto antes y me diera la posibilidad de salir con dignidad de lo que intuía que estaba a punto de ocurrir. Pero no fue así. Yo ya era un pichón en la boca de un perro. Así que me mantuve en silencio y, aunque ahora, aquí, en estas líneas, pueda parecer algo caprichoso y prescindible, reprimí las ganas de llorar con una mueca estúpida. Mi padre se mantuvo firme en su propósito de alejarme de allí, mientras mi determinación se acuclilló en una remota esquina de mi cabeza.

—Venga, Juan. Te acompaño al coche.

—...

—Tu madre no lo está pasando bien. Últimamente solo tiene preocupaciones. Y eso sin contar las que yo le doy.

—...

—Tienes que intentar hablar con T. Si es necesario, y me da a mí que lo es, discúlpate, sé franco con ella, cuéntale la verdad. Y esa verdad, que no se te olvide, tiene que ser que todo lo haces, incluida tanta equivocación, porque la quieres. Porque es así, la quieres, mucho, más de lo que ella se pueda imaginar, para toda la vida, ¿me entiendes? Un mensaje directo. Palabras, las justas. No se te ocurra soltarle una de las tuyas en estos momentos. No está el horno para metáforas, Juan. Esa mujer te quiere. Lo sé porque yo mismo me he preguntado muchas veces por los motivos de ese amor. No seas estúpido y recoge las riendas. Estás desbocado.

—...

—Y sobre lo de esa mujer, tu vecina, haz lo que te salga de los huevos, que ya eres grande. Pero un poco de razón sí que tiene tu madre, ¿no crees? Qué derecho tienes a hurgar en la vida de alguien a quien no conoces ni de vista. Y más sabiendo lo que ya sabes. Que su hijo no estaba bien y que ella, cuando tu madre la vio por última vez, valía menos que la escritura de un pollero. Qué te cuesta comportarte con un mínimo de normalidad. Va a llegar el día en que no se te va a acercar ni el médico. Afloja, Juan, afloja. Te conozco. Eres mi hijo. Y yo sé que no está todo perdido.

—...

—De hecho, le dije a tu madre que lo mejor era coger el autobús, ir a tu casa, hablar contigo y aclarar las cosas. Porque con tu hermano nunca nos hemos entendido, pero tú siempre nos has arreglado los papeles y si te has tenido que quedar con alguno de nosotros en el hospital, lo has hecho. Con mala cara, vale, pero ahí estabas en el sillón del acompañante. ¿Y sabes qué me ha dicho tu madre? Que ha dejado de confiar en ti. Eso duele, ¿eh? Dice que no reconoce a su Juan. Eso también duele, ¿eh? Así que hazme caso, súbete al coche, dale un par de vueltas a todo esto que llevas entre manos y espera a que yo te diga que está todo más tranquilo por aquí. Ese será el momento de arreglar las cosas.

—...

—La cuestión, Juan, no es tu mujer. Y mucho menos tu vecina. La cuestión es tu madre. ¿Me entiendes?

—...

—Piénsalo.

—...

—Qué necesidad hay de esto.

—...

—Y ya que nos hemos sincerado, me gustaría hacerte una pregunta. Que la contestes o no es solo cosa tuya. Yo a mi padre no le contaba todo ni mucho menos le contestaba a todas las preguntas, así que no me voy a escandalizar por lo que decidas. Pero también te aviso de que eran otros tiempos y, por tanto, eran otros padres y otras preguntas.

—...

—Es sobre tu mujer, sobre eso que nos contó el otro día.

—...

—¿En qué momento pensaste que era una buena idea llevar un gato al veterinario después de haberlo matado?

DIEZ

Sesión 8. Transcripción natural. Dos interlocutores. Fragmento 1/1.

DOCTORA WILKES: Si no recuerdo mal, la última vez que estuvimos hablando me comentaste que os encontrabais, ahora me refiero a tu vecina y a ti, en el jardín de su casa, por las noches, y que ella te había impuesto algunas normas.

YO: Sí.

DOCTORA WILKES: Empecemos hoy por ahí.

YO: Por dónde.

DOCTORA WILKES: Explícame cómo son esos encuentros. Sé concreto, por favor. Y también me gustaría saber cuáles son esas normas.

YO: ¿Qué importancia tiene eso?

DOCTORA WILKES: Para contestar a tu pregunta has de definir *importancia* en el contexto en el que estamos ahora.

YO: ¿En qué medida hablar de eso me puede ayudar a salir de mi bloqueo?

DOCTORA WILKES: En la misma medida que hablar de tu mujer y su marcha. A estas alturas, en ninguna.

YO: No sé por dónde quieres ir.

DOCTORA WILKES: He estado revisando nuestras últimas sesiones.

YO: ¿Las grabaciones?

DOCTORA WILKES: Sí, las grabaciones. Y me he dado cuenta de que llevamos semanas sin hablar, en sentido estricto, de tu bloqueo literario.

YO: ¿No?

DOCTORA WILKES: No. Nada. O casi nada.

YO: Sigo sin entenderte.

DOCTORA WILKES: Porque no hay mucho que entender. No hablamos de tu bloqueo porque no estás bloqueado. Tú mismo me lo dijiste en la última sesión. Para escribir no hace falta escribir. Así que ese problema ha dejado de serlo. Existen otros problemas, pero ese, salvo que tú me des buenas razones para pensar lo contrario, ya no lo es.

YO: Pero si ni siquiera he comenzado la novela.

DOCTORA WILKES: Insisto, no estás bloqueado. Y no me gustaría darle muchas vueltas a algo que ya no las merece.

YO: ¿Entonces?

DOCTORA WILKES: Volvamos a lo de antes. Cuéntame, si no te parece mal, cómo son los encuentros con esa mujer y cuáles son las normas que te impuso.

YO: Son normales y extraños a la vez. De noche, en el jardín, alrededor de una mesa de piedra, abrazados por toda esa vegetación oscura. Y los ruiditos. Y la inédita calma de Boludo a nuestros pies. Y un persistente aroma dulzón del que no consigo desprenderme en toda la noche.

DOCTORA WILKES: Tienes ya claro que esas conversaciones formarán parte de tu próximo libro, ¿no?

YO: Por supuesto.

DOCTORA WILKES: ¿Literales?

YO: Bueno... Técnicamente tengo una dificultad. No me permite grabar. E intento anotar cuanto puedo, lo que hace que los encuentros me resulten agotadores. En cualquier caso, no suelen ser muy largos.

DOCTORA WILKES: ¿Por qué no te permite grabar?

YO: Supongo que porque no soy su psicólogo.

DOCTORA WILKES: O porque no confía en ti.

YO: En ese caso haría lo contrario. Me dejaría grabar.

DOCTORA WILKES: Sabes que no. Si no hay grabación, ella podrá negar los encuentros el día de mañana si así lo considera oportuno.

YO: Bueno, en ese caso, su personaje lograría un sesgo contradictorio que suele resultar muy conveniente en literatura.

DOCTORA WILKES: Si tú lo dices... ¿Entonces cómo lo haces?

YO: Ya te lo he dicho. Tomo notas apresuradas.

DOCTORA WILKES: Ya.

YO: Sé lo que estás pensando. Incluso me parece razonable. Pero no es así. No la estoy grabando a escondidas.

DOCTORA WILKES: Hay más normas, supongo.

YO: Sí. Siempre en ese jardín y de noche. No quiere que aparezca su nombre, ni el de su hijo, ni el de su marido, lo cual me preocupa porque eso me obligará a decidir si los dejo sin nombre o me los invento yo. Sé lo que me van a decir en la editorial. Ponles nombre, que los lectores siempre quieren saber cómo se llaman los personajes porque si no se pierden o los acaban llamando de una manera indeseada. Y yo, sinceramente, no tengo el cuerpo para discutir con quienes me tienen que publicar.

DOCTORA WILKES. ¿Has dicho «su hijo»?

YO: También me ha dejado caer que preguntas, las justas. Que no es un interrogatorio ni nada que se le parezca. Así que hay que respetar el curso natural de la historia.

DOCTORA WILKES: Espera, espera... Acabas de mencionar a su hijo. ¿Era verdad? ¿La voz de ese niño era de su hijo?

YO: No exactamente. Me ha contado algunas cosas sobre su hijo y ha añadido que les hizo muy felices.

DOCTORA WILKES: No lo entiendo. ¿Entonces la voz del niño que tú oíste no es la del hijo?

YO:...

DOCTORA WILKES: ¿No dices nada?

YO: Es confuso.

DOCTORA WILKES: ¿Y? Mira a tu alrededor. Estás en el sitio indicado para hablar de cosas confusas.

YO: Su hijo, según me ha dicho, nació en mil novecientos ochenta y dos.

DOCTORA WILKES: Es decir, ahora tiene... cuarenta años. Lo que nos permite concluir que él no fue quien habló.

YO:...

DOCTORA WILKES: Insisto. No fue quien habló, ¿verdad?

YO: Ya te he dicho que era algo confuso.

DOCTORA WILKES: Creo que usas el adjetivo *confuso* para huir del adjetivo *imposible*. Y no me vayas a soltar ahora eso de que la literatura te permite creer.

YO: No. Ya aprendí la primera vez.

DOCTORA WILKES: Estás intentando llevarte la historia hacia donde quieres.

YO: Intento encontrar respuestas.

DOCTORA WILKES: Pues esta se ve desde bien lejos.

YO: La ves tú. No yo.

DOCTORA WILKES: Porque no te conviene...

YO:...

DOCTORA WILKES: ¿Qué más te ha contado?

YO: Nada. Bueno, sí, que hay algo en esta historia que acaba mal. Cosa que encaja con lo que me dijo mi madre: que su hijo, cuando era pequeño, no estaba bien.

DOCTORA WILKES: ¿Tu madre?

YO: Sí.

DOCTORA WILKES: ¿Y qué pinta tu madre en todo esto?

YO: Ya... Bueno... Eso es lo mismo que se pregunta mi madre sobre mí.

ONCE

Supongo que es el vértigo del escritor, sea lo que sea eso, lo que me lleva a buscar con la voluntad instintiva de la urraca; a persistir con desesperación en mis propósitos; a equivocarme por encima de mis posibilidades; y a acertar muy de vez en cuando. Me cuesta mucho escapar de esa particular fuerza gravitatoria en la que suelo caer cuando me creo cerca de una buena historia. Una especie de luz me ciega. Pero, incomprensiblemente, paso por alto la ceguera y me detengo en la luz, como si fuera el maná que me ofrece las decisiones que he de tomar. La luz. Siempre esa cálida y balsámica luz. Rara vez la ceguera. ¿Y qué es lo que ocurre cuando alguien camina ciego hacia una luz? Que ya está más cerca del golpe.

Mirad.

Llamé a mi médico de cabecera, Monseñor Escotilla. Se puso una mujer, algo que me sorprendió, porque en las ocasiones que yo había estado en su consulta no había visto ninguna asistente que le ayudara en las tareas de recepción y atención de llamadas. Supuse, entonces, que la línea debía de estar desviada, y seguí adelante con mis intenciones. Le dije quién era y que necesitaba hablar con el doctor por un motivo muy importante. Me pidió mi nombre, mi número de teléfono y cerró la conversación con la promesa de que me llamaría en cuanto tuviese un hueco a lo largo del día. Eso ocurrió tres horas después.

—¿Qué le pasa?

—No sé si recuerda mi caso.

—Sí, he mirado su historial. ¿Hay alguna novedad?

—La verdad es que las pastillas que me prescribió para las náuseas han sido mano de santo.

—¿Y qué tal va de la debilidad en brazos y piernas?

—Totalmente recuperado.

—De todas formas habrá que repetirle el análisis en tres meses.

—Sí, claro. Cuente con ello.

—Muy bien... Pues usted dirá.

—No sé si se acuerda de que le confié que mi mujer se había marchado de casa.

—Sí.

—Aún no ha vuelto.

—Lo siento... Ya le dije que no iba a ser cosa fácil. Supongo que quiere que le recete algo para relajarse, para dormir en condiciones. Hoy hay buenas cosas para estos temas.

—No. No es por eso. Me gustaría pedirle un favor.

—¿No estará grabando la llamada?

—No. Se lo juro. Bueno, se lo prometo. En fin, que le doy mi palabra.

—Pues dígame. ¿En qué puedo ayudarle?

—Yo sé que esto va a sonar muy raro. Pero ella se ha cerrado en banda. No quiere hablar conmigo. Resulta que se ha ido a casa de una amiga que vive en Suiza. ¿Qué opción me deja?

—¿Se ha llevado el perro?

—No. El perro sigue conmigo.

—Mal hecho. Ahí ya se le ve la mala idea.

—Sí, lo sé.

—Se lo dije. Ya nunca vuelven a ser las mismas. De hecho, se van precisamente por eso. Porque no les gusta en qué se han convertido. Y creen que la culpa de eso la tenemos nosotros.

—El caso es que si usted le escribiera un correo comentándole mi padecimiento, quizá ella me daría la oportunidad de hablar, de que nos escuchemos, porque creo que eso es importante. Seguro que ya sabe, lo habrá leído en alguna ocasión, que escuchar es un gesto de buen amor.

—Que le comente su padecimiento...

—Sí.

—Pero me ha dicho que ya está recuperado.

—...

—No le entiendo.

—...

—¿Quiere que le escriba a su mujer diciéndole que se encuentra enfermo para que ella se sienta en la obligación de interesarse por usted?

—Más o menos. Es decir, sí.

—¿Y por qué no se lo pide a su psicóloga?

—Usted sabe tan bien como yo que la psicología, para estas cosas, es un hazmerreír. Es amputar un dedo con un cuchillo de untar.

—En eso tiene razón. Pero qué espera si con un cinco de media ya se entra en la carrera.

—Entonces, ¿qué me dice? ¿Sería caer muy bajo?

—Muy bajo.

—...

—Pero yo también he estado ahí. Y cuando eso ocurrió tuve quien me echara una mano. En mi caso, un buen abogado que me explicó con mucho detalle qué tenía que hacer, pero sobre todo qué no.

—Suena esperanzador.

—Lo es. Y si usted quiere tener un médico de su parte, en lugar de un buen abogado, no seré yo quien se lo impida.

—Gracias.

—Envíeme qué quiere que le diga exactamente y la dirección a la que debo remitirlo.

—La dirección la tiene usted. Ha sido paciente suya. Tiene sus datos.

—Mejor. Así todo es más natural. Lo importante es que no se olvide de una cosa.

—¿De qué?

—Usted tiene una gran ventaja sobre ella.

—¿Yo?

—Sí. Usted está dispuesto a todo. Y eso en el juicio de divorcio lo agradecerá.

DOCE

Nosotros en el jardín.

—Cuando yo conocí a mi marido, ya era un gran lector.

—¿Qué leía?

—Casi todo lo que caía en sus manos. Pero muy especialmente libros de plantas. Ya sabes, cada uno con sus obsesiones. ¿A ti qué te gusta leer?

—Novela literaria.

—¿Pero eso qué es? ¿Hay novelas que no son literarias?

—Sí. Bueno, supongo que sí. Creo que es una etiqueta con la que se intenta tranquilizar a los escritores que venden poco.

—Como decirte que eres feo pero inteligente. ¿Algo así?

—Sí, algo así... ¿Hay libros dentro de la casa?

—No. Aunque hubo un tiempo en que sí. Todas las paredes del salón, a excepción de la zona de la chimenea, estuvieron cubiertas de libros. La mayoría eran adquisiciones nuestras, pero también era posible encontrar algunos ejemplares heredados de su tío, que nadie nos quiso comprar en su momento.

—¿Qué queda ahí dentro?

—Poca cosa... Mi hijo se quedaba embelesado viendo a su padre leer. Lo imitaba. Ya con apenas tres años, se sentaba en el sillón y pasaba buenos ratos haciéndonos creer que leía los libros que amontonábamos en la mesita. Lo escuchábamos cuchichear como si estuviera silabeando las palabras. Pero lo que verdaderamente le entusiasmaba eran las historias que contaba su padre. Bueno, nos entusiasmaban a todos, porque lo hacía muy bien. Todas ocurrían en nuestro jardín, justo donde estamos ahora. Cada uno de nosotros representaba un pequeño papel que nos asignaba, aunque a veces nos daba a elegir cuando la que iba a contar ya la conocíamos. Allí éramos pájaros, flores, lluvia, semillas, abejas, raíces, libélulas... Todo lo que se le ocurriera. Di cualquier cosa relacionada con un jardín, y acertarás.

—Legón.

—¿Legón? ¿Eso qué es?

—Una especie de pala con la que remover la tierra.

—No recuerdo que la llamara así.

—Es que esta herramienta tiene muchos nombres. Puedo pensar otra palabra.

—Nunca he sabido explicarlo bien, pero los cuentos de mi marido ocuparon un lugar muy accesible en nuestra vida. Aunque tampoco sé si la palabra precisa es *accesible*.

—¿Central?

—Yo lo veo en otras familias, pero con otras cosas. Como cuando entras en una casa y al minuto ya te das cuenta de que allí son deportistas, o les gusta vivir ruidosamente, o no puede faltar el pan en la mesa al margen de lo que vayan a comer ese día, o la televisión siempre ha de estar encendida. Pues algo así pasaba con nosotros. Yo creo que quien entraba aquí se daba cuenta al instante de que vivíamos con un pie metido en esas historias. ¿De dónde viene tu pasión por la escritura?

—Por un profesor que tuve en el instituto. Hablaba con tanto entusiasmo de literatura que, aunque no entendía ni la mitad de sus explicaciones, yo estaba seguro de que ahí debía de haber algo importante.

—¿Y lo había?

—Supongo que sí. Más me vale.

—Pero en tu casa no...

—No, en mi casa no. Los libros entraron cuando yo los metí.

—El cuento favorito de mi hijo era el del pájaro, la mimosa y la lluvia.

—¿De qué iba?

—No me acuerdo. Y debería acordarme. Pero esa es la verdad. No me acuerdo.

—...

—Sí recuerdo, en cambio, que mi hijo corría por el jardín, empuñando la regadera e intentando mojar a su padre, que también corría agitando las manos como hojas en el viento. La escena era bastante cómica. Y un pelín ridícula, para qué nos vamos a engañar.

—Mejor así.

—¿Mejor así?

—Sí. Prefiero lo ridículo a lo solemne. La solemnidad es un invento.

—¿Y la ridiculez no?

—Claro que no. La vida a veces es grotesca, extravagante, risible, pero solemne nunca. Por eso tenemos la necesidad de meter la ceremonia y la pompa, para alejarnos de algo que es inevitable. Cuando nos ponemos estupendos y decimos que la vida va en serio, no significa que sea solemne, nos referimos a que tarde o temprano vamos a hacer el ridículo, o lo que nosotros entendemos que es hacer el ridículo. Y eso sí es una ley.

—Visto así...

—Perdone, la he sacado de lo que me estaba contando. Su hijo corría con la regadera.

—Era tan delgado que parecía estar hecho de ramitas bajo la camiseta. Y a la vez era tan fuerte que jamás me dijo que estuviera cansado. Por eso me extrañó el día que me llamaron del colegio para que fuera a recogerlo. La maestra me dijo que lo veía agotado, que se dormía sobre el pupitre, que si podía pasarme a por él. Aquella primera vez, mi marido estaba trabajando en unos jardines públicos de la provincia, así que no volvió hasta bien entrada la tarde. Le conté lo que había ocurrido y, tal y como yo esperaba, le quitó importancia, cosa que agradecí. Pero nos siguieron llamando del colegio de vez en cuando. Se dormía. Le dolía la cabeza. Algo no iba bien.

—¿Algo no iba bien?

—Una de las primeras cosas que aprendes cuando tienes hijos es que a veces las cosas no van bien. Y no hay que alarmarse.

—...

—Descubrimos que llevaba semanas sin dormir como debía por culpa de unas pesadillas. Pero nos costó la misma vida averiguarlo.

—¿Qué pesadillas?

—Eso, si no te importa, lo dejamos para el próximo encuentro. Antes me gustaría contarte algunas cosas sobre su habitación, que era donde tenían lugar. Y eso me va a llevar un buen rato.

—Vale.

—Si luego ves que esto no es relevante, no lo metes en tu libro y listo.

—Eso haré.

TRECE

Si toda gran historia ha de tener una buena escena de sexo, cosa que dudo, yo la rocé con la punta de mis dedos. Aurora, mi casera, me hizo una visita con la intención de abordar algunos detalles sobre mi futuro en su casa. Serían las once de la mañana. Yo estaba sentado frente al portátil, haciendo poco, la verdad, cuando Boludo comenzó a ladrar y a saltar nerviosamente junto a la puerta. No esperaba su acto de presencia, aunque a cualquiera, supongo, le habría parecido de lo más previsible, a tenor del correo que T. le había enviado. Aurora iba enfundada en ropa deportiva, y del hombro le colgaba una mochila negra y roja muy parecida a una que yo tengo, pero que llevo mucho tiempo sin ver. A diferencia de las otras veces en las que nos habíamos encontrado, llevaba el pelo tensado en una cola alta y la cara despejada de cualquier maquillaje que yo supiera detectar. Su olor me evocó al de una lima recién partida. Siempre me había parecido una mujer hermosa y con una espiritualidad muy carnal, si es que eso es posible, pero esta vez, quizá por la situación de desamparo en la que me encontraba o por la sensación de proximidad que sentí desde que abrí la puerta, percibí que algo se desmigajaba frente a nosotros, y estaba deseando que se tratara del pudor.

Le pedí que pasara y, con una maniobra un tanto tosca, dejé a Boludo afuera, en el jardín. Al principio se puso a ladrar, no sé si llevado por la incomprensión o el enfado, pero a los pocos minutos lancé una mirada por el ventanal del salón y ya estaba sentado al sol con los ojos entrecerrados, la chapita antirrábica destellando en su cuello (30 euros), sumido en una placidez de la que yo jamás he disfrutado. Aurora, por su parte, entró en casa mirando a un lado y a otro, como si evaluara los desconchones de cualquier divorcio, y me dijo que no podía entretenerse mucho porque tenía pilates y una sesión de hipopresivos que llevaba esperando días. Así que no le ofrecí nada más allá de mi atención y del sofá en el que tomó asiento.

La primera vez que estuvimos en una situación parecida fue casi al principio de conocernos. Por entonces su hija estaba en segundo de bachillerato y, al enterarse de que yo era escritor, me pidió el favor de que le diera unas cuantas clases particulares sobre la oración compuesta. Recuerdo que me dijo que las adverbiales se le daban muy mal y que estaban aterrados por si la prueba de selectividad le hacía picadillo todos sus sueños. Ella se ofreció a pagarme. Yo me negué. Y a las pocas semanas un hombre llegó a casa y nos cambió el toldo del jardín, que estaba hecho jirones en uno de los extremos. Una de aquellas tardes en las que fui a su casa a impartir clase a su hija, tuve que esperar en el salón más de cuarenta minutos porque su padre, que era el encargado de traerla de no sé bien dónde, aún estaba reunido. Yo imaginé, a tenor de los metros que tenía aquel ático, que era el presidente de un consejo de administración o el director de una extensa red de campos de golf, pero luego resultó ser propietario de cuatro gasolineras de la provincia y que, además, para gozo de ambos, llevaban seis años divorciados. Cuando volví a casa, le conté a T. todo lo que nuestra casera me había confiado en aquel enorme y cálido salón mientras nos tomábamos un café y un pacharán que nos sirvió una mujer a la que llamó querida en varias ocasiones. A lo del divorcio y las estaciones de servicio había que añadir que era presidenta de una asociación ecologista, supongo que para desgravar dinero y culpabilidad; que todos los veranos se iba de vacaciones a Formentera; que a veces se llevaba a su madre, pero que ya la veía muy mayor para según qué cosas; que estaba muy contenta con que nosotros fuéramos los nuevos inquilinos; y que esa casa que le acabábamos de alquilar se la compró a un hombre que «también», eso dijo, «también» era artista —en este caso escultor, madera policromada, algo de hierro forjado, sobre todo barro—. Lo que no le dije a T. fue lo que yo creí percibir en su mirada, en sus ademanes, en su silabeo resbaladizo: que entre nosotros hubo una tensión similar a la de dos placas tectónicas que se quieren fundir. Recuerdo que T. me escuchó con una atención puntillosa y lo único que añadió fue una pregunta a la que nunca, hasta ahora, le había dado valor: ¿Crees que Aurora es feliz?

Cuatro años después de aquello, sentada esta vez en mi sofá, me hice yo la misma pregunta. Quizá con el deseo de que en la respuesta hubiera alguna traza de insatisfacción y, a la vez, la esperanza de que quisiera sacarla afuera a mordisco limpio.

—¿Qué vas a hacer, Juanma?

—Aún no lo sé. No he tenido tiempo de pensarlo con el rigor que merece el asunto.

—No hay prisa. Pero me ha parecido conveniente pasarme y comentar algunos detalles.

—Claro.

—Si decides dejar la casa, la fianza se la devolveré a T. porque es quien firmó el contrato. ¿Hay algún problema con eso?

—Ninguno.

—Yo te avisaría de todas formas. Incluso, si quieres, te paso una copia del modelo de devolución.

—No es necesario. Pero te agradezco el gesto. Me alivia que estés al tanto de todo. Eso simplifica las cosas.

—Bueno... T. me llamó para decirme que os habíais separado y que cualquier cuestión sobre la casa ya tendría que hablarla contigo.

—¿Separado?

—Creo que usó esa palabra.

—Vale. Entonces sí. Nos hemos separado.

—A mí no me parece mal que sigas siendo mi inquilino, pero quiero las cosas bien hechas.

—No te entiendo. ¿Tienes alguna queja de cómo las hemos hecho hasta ahora?

—No, qué va. Todo lo contrario.

—¿Entonces?

—Una amiga de tu mujer me ha llamado para decirme que no ibas a abandonar la casa y que lo mejor que podía hacer era adelantarme a los acontecimientos.

—¿Adelantarte?

—Eso me dijo.

—Tengo una idea muy precisa de quién te llamó, pero no sé qué quiere decir con lo de adelantarte a los acontecimientos.

—Me ha dicho que ella puede hacerte salir de casa durante unos días y así yo podría aprovechar para sacar tus cosas, meterlas en un camión de mudanzas y cambiar la cerradura. Ella se hace cargo de los gastos. Me ha precisado, incluso, dónde iría a parar todo.

—¿Dónde?

—Cantabria. Un pueblo. No lo conozco.

—Esto te puede meter en problemas, Aurora.

—Bueno, en sentido estricto no. Legalmente esta casa está alquilada por tu mujer y supongo que es tu mujer la que ordenará la mudanza. Yo, en realidad, lo único que haría sería abrir la puerta cuando llegasen los operarios y cambiar la cerradura cuando terminasen. De una casa, por cierto, que es de mi propiedad.

—Deduzco que si me lo estás diciendo, no ha debido de parecerte un buen plan.

—Como plan, te voy a ser sincera, es impecable. Pero es imposible hacer una cosa así y que no se te convierta el corazón en una bolsa de basura. No sé quién es esa amiga de tu mujer, pero para tener ese fondo hay que entrenar mucho.

—Te agradezco que me lo estés contando.

—No hay de qué. Creo que tú habrías hecho algo parecido.

—Sí, yo también lo creo.

—Además he de decirte que todo esto me ha puesto un poco nerviosa, y que solo hablando claramente contigo y mirándote a la cara puedo volver a mi tranquilidad. Por eso estoy aquí.

—No vas a tener ningún problema. Te lo aseguro. Es muy probable que, cuando el contrato concluya, me marche. Esta casa es muy grande y muy cara para mí solo.

—Si quieres que te eche un cable en la búsqueda de una nueva, dímelo. Conozco a gente, ya sabes.

—Vale.

—Tampoco te voy a preguntar qué os ha pasado, porque sé de sobra que en estas situaciones no tenemos claro casi nada. Pero me voy a atrever a darte un consejo.

—...

—En esto no hay culpables. Y si los hay, sois los dos. Así que no pierdas el tiempo lamentándote por algo que probablemente nunca estuvo en tu mano. O al menos no solo en tu mano. ¿Me explico?

—Sí.

—Bien.

—¿Te puedo pedir un favor, Aurora?

—Veamos.

—Te agradecería que le dijeras a la amiga de mi mujer que aceptas su propuesta.

—...

—Quiero saber cómo tienen pensado sacarme de casa.

—...

—Solo es eso. De verdad.

—Me lo pienso, ¿vale? Creo que ya no llego a pilates, pero sí a la sesión de hipopresivos. Me tengo que ir.

—Claro.

—¿Te parece bien que la próxima vez que te visite tampoco llegue a tiempo a los hipopresivos? Piénsatelo. Ahora estamos en igualdad de condiciones. Qué bonita es esta casa, ¿verdad? Lo tiene todo para ser feliz. Pero eso, como tú y yo sabemos, no significa nada.

CATORCE

Durante los primeros encuentros con la mujer en el jardín, arrastré muy pesadamente una pregunta. ¿Qué ocurriría si le confesara que sabía que mi madre se había cruzado con ella en la residencia de estudiantes? ¿Hacia dónde nos conduciría eso? Como dije en algún momento de mi relato, saber algo que otro desconoce, sea lo que sea, puede darte cierta ventaja narrativa, y eso, en consecuencia, conlleva una responsabilidad. Pero también es cierto que la responsabilidad tiene la costumbre del cepo: no distingue entre la presa y la mano del trampero. Así que debía tener cuidado con sacar cualquier asunto que desinflara nuestra incipiente confianza.

Sabía, además, que estar en posesión de esa información era una ventaja bastante enclenque. Sobre todo si la comparaba con todo eso que ella encerraba en su memoria y yo estaba ansioso por saber. Así que hice algo que me permitiera fijar el rumbo de mis acciones. Clavé una chincheta en un punto impreciso del futuro: sacaría a relucir el tema de mi madre cuando intuyese que confesar podría traerme más beneficio que perjuicio.

Por otra parte, mi padre había dejado de ser puente o pasadizo entre mi madre y yo. De modo que las opciones de aproximación que me quedaban eran limitadas y, además, pecaban de ser demasiado directas, lo que mandaba al traste la posibilidad de un segundo intento en caso de desastre. Después de pensarlo muchísimo, de darle tantas vueltas como pude, de trazar una y otra vez maneras e itinerarios distintos para llegar al mismo punto, concluí que la mejor táctica era recurrir a lo que yo creía que ella jamás habría sospechado: utilizar a mi hermano. Hay más desesperación ahí que en un salto desde un décimo piso.

Mirad.

Mi hermano nunca ha salido en ninguna de mis novelas anteriores. Entre otras razones, porque él mismo me lo exigió cuando le ofrecí leer el borrador de una de ellas y se encontró que lo había convertido en un personaje extremadamente parecido a la persona. Eso no conllevó una conversación profunda sobre los límites de la realidad y la ficción, sobre la memoria y la imaginación, sobre la vida y la literatura. No hubo ocasión. Y creo que es de agradecer que entre hermanos la pedantería no encuentre cobijo. Me telefoneó para ordenarme que borrara cualquier referencia a él y me transmitió, además, una amenaza que siempre pensé que habría sido una gran pintada en una tapia: «Si me escribes, te borro».

¿Por qué no quería salir en mi novela? Bueno, eso da para una trilogía. De hecho, mi psicóloga siempre me ha asegurado que mi obra maestra no llegará mientras no me atreva a escribir sobre mi hermano. Y creo, humildemente, que no le falta razón. En cualquier caso, este todavía no es ese libro, así que me limitaré a relatar lo que le propuse para conseguir que mi madre volviese a hablar conmigo.

Cuando mi hermano descolgó el teléfono, era la quinta llamada que yo le hacía esa tarde. Por el ruido de fondo, deduje que estaba conduciendo y llevaba la ventanilla bajada del lado del acompañante. ¿Cómo lo sé? Pues porque era una desesperante manía que cogió —y que nunca quiso abandonar— de una época, un invierno entero, en que el motor del elevalunas derecho se le había averiado con el cristal en el fondo de la puerta. El ruido ya lo conoce todo el mundo. Especialmente cuando el coche alcanza cierta velocidad y los quitamiedos te devuelven una ráfaga de bofetadas. Así que durante aquella llamada tuve que gritar y alejar y acercar el teléfono y repetir y pedir que repitiera y suplicarle que me devolviera la llamada cuando pudiese hablar como es debido. Eso no ocurrió hasta dos días después. Yo estaba en la sala de espera de la dermatóloga, junto a dos pacientes más. Él, según me dijo nada más descolgar, se disponía a entrar en una correduría de seguros, así que desde el principio tuve claro cómo iba a acabar aquello.

—¿Qué haces en la dermatóloga? ¿Otra vez crees que tienes cáncer?

—Es la revisión anual.

—¿Anual? Yo no he estado en mi vida en el dermatólogo.

—Tú no tienes los lunares que tengo yo.

—No padeces cáncer. Te desvelo el final. Sal de ese sitio y ahórrate el dinero.

—No me cuesta nada.

—Por eso vas tanto a los médicos. Si te costase dinero, se te quitarían las tonterías. ¿Por qué crees que los pobres no son hipocondriacos?

—Ni idea.

—Porque cada vez que van al especialista son tres meses de espera. Pero a ti, con eso de la mutua, te atienden en cuánto, ¿tres días?, ¿cuatro? Es el tiempo de espera perfecto para un hipocondriaco. Lo resiste. Es más, lo goza. ¿Dónde tienes la manchita esta vez?

—En la planta del pie.

—¿Y cómo cojones te has dado cuenta de que tienes una manchita en la planta del pie? Bueno, mejor no contestes a eso.

—Quiero hablar contigo de algo, pero ahora, como ya sabes, no es un buen momento. ¿Te importa que te llame esta tarde?

—Ya conoces mi sistema. Te puedo decir que sí, pero luego lo mismo es que no. A mí nadie me lleva la agenda.

—A mí tampoco.

—Es verdad. Me ha contado mamá que tu mujer ha picado billete.

—Precisamente necesito que me eches un cable con ella.

—¿Con T.?

—No, con mamá. Se niega a hablar conmigo.

—¿Y eso?

—Quiere que vuelva con T.

—¿Pero eso depende de ti?

—Según ella, sí.

—Aquí hay algo que no me estás contando.

—¿Puedes ayudarme?

—¿A que mamá vuelva a hablar contigo?

—Sí.

—¿Y por qué tanta urgencia?

—No es urgencia.

—¿Esto no será por uno de tus libros?

—Ahora mismo no puedo hablar de eso.

—Ya sabes lo que pienso sobre la posibilidad de que también me metas a mí.

—Tranquilo.

—Si yo estoy muy tranquilo.

—¿Me vas a ayudar?

—Podemos hablarlo, claro.

—Gracias.

—Pero ahora tengo que arreglar un asunto del seguro del coche. Los cabrones no me quieren renovar por un accidente en el que tuvo la culpa el peatón.

—¿Qué accidente?

—Ahí está la cosa. No tenéis noticia porque la culpa fue del peatón. ¿No crees que, de haber sido yo el responsable, os habríais enterado? Vamos, con lo que la gente chismorrea en el barrio. Lo que pasa es que estaba clara la cosa. Ese hombre caminaba por mitad del carril de una rotonda.

—¿Y qué le pasó?

—Nada grave. Pero supongo que estará estrujando a la compañía aseguradora. Yo haría lo mismo.

—Si la culpa es suya, dudo que pueda hacer eso.

—Ya, ya. Yo estoy bien. Gracias por preguntar.

—¿Y esto cuándo ocurrió?

—Hace un mes y medio. Y ya me han avisado de que me busque otra compañía. Qué hijos de puta. Pues me la busco. Ya ves tú el problema.

—Sí, ya ves tú.

—Lo que pasa es que la póliza me ha subido lo que no está escrito justo en el peor momento. Y eso que me lo está gestionando una correduría de puta madre. ¿Tú dónde tienes el seguro?

—Da igual.

—Cuando vayas a renovar, me lo dices, que esta gente te hace un buen precio.

—Gracias.

—Te dejo. Voy a ver qué me dicen.

—Vale.

—Deséame suerte.

—Cuenta con ello.

—Yo con una póliza normalita me apaño. Ya me conoces.

—Claro.

—Niño...

—Sí, ya sé.

—Es que...

—¿Cuánto necesitas?

—Esta gente se ha vuelto loca.

—¿Cuánto?

—Novecientos euros. Si pueden ser mil, mejor. Por si se ponen muy cabrones.

QUINCE

Una semana después de ingresarle a mi hermano los mil euros, su teléfono seguía apagado. Habíamos quedado en que ya se le ocurriría algo para que mi madre abriera nuevamente las vías de comunicación. Añadió, además, porque él siempre fue muy de añadir en el último momento, que si entendía que debía saber algo, me llamaría para darme cualquier detalle. Pero eso no terminaba de ocurrir. Como estrambote de mis días, a todos mis padecimientos se le añadió una ansiedad ingobernable. Dos o tres golondrinas encerradas en una habitación, golpeándose contra las ventanas, buscando una salida inexistente. Así se comportaban las palabras de Seve en el interior de mi cabeza: «En cuanto ponga en orden todo, se marchará». ¿De cuánto tiempo estábamos hablando? ¿Qué era poner todo en orden? ¿Qué me quedaría a mí si ella se marchara ya, hoy, mañana, en dos o tres días? ¿Qué habría de hacer yo en ese caso?

Me di una larga ducha, me adecenté la barba como pude —solía hacerlo T. con amor quirúrgico—, elegí la ropa más ortodoxa que encontré en el armario y me dirigí a la casa de Seve. La puerta del jardín estaba abierta, así que me planté en la misma entrada. Como sabía que me estaría viendo desde la ventana, apenas rocé la madera blanca con los nudillos. Abrió envuelto en un fino batín que ya de primeras hablaba de tiempos mejores, y calzaba unas zapatillas que a mí me parecieron un anacronismo horrible. Miró con acostumbrada curiosidad desde mi frente despejada hasta la punta del zapato. Fueron unos cuantos segundos, pero lo hizo con la misma eficiencia que un lector de códigos de barras.

—Vaya, vecino, no estoy acostumbrado a verte sin gorra. ¿Tienes una cita esta noche?

—Voy a una gala. Una de esas en las que entregan premios. Quizá me puedas ayudar con esto.

Del bolsillo de la chaqueta saqué una corbata y un pañuelo. Me sorprendió la rapidez con la que leyó mi súplica, y pensé que quizá él, en algún momento de su vida, se había sentido de un modo parecido. Sus ojos, detrás de unas gafas más esquemáticas que las habituales, no emitían brillo alguno. Parecían de barro cocido. Y su gesto evidenciaba el cansancio propio de las horas.

—¿Vas justo de tiempo?

—No.

—Cojonudo. Pues pasa y nos tomamos algo, anda.

La disposición de la casa no distaba mucho de la nuestra, salvo porque habían respetado el jardín en su totalidad y no le habían dado más metros al salón. Era una práctica muy habitual en el vecindario, y que Seve no la hubiera llevado a cabo parecía ahondar en un divorcio, en la ausencia de hijos y en una soledad con perrito al fondo. Por lo demás, contra todo pronóstico, su casa era más moderna de lo que yo había imaginado. Paredes blancas y lisas, suelo de madera, muebles de factura nórdica y, como era de esperar, buenas alfombras para delimitar los distintos ambientes. Me ofreció uno de los dos sillones orientados hacia la chimenea apagada, y me trajo un coñac que olía a leña en llamas y que ofrecía la misma calidez. Después ocupó el otro sillón. Me miró. Sonrió abiertamente. Hizo el gesto de brindar. Quisquilla saltó, llegó a duras penas, y se arrebujó en su regazo.

—Si quieres, quítate la chaqueta. Se te va a arrugar.

—Gracias. No te preocupes.

—Como quieras. Ese tejido no es muy agradecido.

—Es un coñac delicioso.

—Mi favorito. ¿Sabes de esto?

—No.

—Entonces no te cansaré con sus virtudes. Pero sí. Es cojonudo.

—Una casa muy bonita también.

—Gracias. Aparte del trabajo, esto es lo que uno tiene.

—Ya.

—Conozco la tuya. Hace muchos años, Aurora me dejaba una llave porque metió a su madre a vivir ahí. Por si surgía algún problema. Pero la pobre ya está muy mayor para pasar tanto tiempo sola.

—Es probable que yo también me vaya.

—¿No estás a gusto?

—Más o menos.

—Así que lo de tu mujer esta vez va en serio.

—No sabría qué decirte.

—¿Cuánto hace que se marchó?

—Un mes y pico.

—¿Sabes por qué lo supe?

—Bueno, tampoco era un secreto.

—Porque dejé de oír por la mañana una especie de batidora o de picadora de hielo.

—Era un molinillo de café eléctrico.

—Mientras tú sacabas a pasear a Boludo, se oía algo atronador en tu casa. A mí me daba igual, porque yo a esa hora ya suelo estar aseado y vestido.

—Lo gracioso es que ella toma, salvo excepciones, café soluble. Molía el grano cada mañana para mí. Un día le dije que los vecinos nos iban a denunciar, que era mejor que moliera café para toda la semana de una sola vez. Me miró como si hubiera dicho la majadería más grande de mi vida.

—Estoy con ella.

—Vaya.

—Todos tenemos nuestras cosas. Vosotros, el molinillo eléctrico. Los que están más allá, una hija adolescente a la que le van los ritmos latinos. Los de detrás, una cama con los tornillos flojos, seguro que los has oído. Y yo, esta soledad que nunca me pesó y ahora no soporto.

—¿Cuánto tiempo llevas...?

—No, no... Nunca he lamentado mi divorcio. Aquello dejó de funcionar nada más empezar, así que fue un alivio para ambos. No hubo drama, no echamos de menos hábitos comunes, ni siquiera tuvimos contacto después de tomar la decisión. Cada uno cogió el camino correcto. No sé si me entiendes... Lo que a mí me pasa ahora se llama vejez. Solo eso. Menos mal que Quisquilla resiste. Es aún más viejo que yo.

—...

—En fin... No nos pongamos tremendistas. Te haré encantado el nudo de la corbata. El pañuelo, si no te parece mal, lo vamos a descartar porque ese color es un disparate. Y aunque sospecho que la lazada se te da de pena, dudo mucho que hayas venido a mi casa por esa razón. Así que hablemos de lo que verdaderamente te interesa, qué coño. Pero con franqueza.

—¿Y qué se supone que me interesa?

—Eso no es elegante, vecino.

—Vale.

—¿Más coñac?

—No, voy bien.

—Pues tú dirás.

—El otro día dijiste que la vecina, ya sabes, había vuelto, pero se marcharía en cuanto pusiera todo en orden. Me gustaría que me hablases más sobre eso.

—Bueno... En realidad hay poco más que añadir. Llegó hace dos meses y medio, y, en cuanto le salga un comprador, se marchará. Aunque ella no siempre está ahí. Va y viene. Esa casa está muy vieja...

—¿La vende?

—Esa es su intención. Y no creo que le falten pretendientes.

—¿Entonces no vive ahí desde hace mucho tiempo?

—Llevas cuatro años en este vecindario. Aparte de estos últimos meses, ¿la habías visto antes entrar o salir de la casa?

—No.

—Claro que no.

—Pero una mañana vi que sacaban a alguien del interior y se lo llevaban en una ambulancia. Pudo ser ella.

—¿Ella?

—Sí.

—No era ella. Me habría enterado.

—Ya.

—¿Le has preguntado por ese asunto?

—Sí.

—¿Y?

—Me ha dicho que ese no es el principio.

—Tiene más razón que un santo. Las preguntas son el

camino corto para llegar a cualquier sitio. ¿Qué clase de libro se puede escribir tomando el camino corto?

—¿De qué libro hablas?

—Vecino, por favor.

—¿Te lo ha dicho ella?

—Qué cojones me va a decir ella a mí, si yo te conozco desde hace cuatro años y con ella llevas hablando dos días y medio.

—¿Y por qué crees que ha aceptado verse conmigo?

—Esa sí es una pregunta cojonuda.

—Me he dedicado a acecharla desde que la vi por primera vez. Me he colado en su jardín sin su consentimiento. He fotografiado cuanto se ha movido ahí dentro. Le contó a mi mujer que me había masturbado mirando por las ventanas. Hasta me sorprendió recogiendo un gato muerto en la puerta de mi casa. Debería estar en las antípodas de su confianza.

—Bueno, no infravalores el hecho de que yo le haya contado algunas cosas sobre ti. Aunque no eres la alegría de la huerta, tampoco te hacía justicia ese perfil de violador de jardines con mascota.

—Vale. Pero insisto. ¿Qué saca ella contándome la historia que yo le demando?

—Mira estas zapatillas.

—¿Qué?

—Las zapatillas. Desde hace quince años, siempre me compro este modelo. ¿Sabes de qué son?

—De fieltro.

—No, por Dios. De paño. Lana y poliéster. Cincuenta y cincuenta.

—¿Y?

—¿En qué te fijas a la hora de escoger tus zapatillas?

—Nunca me he comprado unas zapatillas.

—Supongo que ahora que empiezas una vida nueva no tendrás más remedio que tomar este tipo de decisiones. Unas zapatillas de casa no se eligen por lo que se ve. ¿Qué sentido tiene eso? Se eligen por lo que no está a la vista. El interior. Y en este caso, está confeccionado con pura lana virgen de oveja. El cien por cien de su interior es exactamente eso. Lana virgen hilada y tejida por primera vez, en contacto con el pie, protegiéndolo del exterior.

—No te entiendo.

—Tiene que ver con la respuesta a tu pregunta, a por qué ha accedido a hablar contigo.

—¿Y?

—Vecino, coño, que a lo mejor la respuesta no está tan a la vista y hay que buscar un poquito más.

—Eso ya lo sé. Pero dónde está.

—Ni idea. Aunque piensa que si ella te resulta útil a ti, por qué tú no le ibas a resultar útil a ella.

—Es decir, que voy a salir de esta casa con más misterios de los que he traído.

—Estas zapatillas son cojonudas. Y no son caras, no te vayas a creer. Si a ti saber eso te parece poca cosa...

DIECISÉIS

Nosotros en el jardín.

—Le he estado dando vueltas a nuestra última conversación y quería disculparme. Al final me fui por las ramas.

—No se preocupe.

—La habitación de un hijo es el tercer ventrículo del corazón de una madre. Pero entiendo que para cualquier persona solo sea un lugar desordenado y mal ventilado. Así que siéntete libre de dejarla fuera de tu libro.

—Ahora mismo me interesa todo. Es como apilar leña.

—Vale. Pero me quedo más tranquila diciéndotelo.

—Íbamos a hablar de las pesadillas.

—Sí, también le he estado dando vueltas a eso.

—¿Y?

—Mi hijo no las llamaba pesadillas. Decía que cuando dormía, a veces también mientras estaba despierto, tenía cuentos dentro de la cabeza. Pero tardamos un tiempo en percatarnos porque él no abandonaba la cama ni nos buscaba. Se quedaba entre las mantas saliendo y entrando del sueño, y así pasaba algunas noches. De ahí ese cansancio del que la maestra nos habló.

—Yo también tuve muchas pesadillas en mi infancia.

—Lo llevamos al pediatra. Ya sabes, más por mí que por su padre. Y lo de siempre: esto pasará, son fases, el niño está bien, que tome pasiflora.

—¿Y qué soñaba?

—Tardó un tiempo en encontrar las palabras. Pero una de esas mañanas en las que lo recogí porque la maestra me había llamado, me dijo que en el cuento de su cabeza no había nada. Todo estaba oscuro. Yo le pregunté si lo que realmente quería decir era que no veía nada. Y él me contestó que no. Que él veía que no había nada porque en lo oscuro había luz. Era algo difícil de explicar para él. Recuerdo que también me dijo que en ese sitio había estado antes.

—Es un poco angustioso.

—Lo era. Para colmo, una noche comenzó a aparecer su padre en mitad del cuento. Mi hijo intentaba avisarlo para que no se cayera dentro de esa nada que los separaba, pero estaba tan lejos que era imposible que su voz llegara al otro lado. Según él, la saliva no lo dejaba gritar. Yo le aseguraba que su padre estaba bien, que cuando llegáramos a casa lo comprobaría. Y lo comprobaba, obviamente. Pero luego caía la noche y con ella la pesadilla volvía a encontrar cobijo.

—Ya.

—Poco a poco se fijó en otros detalles de ese sueño. Lápices, pájaros, agua, flores... Supongo que todo se mezclaba. Lo de aquí con lo de allí.

—¿Cómo llevó su marido que él apareciera en las pesadillas?

—Mal. Bastante mal. Durante un tiempo pensó que sus historias habían confundido al niño y que le costaba distinguir entre la realidad y el sueño. Pero qué niño de esa edad sabe distinguir con claridad una cosa de la otra.

Él pensó en dejar de contárselas para ver si la situación se resolvía. Lo hablamos y concluimos que eso era una equivocación. Que probablemente esas historias en el jardín le daban algo de sujeción en mitad de tanta desazón.

—¿Dónde cree que tenían el origen?

—Tampoco lo sé. Si una madre tiene que buscar el origen de todo lo que le sucede a un hijo, no haría otra cosa al cabo del día. Una madre lo que procura es hacerle saber que estará ahí pase lo que pase. Porque van a pasar cosas, eso es inevitable.

—¿Y se fueron?

—Siempre se acaban yendo. ¿O aquellas pesadillas infantiles que has mencionado antes siguen contigo?

—No.

—Es que es cuestión de tiempo. Yo le conté que todos tenemos pesadillas y que lo único que había que hacer era aprender a distinguir entre estar despierto y estar dormido. Él me preguntó cómo y se lo expliqué aquí, en esta misma mesa, en este jardín. Le aseguré que si me llamaba y yo no acudía, se trataba de una pesadilla porque yo nunca lo habría dejado solo. Así que los cuentos de su cabeza se fueron espaciando y cambiando de forma.

—Otra vez el jardín.

—¿Qué?

—Que otra vez aparece este jardín en su relato.

—Bueno, aquí vivía un jardinero. Eso ha de condicionarnos de alguna manera. Pero tampoco tiene una trascendencia especial. Creo que más bien está en tu mirada o en tu necesidad. ¿No? Sé que lo obvio, incluso lo conveniente, es pensar que este jardín es obra de mi marido, pero la disposición de cada planta que ves aquí no es cosa suya, tal y como te dije. Ya estaban cuando nosotros nos mudamos. Mientras vivimos en esta casa, las cuidamos sabedores de que ellas habían ocupado su lugar antes que nosotros. En sentido estricto, éramos sus huéspedes. Ya estaban como están ahora. Lo único que hicimos fue, en algunos casos, sustituirlas por otras de la misma especie. Mira a tu alrededor. Buganvillas y madreselvas agarradas a la cerca; la jacaranda, siempre estirada como un palo mayor; al otro lado de la casa, una palmera que el gorgojo se llevó por delante porque no fuimos capaces de ayudarla; algunas coníferas para separarnos elegantemente de los vecinos; muchos especímenes de buena floración que iban y venían; y esta gran mimosa que tanta sombra nos ha brindado. Mi marido llegaba tan cansado del trabajo que lo que menos necesitaba era ponerse a regar y podar aquí también. Así que acabé haciéndome cargo yo. Él siempre decía que este jardín era un desaguisado, que no había por dónde leerlo. No tenía principio. No tenía final. Era como un cuento destartalado.

—A mí me atrajo casi desde el principio.

—Eso es porque, como ya nadie lo poda ni le da orden, resulta abrumador. Pero este jardín, bien atendido, habría pasado desapercibido como tantos otros del vecindario. Y que conste que eso no lo devalúa. Mi marido aseguraba que un buen jardín siempre es una confidencia, nunca un grito.

—Eso me recuerda una novela que leí recientemente, donde se aludía a un *supuesto jardín*. Me llamó la atención eso de *supuesto*. Nunca se me había pasado por la cabeza que hubiera que demostrar que un jardín es tal cosa. Un jardín siempre es un jardín, ¿no?

—Un jardín necesita una mano para ser un jardín. Eso como mínimo.

—¿Y cuánto tiempo habría de estar sin esa mano para dejar de serlo?

—¿Cuánto tarda un libro en dejar de ser un libro?

—El tiempo que emplea en hacerse ceniza.

—Pero con eso no bastaría. Porque seguiría siendo un libro para quienes lo leyeron, ¿no?

—Sí.

—Eso le pasa al jardín. No basta con arrebatarle la mano que lo cuida. También habría que quitar de en medio a quienes lo plantaron, lo habitaron, lo contemplaron, lo nombraron...

—Cuando comencé a barajar la opción de escribir sobre esta casa, anoté en mi cuaderno que este jardín parecía un recuerdo que alguien hubiera olvidado aquí.

—En eso no puedo darte la razón.

—No pretendo que me la dé.

—Ya, pero...

—Anoté eso como tantas otras ideas. Es un acto arbitrario, un impulso, casi pura intuición.

—Desde que nos marchamos, no ha habido ni un solo día de nuestra vida en que no hayamos pensado en este lugar. Para bien o para mal, eso siempre ha sido así. Nunca ha sido un recuerdo olvidado aquí.

—Entonces lo borraré.

—No lo borres. ¿Por qué? Escríbelo en tu historia. Eso también debería estar.

DIECISIETE

Este fue el correo que escribí para que mi médico de cabecera se lo enviara a T.:

> Buenos días. Soy el doctor Abelardo Cutillas. Disculpe la intromisión, pero me veo en el deber de escribirle porque su marido no atiende ni mis llamadas ni mis correos. Le agradecería que le dijese que es de vital importancia que se pase por la consulta sin demora. Hace unos días que llegaron los resultados de los nuevos análisis y, aunque no son concluyentes, sí hay razones para la preocupación. Es importante que abandone desde ya la medicación que está tomando y que iniciemos una tanda de pruebas que nos permita descartar y precisar. Le mando un saludo. Que Dios la libre de caer.

DIECIOCHO

Sesión 9. Transcripción natural. Dos interlocutores. Fragmento 1/2.

YO: Creo que voy a dejar la casa.

DOCTORA WILKES: ¿Qué?

YO: La dejo.

DOCTORA WILKES: Si no recuerdo mal, tu idea era aguantar ahí mientras no terminaras lo que tienes entre manos.

YO: Ya.

DOCTORA WILKES: Pero...

YO: Hay cosas que uno no gobierna. Es probable que mi vecina se marche pronto. En cuanto venda la casa. Eso lo puede cambiar todo. Así que lo mejor es tomar decisiones.

DOCTORA WILKES: ¿La vende?

YO: Eso parece. También he tenido una charla con mi casera. Creo que está inquieta por si doy problemas con mi salida.

DOCTORA WILKES: Bueno... Como tú has dicho, es imposible que todo en la vida dependa de uno mismo.

Y además es muy saludable aprender a convivir con esa certeza.

YO: ¿Eso he dicho yo?

DOCTORA WILKES: Más o menos.

YO: Vale.

DOCTORA WILKES: No estás muy hablador hoy.

YO: Demasiadas subtramas a punto de desmoronarse.

DOCTORA WILKES: Aquí no. Ya te lo dije. Esto no es una de tus novelas. Puedes hablar sobre lo que escribes, pero en esta consulta no estamos a merced de ningún narrador.

YO: Como quieras.

DOCTORA WILKES: No es que yo lo quiera así. Es que es así.

YO: Me alegro de que lo tengas tan claro porque eso siempre me beneficia a mí como paciente.

DOCTORA WILKES: ¿Has vuelto a hablar con tu mujer?

YO: Está desconectada.

DOCTORA WILKES: ¿Has vuelto a hablar con tu madre sobre tu vecina?

YO: Otra que está desaparecida.

DOCTORA WILKES: ¿Y el niño? ¿Qué has sabido de él?

YO: Que tenía unas pesadillas espantosas.

DOCTORA WILKES: ¿Y eso?

YO: Cosas de la edad, ya sabes. Yo también las tuve en su día. Supongo que todos las hemos tenido.

DOCTORA WILKES: ¿Cómo eran las tuyas?

YO: Las mías...

DOCTORA WILKES: Sí.

YO: Las mías eran muy poéticas, aunque en aquel tiempo como es obvio yo no lo sabía. Imagina una especie de valle enorme cuya superficie es de un terciopelo muy oscuro, extremadamente suave. Yo lo contemplo desde arriba, como un narrador omnisciente que siente una paz interior inagotable. Y de buenas a primeras, comienza a embargarme una sensación de amenaza inminente. Miro en todas las direcciones, pero no veo nada que no sea el valle de terciopelo. Así que grito y grito sin pronunciar palabra alguna. Chillidos animalescos. Porque ya sé lo que va a ocurrir: una enorme mano, enfundada en un guante rojo, comienza a desordenar las fibras que componen el terciopelo. Y a mí eso me parece un acto tan aberrante que no alcanzo a asumir lo que está sucediendo.

DOCTORA WILKES: Qué horror.

YO: Tengo el recuerdo de despertar en brazos de mi madre y seguir dentro de la lógica de ese sueño. Así que lo único que le decía, mientras intentaba calmarme y sacarme de esa grieta, era «no, no, no, no, no, no, no».

DOCTORA WILKES: Nunca me habías hablado de esto.

YO: Es que no me acordaba. Supongo que la última conversación con la vecina abrió el cajón donde estaba guardado.

DOCTORA WILKES: Me dices que estás pensando en dejar tu casa y que la intención de tu vecina es vender la suya. Y quizá debamos interpretar todo eso como una posibilidad para ganar algo de distancia con respecto a lo que te está sucediendo. Me da la sensación de que algo, no sé qué, se tambalea delante de nuestras narices. Y puede que este sea un buen momento para decidir si lo mejor es que cambies de dirección.

YO: Puede ser.

DOCTORA WILKES: ¿De verdad lo piensas?

YO: No lo sé.

DOCTORA WILKES: Toma una decisión y no vivas contra ella.

YO: No entiendo a qué viene eso ahora.

DOCTORA WILKES: Me basta con que no lo olvides.

YO: ¿Recuerdas aquel pozo del que te hablé hace un tiempo?

DOCTORA WILKES: ¿El que se suponía que debía de estar en el sótano de la casa?

YO: El mismo.

DOCTORA WILKES: Sí, lo recuerdo.

YO: Pues ha vuelto otra vez a mi cabeza.

DOCTORA WILKES: ¿Y eso?

YO: Creo que estoy a punto de encontrarlo.

DIECINUEVE

El día que mi hermano me llamó, el primer impulso fue mandarlo a la mierda y reventar el aparato contra el suelo. Había transcurrido casi semana y media en la que todo, hasta la última nimiedad, parecía arrastrarme hacia un desenlace precipitado, que es lo más decepcionante que le puede ocurrir a una historia y a su narrador. Tenía la impresión de que mi vecina iba y venía en su afán de vender la casa y plantarme en la frente un punto final; T., parapetada tras un silencio que yo no había conocido antes, me había dejado todo el ruido para mí solo; y mi madre se había empecinado en demostrar empíricamente que las hostias que más duelen son las que no se dan.

Ese era el contexto que burbujeaba en mi cabeza. Así que cuando oí la voz de mi hermano al otro lado del teléfono, creí que estaba ante mi última oportunidad, y me cegó la esperanza de que aquello que fuera a decirme se ofreciera como la palanca que está a punto de torcer mi rumbo. No me estoy justificando. En esencia constato que mi decisión de hablar con él no pasó de ser un estúpido acto de fe.

—Voy a colgar.

—Qué pasa, hermano. ¿Cómo estás?

—No pasa nada. Voy a colgar, ¿vale?

—Espera.

—Ya he esperado bastante. Casi dos semanas.

—Oye, que no ha sido fácil.

—Cualquier cosa que cueste mil euros debería ser fácil.

—Y tú eres escritor, no asesor de inversiones. Hablar de dinero te debería resultar aburrido.

—Qué poco conoces a los escritores. Voy a colgar.

—Como quieras. Pero que conste que yo he cumplido mi parte del trato.

—Tardar casi dos semanas no es cumplir nada.

—Ahora va a resultar que no conoces a tu madre. ¿Dos semanas? Poco tiempo me parece, teniendo en cuenta el estado en el que la has dejado.

—¿De qué estado hablas?

—Se ha enrocado. Dice papá que no ha aflojado la cosa ni dándole dos manos de pintura a toda la casa. Vive acojonado. Eso asegura. He tenido que pasar por allí hasta en cuatro ocasiones. Por supuesto, apenas te he mencionado porque eso nos habría abocado a una escena de terror.

—¿Y? ¿Qué le has dicho?

—Tuve que evaluar concienzudamente la situación porque no encontraba la manera de que salieras en nuestra conversación.

—¿Concienzudamente?

—Me gusta esa palabra. Es por si estás grabando la llamada.

—Ya.

—¿Lo estás haciendo?

—No.

—Por si acaso, mantengo lo de concienzudamente.

—¿Qué le has dicho?

—Que han entrado a robar en tu casa.

—¿Qué? ¿Cuándo?

—Hace dos noches te reventaron la cerradura.

—Que cuándo le has dicho ese disparate.

—Hoy. Esta misma mañana. Hace un rato. Por eso te llamo con urgencia. Por si se presenta allí. Para que estés al tanto de todos los detalles.

—¿Pero por qué le dices eso?

—¿Y qué querías que hiciera? Lo he intentado todo. Además, te vi desesperado.

—¿Desesperado?

—Después de meses sin hablar, me llamas y me das mil euros... ¿Te parece poca desesperación?

—Te los presté.

—Son sinónimos.

—No lo son.

—Vale. No lo son. Aunque a veces sí. Ahora no me vengas con que he hecho un disparate. Tú sabrás qué te traes entre manos, pero no soy yo quien está cagándola.

—Ni yo, aunque en esta familia parezca una maldición todo lo que se me ocurra hacer.

—No te pongas estupendo, que nos conocemos.

—Yo también te conozco a ti.

—Eso he dicho. Que nos conocemos. Los dos. Yo a ti y tú a mí.

—En qué mala hora pensé que esto era una buena idea.

—¿Tienes alguna pregunta sobre mi argucia?

—¿Argucia?

—Sí, hoy estoy exprimiendo el vocabulario.

—Cuéntame exactamente qué le has dicho.

—Me llamaste porque estabas nervioso, lloriqueabas, no parabas de repetir que por qué todo te pasa a ti. Acababas de volver de uno de tus viajes y te encontraste la puerta de tu casa abierta. No querías entrar solo. Primero eché un vistazo yo. Luego te dije que no había nadie y entraste tú. Tuve que calmarte porque no dabas pie con bola. El destrozo no ha sido muy grande. La tele, el tocadiscos, el ordenador de mesa y ese cuadro grande que tenéis en el salón.

—¿El cuadro?

—Claro. Sobre todo el cuadro. Porque todavía resuena en nuestras cabezas aquella fanfarronada que nos soltaste hace un par de Navidades. Ese cuadro de ahí me ha costado seis mil euros. Eso nos dijiste mientras sacabas una botella de vino del minifrigorífico.

—Es una cava de vinos.

—Ya.

—¿Algo más?

—Sí, el minifrigorífico también se lo han llevado.

—...

—Y papá, en principio, no sabe nada. Mamá me dijo que le ahorráramos el disgusto porque no andaba muy allá de los nervios.

—Mejor.

—Tarde o temprano se va a enterar. Así que esto solo puede ir a peor.

—¿Crees que mamá se pasará hoy por aquí?

—No lo sé. Pero ya la conoces. Esta patata caliente no la va a aguantar mucho tiempo entre las manos.

—Si se da cuenta de que le has mentido, nos deshereda.

—El capítulo de la herencia es algo que dejé atrás hace muchísimo tiempo. Tú preocúpate por aprovechar esta oportunidad.

—Algo se me ocurrirá.

—Por cierto, ¿quieres que te guarde las cosas en mi casa?

—¿Qué cosas?

—Las que te han robado.

—No te preocupes. Las meteré en el trastero bajo una manta.

—Allá tú.

—¿Qué?

—Nada. Eso. Hazlo bien. Concienzudamente. No vayas a estropear mi argucia.

VEINTE

Nosotros en el jardín.

—No sabía que vendiera esta casa.

—¿Andas interesado?

—No creo que esté a mi alcance.

—Hay algunos posibles compradores. Pero ya sabes, se discuten tantos detalles que resulta una tarea agotadora.

—No he visto a esos compradores entrar y salir de aquí.

—Es que no hace falta visitarla.

—Supongo que del cierre de este negocio depende el final de nuestros encuentros.

—¿Te refieres a la venta?

—Sí.

—Bueno... Es algo que está ahí. Claro. Pero no tiene por qué ser así.

—Por si acaso, no deberíamos perder mucho tiempo.

—¿Crees que lo estamos perdiendo?

—Eso nunca lo sé hasta que llego al final y puedo volver a mirarlo todo.

—Pues precisamente hoy nos toca hablar de un final.

—¿De uno?

—Eso es. Una de las épocas más felices en esta casa coincidió con la contratación de mi marido en un semillero. Por entonces se estaba encargando del jardín de un holandés que resultó ser el gerente de una empresa de abonos y semillas. Observó su trabajo, la confianza que depositaba en su intuición, de qué manera afrontaba los problemas y cuáles eran sus logros. Se quedó asombrado. Así que le propuso probar en uno de los viveros para ver qué tal se le daba. En realidad, le pidió algo muy parecido a lo que él ya venía haciendo en aquel jardín. Vigilar los primeros brotes, estar atento al vigor de los tallos, detectar cualquier cosa que fuese mal y plantear soluciones. Bueno, supongo que era algo más complejo, que esto es una mala simplificación, pero, insisto, creo que lo contrató especialmente por esa intuición que vio en él.

—¿Y dejó los jardines?

—Así es. Los dejó. Ganó tiempo para estar con nosotros en casa. Aquello estaba muy bien pagado. El horario era inmejorable si lo comparabas con las jornadas infinitas que se había estado metiendo en el cuerpo. Y nunca lo oí quejarse por haber tomado esa decisión. Además, ese jefe acabó siendo un buen amigo. ¿Recuerdas lo que te dije en nuestra primera conversación? Eso de que una piedra se partió por la mitad y un futuro inagotable brotó de su interior. Bueno, pues por hechos como este que te acabo de contar era imposible no seguir creyendo a pies juntillas en eso.

—La entiendo.

—En realidad, no sé si es posible que me entiendas.

—¿Por qué no?

—Porque para eso has debido sentirlo antes.

—Explíquese.

—Imagina unas manos invisibles que te acompañan en todo lo que tienes que hacer a lo largo de un día. Que abren y cierran las puertas y las ventanas cuando tú las abres y las cierras; que se te posan en las rodillas y en los hombros al sentir que se desmigajan al final del día; que te ayudan a peinar a tu hijo con el mismo amor con que tú lo estás haciendo en ese momento; y que consiguen que la caricia que le ofreces a tu marido sea más fuerte y sincera. Eso es lo que yo sentía durante aquella época.

—Una vida plena.

—Una felicidad inexpugnable. Y en consecuencia una gran estupidez, porque si hay algo que nunca es inexpugnable es la felicidad.

—Si es que la felicidad es algo que podamos precisar.

—Ah, no. En eso yo no tengo ninguna duda. Para mí la felicidad es algo muy concreto. Somos nosotros en esta casa y en aquellos días. Mi hijo con cuatro o cinco añitos yendo de un lado a otro de este jardín. Mi marido abriendo la cancela después de un día de trabajo. Y yo intentando que la buganvilla no se me fuera de madre. Lo que pasa es que la felicidad suele ir acompañada de verbos en pasado o en futuro. Muy rara vez en presente.

—Supongo que ocurrió algo.

—Siempre ocurre algo.

—Me refiero a algo que cambia el curso de los acontecimientos.

—Tú dirás acontecimientos, pero, recuerda, yo prefiero vida.

—...

—Mi marido y yo decidimos que era el mejor momento para afrontar una reforma, porque la casa estaba prácticamente como la habíamos encontrado el primer día. Teníamos algo de dinero, pero sobre todo albergábamos la confianza de que con el nuevo trabajo lo seguiríamos teniendo. La humedad había deformado el suelo del pasillo e hinchado los bajos de algunas paredes. Era raro el mes que no se caía un azulejo de la cocina. Por no hablar de que no había habitación que no pidiera a gritos un par de manos de pintura. Y claro, ya que nos poníamos, por qué no cambiar las ventanas por otras más ligeras y con mejor cierre, por qué no cambiar las puertas más castigadas. Fue Seve quien nos recomendó la empresa para llevar a cabo la reforma. El encargado nos dijo que en poco menos de dos meses el trabajo estaría listo. Y lo cierto es que acertó en su pronóstico. Casi dos meses después, apenas quedaban cuatro o cinco detalles por ultimar. Fue entonces cuando la vida se nos vino abajo.

—Aquí viene el final.

—Un final. Solo eso. Es importante que sea así.

—Vale.

—Hay días que, sin que tú lo sepas, se te van a colar en el resto de los días que te quedan por vivir. Cada uno de sus hechos y sus detalles, cada una de las palabras que pronunciaste o pensaste pronunciar. Sé que me repito, pero es así: ese día en todos los días. Acabábamos de cenar los tres juntos. Cerdo frito con ajos, patatas cocidas, ensalada de tomate y melva. Mi marido encendió la televisión, se echó en el sofá con los zapatos puestos y, antes de quedarse dormido, se quejó de la humedad de esa noche. Yo comencé a doblar ropa muy cerca de él. Veía el informativo, las noticias, casi ninguna buena, como siempre. Y mi hijo jugaba en el pasillo que va del salón a la cocina. Dependiendo de la ocasión, ese pasillo se convertía en la pista de un aeropuerto, en un río caudaloso que bajaba con furia o en el interior de una nave intergaláctica. Ya está. Esa era la escena. Uno dormía, otro jugaba y yo amontonaba ropa recién doblada. Y de repente, como si una bandada inmensa de pájaros nos sobrevolara, se fue la luz de la casa. La tele enmudeció y la oscuridad nos cubrió los ojos. Nunca he sabido precisar si primero se apagaron las luces y después oí el ruido, o si ocurrió a la inversa. No lo sé. Te juro que no lo sé. Fue todo demasiado rápido. Mi marido se incorporó en el sofá y preguntó qué había pasado. En apenas unos segundos los ojos se nos hicieron a aquella negrura. Se puso en pie y fue hasta la entrada del salón, porque justo ahí estaba el interruptor que daba paso a la electricidad. Entornó la puerta, subió la pequeña palanca y la luz obedeció y entró en la casa como si ella tampoco entendiera nada. Yo tenía un par de calcetines en las manos. Mi marido preguntó, casi gritó, «¿Todo bien, hijo?», y volvió a abrir la puerta de par en par. Y ahí lo vimos, en el pasillo, tumbado, con su pijama azul, los ojos cerrados, como si estuviera dormido.

CUARTA PARTE

LA FLOR DEL RAYO

UNO

Escribo este libro en nuestra casa de Bárago. Aquí, con vistas a la Vega de Liébana y a la fachada sur de los Picos de Europa, me dedico a rebuscar entre todo ese material del que he hecho acopio durante los últimos meses. Sobre esta mesa, además del portátil, se amontonan mis cuadernos, las transcripciones de cuanto he grabado, algunos libros sobre jardines que de poco me han servido y, anudándolo todo, la extraña melancolía de aquellos paseos junto a Boludo. Cada mañana, a eso de las cinco y media, sin distinción de día, salgo de la cama y escribo hasta que se hace la hora del almuerzo. Por la tarde, duermo un rato, salgo a caminar y, si las lluvias lo permiten, afronto con la resignación habitual las tareas que la vida impone. Siempre sospechamos que esta casa sería un buen lugar para escribir. En eso no nos equivocamos, y en todo acierto hay amor.

Boludo ha confiado su tranquilidad a este suelo de madera y a los gruesos muros que nos separan de la calle. Ya conoce a su nueva veterinaria porque al poco de llegar mordisqueó una baya que le inflamó los ojos y el hocico (35 euros). A veces, mientras lo observo pasear entre el salón y el jardín, o enroscarse sobre la alfombra de la entrada, o lamerse con esmero las almohadillas de las patas delanteras, pienso que él es mucho más feliz aquí que allí, y que además lo sabe y disfruta con suavidad de esa certeza. No sé, en cambio, qué piensa él de mí mientras lo acompaño en su regocijo. Y menos mal que es así.

Hoy, ya plenamente asentado, casi todo es natural para mí. Pero un par de días antes de que viajara hasta aquí, ni siquiera sospechaba que estaba a punto de tomar la decisión de marcharme a Bárago. A veces los acontecimientos, lejos de deslizarse, atascan el curso natural de la historia, y ante esa circunstancia, uno no tiene más remedio que quedarse en ese punto para siempre o trazar un pequeño desvío. Yo hice esto último. Y pienso que cualquiera de los que me rodeaban, de haber estado en mi pellejo, se habría planteado este mismo dilema. En cualquier caso, me tocó a mí. No a ellos. Y eso es algo irreversible.

Desde entonces escribo con el convencimiento de que esta es una buena manera de explicar cómo fueron las cosas, de ordenarlo todo sin renunciar a mi desorden. Me gusta pensar que levanto una vidriera policromada que nunca será atravesada por idéntica luz. Me repito que no hay nada unívoco en la verdad. Y aunque he de reconocer que llegan momentos en los que me zarandea cierto pesimismo, consigo mantenerme firme y continúo poniendo el despertador a las cinco y media para sentarme en esta silla, delante de esta mesa, frente a mi ruidosa memoria, con el anhelo de que la mañana contribuya a sosegar la tarde. Con eso me doy por satisfecho.

Si ahora escribo estas nimiedades sobre dónde estoy y en qué invierto el día, es porque esta última noche apenas pude dormir. Y aunque aquí el insomnio tiene algo de buena escucha, no he sido capaz de esquivar el arponazo de las últimas palabras con las que acabé ayer. «Tumbado, con su pijama azul, los ojos cerrados, como si estuviera dormido.» Ha sido inevitable regresar a aquel jardín y contemplar lo que solo vi con otros ojos: el súbito deshielo de una familia, la destrucción de su tiempo, una caída incesante.

Desde que llegué a esta casa he trabajado en esta historia todos los días sin excepción. Me empuja una fuerza sin nombre. Y eso me lleva a acordarme de todos. Me acuerdo de mi psicóloga, porque habría exigido encontrarle un nombre decente. Me acuerdo de T., porque habría resoplado y puesto los ojos en blanco. Me acuerdo de mi madre, porque habría hecho un ovillo con el mandil para darle más sitio a su silencio. Y me acuerdo de mi padre, porque habría asegurado que, de haber sido un hijo normal, el nombre de esa fuerza sencillamente habría sido hambre. Pero esta mañana, cuando me he sentado aquí, he sentido que ese empuje del que hablo no me esperaba en el mismo lugar de siempre porque ahí estaba el niño con su pijama azul. Así que me he dado una orden en voz alta: «Escribe, Juanma, escribe». Y eso he hecho. Escribir que escribo desde nuestra casa de Bárago para ver si volvía a dar con esa fuerza sin nombre.

DOS

Sesión 9. Transcripción natural. Dos interlocutores. Fragmento 2/2.

DOCTORA WILKES: ¿Has bajado al sótano?

YO: No. Qué va. Ni siquiera he entrado en la casa. Siempre nos quedamos en el jardín. Y no muy adentro. Le he preguntado alguna vez por su interior, pero suele limitarse a un lacónico «ahí ya no queda casi nada».

DOCTORA WILKES: ¿Entonces qué quieres decir con eso de que estás a punto de encontrar el pozo?

YO: Creo que el pozo es la culpabilidad.

DOCTORA WILKES: ¿Qué?

YO: La culpa. Tengo esa intuición.

DOCTORA WILKES: Pero me dijiste que el pozo no era algo simbólico; que a ti eso no te interesaba nada. Que un pozo es un pozo.

YO: ¿Eso dije?

DOCTORA WILKES: Literalmente.

YO: ¿Seguro?

DOCTORA WILKES: Si quieres busco la grabación.

YO: No es necesario. En cualquier caso, el pozo no es

un símbolo. Una historia necesita que cada elemento cumpla su función. Y la suma de funciones nos ofrece la estructura.

DOCTORA WILKES: Explícate, porque creo que esto va a ser muy divertido.

YO: En esa casa, la culpa es un pozo. Del mismo modo que en esta consulta tú eres la psicóloga y yo el paciente. O en los cuentos populares uno es el leñador, porque corta leña, y otro el rey, porque gobierna. La culpabilidad es un pozo porque ahí la luz nunca alcanza su fondo, que es lo que quizá pretenden ellos. ¿Me entiendes?

DOCTORA WILKES: Estás hablando en serio, ¿verdad?

YO: Claro.

DOCTORA WILKES: Me lo temía. Cuando te convino decirme que a ti el valor simbólico del pozo no te importaba un comino, yo tuve que aguantar tu insolente pragmatismo. Y ahora pretendes que aguante lo contrario.

YO: Ya te he dicho que no lo veo así.

DOCTORA WILKES: A ver, Juanma... No perdamos de vista la frontera de la que hablamos hace unas semanas. ¿Te acuerdas? Se supone que lo que tenemos que hacer es acercarnos a ella y ver con nuestros propios ojos dónde acaba la vida y empieza la literatura. Así que seamos rigurosos con nuestro plan, ¿vale? En un pozo hay tierra y agua, puede que un cubo y un puñado de monedas. Punto. No estamos escribiendo nada. Nadie nos está leyendo. ¿Tú ves aquí a alguien haciendo alguna de esas dos cosas? No, ya te lo digo yo antes de que contestes. Mantengamos este espacio lejos de todo eso. Alcanzo a entender, como ya me has explicado, que haya cosas en la vida que solo puedan ser nombradas a través de la literatura, aunque a mí eso de la profecía me parezca un delirio monumental. Pero este no es el lugar ni el momento. Si quieres hablar de ese hombre, de esa mujer, de ese niño, incluso de un pozo, lo hacemos. Pero serán un hombre, una mujer, un niño y un pozo. No un misterio. No una pregunta, una voz, un secreto, una compuerta, un mensaje cifrado, un código pin o una huella en la nieve. De eso nada. Hombre, mujer, niño y pozo. ¿Me entiendes? Hombre, mujer, niño y pozo.

YO: Piensas como si no fueras una psicóloga. De hecho, piensas como ellos.

DOCTORA WILKES: ¿Como quién?

YO: Como T. Como mis padres.

DOCTORA WILKES: Y como el noventa por ciento de las personas que te cruzas por la calle.

YO: Pues si acabas teniendo razón, te vas a quedar sin clientela.

DOCTORA WILKES: No pasa nada. Me hago jardinera como tú.

YO: Un noventa por ciento es una estimación exagerada.

DOCTORA WILKES: Bueno...

YO: Y las exageraciones también son lenguaje literario. Así que ten cuidado con lo que dices, que a lo mejor no estamos tan lejos el uno del otro.

TRES

Yo he leído en algún libro que si queremos entender lo usual, tendremos que aproximarnos a lo inusual. También puede que no lo haya leído y me lo haya inventado, pero para lo que yo quiero explicar ahora viene a ser lo mismo. Porque en uno de esos días de zozobra, en el centro de esa marejada que poco a poco habían ido levantando mis idas y venidas al jardín, decidí que algo tenía que hacer con esa angustia que se hacía cada vez más fuerte mientras estaba sentado en el sofá, echado en la cama, refugiado en el baño o tirado en el suelo —he aquí lo usual—. Así que empecé a practicar actividades que jamás habría hecho por goce propio —ahora lo inusual—: caminar a paso rápido por el paseo marítimo, bañarme en el agua helada del mar cuando apenas ha amanecido, apagar el teléfono móvil durante horas y comer muy poco, casi nada. Y lo cierto es que comencé a sentir que esa inédita rutina abonaba mi anémica tranquilidad.

Precisamente fue después de darme uno de esos nuevos baños en el mar, mientras me secaba al primer sol del día, cuando recibí el mensaje de T. ¿Había una relación causal entre una cosa y otra? No, claro que no. Pero tumbado en una playa aún desértica, con mi escasa musculatura recobrándose de las torpes brazadas, la sal cristalizando sobre la piel y el sueño emergiendo con suavidad, las conexiones mentales no son las mejores.

> Hola, Juanma. He recibido un correo del doctor Abelardo Cutillas. Me dice que ha intentado localizarte y ha sido imposible. Es importante que te pases por la consulta. Ya ha recibido los resultados que estabais esperando. No sé qué está ocurriendo ahí. Y aunque el tema me pone un nudo en el estómago, no pienso preguntarte. Al menos, no ahora. Compórtate como un adulto y haz todo lo que te diga. Le escribiré contándole que ya estás al tanto de su deseo de hablar. Supongo, por tu aislamiento, que andas enfrascado en la escritura de algo. Nos conocemos de sobra. No te puedo impedir que escribas sobre esto que nos está ocurriendo, pero sí te puedo exigir que no me incluyas en tu novela. No quiero volver a aparecer. Esa es mi voluntad. Y tal y como he aprendido de ti o de tus libros, la dejo expresada en este correo. Cuida de Boludo. Contra todo pronóstico, lo echo de menos. T.

CUATRO

Nosotros en el jardín.

—¿Seguimos?

—Solo si usted se siente preparada.

—Ya han pasado casi treinta y cinco años de aquello. Más me vale.

—Pero supongo que rememorarlo no debe de ser nada fácil.

—Después de un tiempo, es algo a lo que hay que obligarse.

—Soy incapaz de imaginar cómo se sintieron.

—Para eso estoy yo aquí. Para que esta vez nadie lo tenga que imaginar. En aquel momento, durante unos segundos, pensamos que estaba dormido. Sé que ahora parece un disparate, pero, antes de que se fuera la luz, llevábamos ya un rato sin oírlo, así que existía la posibilidad de que el sueño lo hubiera vencido mientras jugaba en el pasillo, y ahí siguiera como si tal cosa. Luego lo inasumible fue encontrando palabras en nuestra cabeza. Mi marido y yo lo hablamos tantas veces... Nos hemos consolado tanto mezclando su recuerdo con el mío... Nuestro hijo manipuló un viejo cajetín que redistribuía algunos cables eléctricos. Ya está. Si es que en realidad no se necesita más. Así que, aunque al principio pensamos que estaba dormido, un minuto después habríamos sido capaces de explicar los hechos punto por punto, sin apenas lagunas. Desde que habían empezado las reformas, yo había devuelto aquella tapa a su lugar en varias ocasiones. Y mi marido había dicho en otras tantas que le iba a pedir al obrero que la atornillara cuanto antes. Pero, sorprendentemente, a nuestro hijo nunca le dijimos nada. Y eso que nuestra condición era advertirlo de todo. De los productos de limpieza, de los enchufes, de las puertas y las corrientes de aire, de las escaleras, de las herramientas del jardín, de los cristales remendados con cinta adhesiva y de las espinas de algunas plantas. Yo decía: «Hoy he devuelto otra vez la tapa a su sitio». Y él decía: «Mañana sin falta se lo digo al obrero». Qué nos habría costado hacer las cosas bien.

—Es imposible evaluar y atajar todos los peligros.

—No había nada que evaluar. Ya sabíamos que aquello era la llave de una desgracia. En cualquier caso, si no es eso lo que unos padres tienen que hacer, ¿de qué se trata?

—No lo sé. Pero, como le digo, es imposible escapar de todos los riesgos.

—Mi hijo se nos murió en los brazos porque, al principio, desordenados por la desesperación, iba de un regazo a otro. Cuando llegamos al hospital ya había poco que hacer. Pero, a fin de cuentas, seguía siendo un niño en pijama, y a ellos también les debió de parecer que estaba dormido. Así que se lo llevaron en volandas y, mientras se alejaban, tuve la sensación de que una piedra se hundía en el agua.

—...

—Es curioso. Eso no ha cambiado desde entonces. Es nombrar la piedra y volver a sentir cómo se hunde.

—...

—¿Sigo?

—Solo si usted quiere.

—De repente, sin solución de continuidad, nuestro hijo dejó de ser nuestro hijo para convertirse en el cuerpo. Alguien, no recuerdo si un médico o un enfermero, se plantó delante de nosotros y nos dijo que el cuerpo estaría disponible en unas doce horas. Supongo que nos agarró del hombro o nos estrechó la mano. No guardo esa imagen. Lo que sí supe en esa sala de espera fue que nada volvería a ser igual. Y no hay pesadilla más insoportable. Mi marido levantó aquella palanca que había detrás de la puerta y la luz acabó por obedecer, pero ya nunca sería la misma luz. Porque la que nosotros habíamos conocido jamás volvió.

—...

—Nadie está preparado para vivir muerto durante una época. Pero eso era exactamente lo que nos había tocado en suerte. En contra de lo que se suele decir, un muerto viviente no es alguien que vuelve a estar vivo. Es alguien que no sabe morirse. Es alguien que pierde a un hijo.

—En esta historia había algo que acababa mal.

—Bueno, también te dije que esto solo era un final. Porque una historia, así lo creo yo, puede tener varios finales. ¿O tampoco estamos de acuerdo en eso?

—Hay finales que obligan a que lo que venga después, si es que viene algo, tenga que ser un comienzo.

—¿Crees que este es uno de ellos?

—Sí. Se trata de la muerte de un hijo.

—¿Algo así como *érase una vez unos padres sin un hijo*?

—Puede.

—Lo siento, pero no estoy de acuerdo contigo. Si el dolor no se va, la historia continúa.

—Pero un dolor así no se va nunca.

—Eso es. Bienvenido a nuestra historia.

CINCO

La mañana en que mi madre me buscó, yo no estaba en casa. Me pilló en uno de mis largos paseos en compañía de Boludo, con el móvil apagado, inspirando, espirando, con la frente alta a favor de mis pensamientos. Así que estuvo un buen rato golpeando la puerta e intentando mirar a través de las ventanas. Lo sé porque Seve dejó una nota en mi jardín, que luego yo encontré y leí desde el espanto y la ilusión: «Una señora mayor, me da a mí que es tu madre, te quiere encontrar por las buenas o por las malas».

Cuando llamé a mi casa, nada más descolgar, mi padre se maldijo a sí mismo por haber formado una familia de tontos. Eso, obviamente, no era una buena señal. Evito reproducir la conversación porque abandonaría el tono en el que se vienen contando los hechos y quizá sea algo que ya no me pueda permitir. Lo resumiré con las siguientes palabras: a mi madre solo alcancé a decirle que había sido un malentendido y que la esperaría en casa para que viera que todo seguía como siempre, sin tener muy claro si eso era bueno o malo. Ahí perdió el conocimiento. Mi padre, que debió de acudir al rescate, interrumpió la llamada con una pregunta: ¿Tanto te cuesta ser normal?

Aunque nada me aseguraba que mi madre fuera a visitarme, mi intención estaba clara: no saldría de casa durante lo que quedara de día. Por supuesto, había quitado de en medio el televisor, el tocadiscos, el ordenador, la cava de vinos y el enorme cuadro del salón. Precisamente estaba mirando el extraño vacío que este había dejado en la pared, cuando el timbre sonó. Boludo no gruñó ni ladró. Acudió a la puerta con júbilo. Así que ya entonces supe que era ella, que su preocupación de madre había triturado el orgullo de contrincante, y ahora estaba a apenas un par de metros de comenzar a meter su nariz en mis espacios de revelación, esos que delatarían una vida de desorden moral. Yo, en el lado opuesto de la puerta, a esos mismos dos metros de darme de bruces contra mi propia estupidez. Y contra la de mi hermano, claro, porque él había contribuido con una solvencia profesional a que el disparate se encarnara en nuestra familia.

Cuando abrí la puerta, la saludé y, viendo que no movía ni un músculo, la invité a que pasara. Su rostro era un campo baldío y sus ojos, dos estacas. Me dijo que no iba a entrar y eso descartó la posibilidad de un beso, un abrazo o un fugaz roce de mi mano en su hombro. Asentí con la cabeza, salí afuera y comenzamos a pasear en dirección contraria a la casa de mi vecina. Me resultó inevitable no sentir vértigo ante la posibilidad de que, por puro azar, nos encontráramos con ella, de que una y otra se miraran a la cara después de tantos años. En esa casualidad había semilla y literatura. Y como siempre tengo un pie donde no debo, pensé, no sé por qué, que la casualidad también es buena madriguera para el amor.

Tanto su preocupación como esa fragilidad que había ido ganando protagonismo en los últimos años me recordaban que mi madre nunca claudicaría salvo si tomábamos la espinosa senda de la verdad. Así que eso fue lo que hice: poner rumbo hacia ella aunque fuera por fases. La primera: me detuve un instante para comprobar si yo gobernaba el paso, pero ella continuó caminando. La segunda: cerré los ojos durante unos segundos y sentí que mi silencio y su furia eran dos corrientes de aire en direcciones opuestas. La tercera y última: como vapor de eucalipto, la verdad acudió a mi garganta y hablé desde un alivio que últimamente no me visitaba.

—No han entrado a robar en mi casa, mamá. No tienes por qué preocuparte. Fue una ocurrencia de mi hermano para echarme un cable en un momento desesperado. Ya sé que es un disparate de mal gusto, y te juro que me arrepiento de no haberlo parado antes. Pero quería arreglar las cosas, no encontraba la manera, pensé en mi hermano... No sé, de verdad. Me equivoqué. Por no decir que su providencial intervención me ha costado mil euros que veremos a ver si recupero.

—¿Pero tú te crees que yo soy la más tonta de esta familia?

—Te estoy diciendo que ha sido un error absoluto.

—No me refiero a eso.

—¿Qué?

—¿De verdad piensas que de buenas a primeras va a llegar el medio hervido de tu hermano a mi casa a contarme que te han robado y yo me lo voy a tragar?

—¿No?

—Vamos a ver, Juan, ¿tú donde dejas el perro cada vez que te vas de viaje?

—Contigo. En tu casa...

—Pues ya está, hijo mío. Si no me dejaste el perro es que no hubo viaje. Y si no hubo viaje, no hay ni una sola verdad en todo eso que me contó tu hermano.

—Joder... Y eso que lo preparó *concienzudamente*. Qué calidad tiene este tío.

—Tú también tienes la tuya.

—¿Entonces a qué ha venido lo de esta mañana? ¿Qué haces aquí?

—Quiero que me cuentes lo que no sabes cómo contarme.

—No te entiendo.

—Has agobiado a tu padre con esa cantinela de que no sabías de qué modo arreglar las cosas conmigo. Has perdido mil euros con tal de que el lumbreras de tu hermano te ayudara a solucionar esto. Has preguntado por mí más de una decena de veces. Aquí me tienes. Digo yo que algo habrá que quieras contarme.

—Eres mi madre. Lo que quiero es que tengamos una relación normal.

—Juan...

—Un día te vas de mi casa y decides que no vas a volver a hablarme.

—Juan...

—Te llamo y te vuelvo a llamar y no dejo de llamarte, y ni siquiera te pones al teléfono para decirme que no vas a volver a ponerte al teléfono.

—Juan... Cállate. ¿Vale? Te voy a ayudar yo. Así será más fácil. Tu mujer me volvió a llamar ayer.

—¿Mi mujer?

—Sí, tu mujer. ¿Sigues tú o sigo yo?

—¿Para qué te llamó esta vez?

—Entendido. Sigo yo. Ya me da igual lo que hagas con tu relación. Si no quieres arreglarla, es cosa tuya. No saldrá de mi boca ninguna palabra que tenga que ver con ese tema. Aprecia, eso sí, el tono desde el que te estoy hablando, porque tú sabes tan bien como yo que no te lo mereces. Me está costando la misma vida no perder el control. Aprécialo, Juan, por favor.

—Vale.

—Ahora volveremos a tu casa para que te des una ducha y podamos ir a la consulta de ese médico con el que tienes que hablar.

—Ah, vale. Ya entiendo. Es eso.

—Yo te pregunté. ¿Te acuerdas? Me interesé por las medicinas que había en la cocina y por la razón de esos ojos amarillos. Fíjate en el tono en el que te lo voy a preguntar: ¿Tú qué me dijiste sobre todo eso?

—No tiene nada que ver con lo de ahora.

—Respóndeme. ¿Tú qué me dijiste?

—Que en unos días los ojos estarían bien. Y los ojos, como puedes comprobar, están bien. No te mentí.

—Además, me soltaste que las medicinas estaban ahí porque las ibas a tirar a un cubo especial para medicinas. ¿Te acuerdas?

—Me acuerdo. Y eso es exactamente lo que va a suceder. Van a ir a parar al contenedor de reciclaje.

—Entonces, explícame por qué tu médico le ha escrito a tu mujer diciéndole que no consigue ponerse en contacto contigo y que tienes que ir con urgencia porque los resultados de los análisis no están bien. Aprecia el tono, Juan, por favor.

—...

—Que sepas que yo por esto me voy a morir, aunque sea dentro de veinte años. Quizá nadie lo relacione, pero el motivo de mi muerte será este. El que tú y yo estamos tratando aquí.

—Mamá...

—Juan, que los resultados de los análisis no están bien y que te está buscando el médico. ¿Pero tú no ves ya ahí que no eres una persona con la cabeza en orden?

—Voy a ir, mamá. Hoy mismo pido cita.

—Volvamos a tu casa. Dúchate y ponte algo decente, venga.

—No voy a ir a la consulta contigo, mamá. Tengo cuarenta y tres años.

—Mientras tú terminas de hacer eso, yo puedo quitarte algunas cosas de en medio. Tienes la casa manga por hombro.

—No.

—¿Le has dado un baño a ese perro tal y como te dije?

—Te estoy diciendo que no.

—Juan, te lo voy a repetir. Vamos a tu casa, te duchas, te pones algo decente y salimos antes de que esa consulta cierre.

—No.

—¿No? Muy bien. Pues aquí murió el tono en el que te estoy hablando.

Si mi madre hubiese sido un pantano, en ese momento habría dejado de hacer pie en ella para siempre. Ni siquiera me miró a la cara. Agachó la cabeza, se dio media vuelta y comenzó a alejarse. Yo la llamé unas cuantas veces, pero eso no supuso cambio alguno en el brío de su paso. Ella cogió el camino que la llevaba a la parada del autobús y yo el de vuelta a mi casa. Nada más llegar, me dirigí a la cocina y tiré a la basura las medicinas que aún esperaban sobre la mesa. Ahí estuve, apoyado en la encimera durante un tiempo que hoy no sabría precisar si fue mucho o poco. Me pregunté cuántas de las decisiones que había tomado en el último tiempo me alejaban de las personas que siempre se habían preocupado por mí, y si pagar ese precio había merecido la pena. No necesité formular respuesta alguna. Me bastó con mirar la fila de gusanos, perdiéndose bajo el frigorífico, buscando una oscuridad que me resultaba cada vez más familiar.

SEIS

Sesión 10. Transcripción natural. Dos interlocutores. Fragmento 1/1.

YO: El niño se les murió literalmente en los brazos. Mientras jugaba en el pasillo de la casa, manipuló unos cables que estaban a la vista. Por cómo me lo ha contado, deduzco que no fue una electrocución salvaje. Más bien como un cortocircuito que detiene una máquina, como un dedo que apaga un interruptor. Cuando llegaron al hospital, ya no había nada que hacer. Se lo dije a ella y, desde entonces, no dejo de decírmelo a mí mismo. Soy incapaz de imaginar la magnitud del dolor que trae una situación como esa. Tú tienes hijas. Supongo que te haces una idea.

DOCTORA WILKES: Hay fases. Se pasa por distintas etapas cuando ocurren estas desgracias.

YO: Te pregunto como madre, no como psicóloga.

DOCTORA WILKES: No existe la mesura. Es un rugido que oirás durante lo que te quede de vida. Supongo que esta es una de esas situaciones de las que tú hablas en las que no hay más remedio que recurrir al lenguaje literario.

Hay que nombrar lo que no tiene nombre. Si se te muere tu pareja, eres viudo. Si son tus padres, huérfano. Pero si se muere tu hijo, ¿qué eres?

YO: Según mi vecina, un muerto viviente.

DOCTORA WILKES: Es probable.

YO: Y para colmo, la culpa los arrasó.

DOCTORA WILKES: Ha vuelto el pozo.

YO:...

DOCTORA WILKES: Perdona... Ha sido una broma estúpida. No lo he podido evitar y debería haberlo hecho.

YO:...

DOCTORA WILKES: Es bastante común que se abracen a la culpa. Piensa que hemos asumido que la primera función de los padres es la protección de los hijos. Que se los lleve una enfermedad nos sume en la impotencia y en la rabia. Que fallezcan en un accidente nos sepulta bajo la culpabilidad. ¿Qué no hicimos para protegerlos? ¿Dónde estábamos? ¿Hacia dónde dirigíamos nuestra mirada? ¿Qué había más importante que cuidar de ellos?

YO: Es imposible librar a un hijo de todo peligro.

DOCTORA WILKES: Bueno... Tienes razón. Pero esa es la única resignación ante la que un padre o una madre no están dispuestos a claudicar. De otro modo, la angustia sería ingobernable. Los padres se autoproclaman héroes, y no por tranquilizar a sus hijos. Lo hacen por encontrar algo de sosiego en un control que, en realidad, no poseen.

YO: Todos nos confiamos, cansamos, despistamos, dormimos, ensimismamos y equivocamos en algún momento. Todos sin excepción.

DOCTORA WILKES: Eso no consuela. Créeme.

YO: ¿Y qué consuela?

DOCTORA WILKES: No lo sé. ¿El tiempo? ¿Cuánto hace que ocurrió esto?

YO: Más de treinta años.

DOCTORA WILKES: Mira... Ahí tenemos un estadio distinto. La costumbre, el tiempo, el empuje de la vida. Resulta asombroso cómo se aprende a vivir con ese rugido dentro... No debemos subestimar cuál es nuestro principal instinto. Queremos sobrevivir incluso cuando no queremos.

YO: Qué difícil.

DOCTORA WILKES: Hay que tomar conciencia de que nadie nos cuenta nuestra propia historia; que esa voz terrible que oyes en tu cabeza no es otra que la de uno mismo, y que para que salga fuera, primero hay que devolverla a la garganta. Se necesita tiempo.

YO: Para que ocurran cosas.

DOCTORA WILKES: Sí, para que sigan ocurriendo cosas. ¿Es lo que buscabas? ¿Una historia como esta?

YO: Mis expectativas tienen que ver con un libro. Una desgracia, por más terrible que sea, no garantiza el sostén de toda la escritura que se tenga por delante. Necesitas algo más.

DOCTORA WILKES: Claro. Necesitas, además, a T. y a tu madre. Y puede que hasta a mí.

YO: No es la primera vez. Ya lo sabes. Tiene que ver con esta forma de contarme a mí mismo lo que me rodea. Todos lo hacemos. La diferencia es que yo me tomo la molestia de escribirlo.

DOCTORA WILKES: Y en eso hay algo narcisista e impúdico.

YO: ¿No lo hay en lo que hacemos tú y yo en esta consulta?

DOCTORA WILKES: No jugamos en la misma liga. Esa comparación está fuera de lugar. A mí no me vas a meter en esa refriega.

YO: Ya.

DOCTORA WILKES: Por mucho que le doy vueltas, hay algo que no sé cómo vas a encajar en tu relato.

YO: Que todo encaje en una novela está sobrevalorado. Los escritores no somos relojeros.

DOCTORA WILKES: Eso es un buen quiebro, pero también una gran mentira. Un escritor se dedica, entre otras cosas, a generar y colmar expectativas en el lector. Y eso tiene mucho que ver con piezas que encajan a la perfección.

YO: Aun así, creo que está sobrevalorado. En la vida apenas encaja nada.

DOCTORA WILKES: Ya lo estás haciendo otra vez. Una cosa es la vida y otra muy distinta la literatura.

YO: Muy distinta, no.

DOCTORA WILKES: Bueno... Lo que tú digas... Pero contéstame a la pregunta. ¿Cómo lo vas a resolver?

YO: No lo sé.

DOCTORA WILKES: Si su hijo murió hace más de treinta años, ¿de quién era aquella voz?

YO:...

DOCTORA WILKES: Tú la oíste tal y como ahora me oyes a mí. Con nitidez. ¿Te acuerdas? Que no te estabas volviendo loco, me decías.

YO:...

DOCTORA WILKES: «El hombre no quiere irse». Fue algo así, ¿verdad?

YO:...

DOCTORA WILKES: ¿Cómo explicar eso?

YO:...

DOCTORA WILKES: Aunque aquí el experto eres tú y sé que no eres un relojero, me decepcionaría que no encontraras un buen encaje para esa voz.

YO:...

DOCTORA WILKES: Por algo la oíste, ¿no?

YO:...

DOCTORA WILKES: Quizá puedas recurrir a aquello que te dije.

YO:...

DOCTORA WILKES: Lo de la novela de terror. A fin de cuentas, siempre es algo terrorífico que se te muera un hijo en los brazos.

SIETE

Nosotros en el jardín.

—Hoy toca lo que, según tú, sería un nuevo comienzo.

—Que crea que después de un terrible final pueda venir un nuevo comienzo no significa que este tenga que ser esperanzador.

—Para ser escritor, tienes un concepto horrible de las historias.

—Es probable. Les pasa a los psicólogos con el amor, a los dentistas con las encías y a los escritores, como dices, con las historias.

—Otra cosa que no compartimos.

—...

—¿No crees que si este fuera el final de esta historia, sería también el final de nuestros encuentros? Sin embargo, aquí seguimos...

—No necesariamente. Pero averigüémoslo. ¿Qué vino después?

—Como ya imaginarás, la época más oscura de nuestra vida. El pulso se nos ralentizó tanto que todo indicaba que el dolor nos iba a sobrevivir. Mi marido pidió una baja y se refugió ahí arriba, en nuestra habitación. Yo, por mi parte, pasaba casi todo el día en el sofá, muy cerca del ventanal, como si en cualquier momento lo fuera a ver corretear entre las plantas. En todo había un vacío desgarrador. En las tazas del desayuno, en sus pijamas doblados en el cajón, en la extinción de aquellos cuentos, en el recuerdo de sus palabras inventadas, en esta mesa que ahora tocamos y en este mismo silencio que ahora nos cubre... Podría estar horas así. Hablando de las cosas y de su vacío. Ahí es donde realmente entiendes el significado de la palabra *descorazonador*. Los ojos rojos, el estómago seco, los huesos condolidos y la garganta anudada como un globo. Un desastre. ¿Cuánto tiempo se puede aguantar así?

—No lo sé, la verdad.

—¿Sabes esa sensación que te embarga cuando estás a punto de caerte por un tropiezo, pero te agarras a cualquier cosa y te mantienes?

—Claro.

—Pues era ese latigazo en el pecho, en la cabeza, en el estómago lo que sentíamos todo el tiempo. A punto de caernos, pero desgraciadamente seguíamos en pie. De modo que siempre estaba esa pregunta con nosotros. ¿Cuánto tiempo se puede aguantar así?

—...

—Seve venía a visitarnos con frecuencia. A veces, que llamara a la puerta, aunque no le abriéramos, era el único consuelo de nuestro día. Dejaba una bolsa colgada en el pomo y se marchaba después de gritar que volvería a la mañana siguiente. Quizá esa fue la primera brazada para cruzar una especie de río negro: que alguien se tomara la molestia de venir hasta esta puerta a gritar la palabra *mañana*, cuando nosotros ni siquiera vivíamos en el día de hoy.

—A los nueve o a los diez años, me precipité desde una tapia delante de mi madre, y tardé más de dos días en despertar. A ella no le gusta hablar de este asunto, pero yo sé que ha dicho más de una vez que estuvo muerta el tiempo que no abrí los ojos.

—Abrir los ojos o no abrirlos. Esa es la gran diferencia.

—Lo sé.

—Nuevamente tengo mis dudas.

—¿Por?

—Yo no hablo de los ojos de mi hijo. Hablo de los de mi marido y de los míos. Una tarde, cinco o seis meses después de aquella noche en que se fue la luz, salí a la calle a pasear. Antes de ese día había abandonado la casa para hacer cualquier cosa que no admitiera más retraso, casi por imperativo vital. Pero ese día salí a pasear, a hacer algo distinto, a ir y volver sin más motivo que ir y volver. En ese gesto había ganas de algo, aunque no supiera bien de qué. Así que seguí paseando cada tarde para averiguarlo.

—¿Y su marido?

—La mayor parte del tiempo, en la habitación. Puede que su relato sobre todo esto sea muy distinto al mío. Pero es algo que entiendo perfectamente porque, en una situación como la nuestra, las razones en las que encuentras la fuerza para hacer esto o aquello son de lo más arbitrarias.

—¿Y por dónde paseaba?

—Al principio, por el barrio. Y poco a poco me fui alejando. Más por ese vacío en el que me hallaba que por el empuje de cualquier voluntad. Caminaba hasta un parque, me sentaba en un banco a contemplar árboles y escuchar pájaros, quizá también a rebuscar con los ojos algún indicio que me ayudara a saber qué debía hacer para que el dolor no me partiera por la mitad. En ocasiones, si no iba corta de fuerzas, hacía algunas compras inútiles o me tomaba algo en cualquier cafetería, como si quisiera demostrarme que aún seguía al mando de mis días.

—Por eso dice que estaba abriendo los ojos.

—Puede ser, pero te voy a ser sincera. Durante todos y cada uno de mis paseos, ni una sola vez dejé de creer que a mi regreso encontraría a mi hijo en casa. Ni una. Me resultaba imposible verbalizar que ya no estuviera con nosotros. Era tal el dolor entonces que no encontraba palabra con que nombrarlo. Como ves, siempre las malditas palabras. Abrir la cancela, atravesar el jardín y meterme en la casa era volver a cobijarme en la misma desolación que había dejado al salir. Así que no tardó en imponerse un deseo nervioso, desasosegante: mi vida era esperar a que amaneciera para volver a la calle y salir de esta casa. Hubo días en los que solo regresé para llorar sin que nadie me viera, comer algo para no morirme o dormir unas cuantas horas para olvidar.

—Y su marido seguía en la habitación.

—Sí. Así que no tuve más remedio que subir. Después de uno de aquellos paseos, entré en la habitación y no estaba. En un primer momento, se me desbocó el corazón. Pero me asomé a la ventana y lo vi sentado debajo de la jacaranda. Lo estuve observando durante un buen rato: sus gestos adormilados, su postura descompuesta, su atención lenta y lejana. Sin embargo, esta vez yo percibía algo distinto. Quizá esa impresión nacía en el agotamiento y en la desesperación, no lo puedo descartar, pero lo incontestable era que esta vez se había vestido y peinado como si tuviera la intención de salir a la calle. Eso no había pasado antes. Así que supe que ese era un buen momento para confiarle lo que había pensado. Bajé al jardín, arrastré una silla y me senté enfrente. Él me saludó diciéndome que hoy había llegado antes que otras veces. Y yo le dije que hacía tiempo que tenía ganas de verlo en el jardín. Nos envolvió un silencio raro, como si estuviéramos en lugares distintos. En mi cabeza no paraba de repetirme que ese era un buen momento, que tenía que decírselo, incluso suplicárselo, que ya no podíamos esperar más. Lo agarré de las manos, convencida de que encontraría las palabras justas. Sin embargo, en lugar de hablar yo, lo hizo él: «Vete tú de la casa. Yo me quedo para que algún día puedas volver con nosotros». Todavía me pregunto cómo demonios supo lo que estaba a punto de decirle. Guardé silencio. Apoyé mi cabeza en la suya, y tuve la sensación de que ambos nos convertíamos en una misma fogata. No sé cuántos días estuvimos ardiendo juntos.

—Creo que lo mejor es que lo dejemos aquí.

—Espera.

—¿Qué?

—Estoy a punto de acabar con esto.

—Claro.

—Un hijo no puede morir el mismo día que deja de respirar. Y saber eso lleva algún tiempo.

OCHO

Seve vino a contarme que Aurora, mi casera, había llamado a la puerta esa misma mañana, pero que, como no me había encontrado, le había dejado el recado a él. Le pedí que pasara y, a falta de un coñac viejo, destilado con delicadeza, le dije que estaba dispuesto a moler grano cien por cien arábica. Por primera vez, desde que nos cruzamos en el barrio hacía ya algunos años, nos dedicamos un gesto cómplice, casi familiar. «Hoy no puedo, vecino, en otra ocasión.» Y ahí, al fondo, en el trastero de sus palabras, vislumbré una tristeza inesperada por la que no supe interesarme. «Aurora me ha dicho que ya le dio tu recado a la amiga de tu mujer.» Se atusó suavemente la camisa en la zona de la cintura y se despidió. Boludo, que revoloteaba a su alrededor, no dejó de olfatearle los zapatos hasta que cerró la puerta del jardín.

Aquel encuentro no llegó a los tres minutos, pero a veces no se necesita más para que la poca tranquilidad que uno tenga en el cuerpo se arremoline y arranque de cuajo el tejado de cualquier casa. Por un lado, Aurora ya le había dicho a Helena que, en mi ausencia, abriría la puerta a la empresa de mudanzas y cambiaría la cerradura cuando terminasen. Por otro, se acrecentaba la sensación de que me estaba quedando sin tiempo para cualquier cosa que quisiera llevar a cabo. Además, en el colmo de mi mezquindad, me resultó inevitable lamentar que Aurora se hubiera pasado por casa justo en el momento en que yo me dedicaba a recogerle las mierdas a Boludo. Si había tenido alguna opción de que mi casera no llegara a la sesión matutina de hipopresivos, aquel fue el día, y así se hizo polvo de cristal.

Por suerte, Helena y su furia son de combustión rápida. De modo que, esa misma mañana, mi teléfono sonó y ahí estaba ella, detrás de su prefijo suizo, con la voz oxidada y las palabras encurtidas en vinagre y sal. Yo habría preferido un correo o un mensaje, que lo hacía todo menos violento, pero era fácil deducir que si pretendía que me tragara aquel anzuelo, tenía que recurrir a la incomodidad de un intercambio directo. La única duda que aún me embargaba era si T. estaría al tanto de esa maniobra o se trataba, por el contrario, de una ocurrencia de su propia cosecha. Esa incógnita estaba a punto de despejarse.

El teléfono sonó cinco veces y colgó. Esperó un par de minutos antes de volver a intentarlo. Sonó, no me estremecí, y colgó otra vez. Quería calibrar hasta qué punto deseaba contarme lo que había ideado para sacarme de casa. En el tercer intento, descolgué. No dije nada. Simplemente me acerqué el móvil a la oreja y lo froté contra mi barba para que supiera que había alguien al otro lado.

—¿Estás ahí?

—...

—¿Estás ahí, tarado?

—...

—¿No te la estarás cascando? Ya me contó T. lo que hacías con la vieja de tu calle.

—...

—Bueno... No estoy ni para pajas ni para juegos. Te he llamado por un asunto de T. Es importante.

—...

—Mira que eres gilipollas, de verdad. ¿Vas a hablar?

—...

—Mejor. No digas nada. Con que me escuches es más que suficiente. Si total, para lo que eres capaz de aportar.

—...

—T. ha decidido que se vuelve a Argentina. Quiere ver a su padre. He tratado de hacerla entrar en razón porque es una puta locura lo que tiene en mente. Pero no ha habido manera. Le ha dado por decir que ella, en realidad, no debería haberse venido nunca a España. Que nadie le preguntó si quería dejar Comodoro. Es más, que ella dijo a las claras que no quería venirse. Así que ahora asegura que va a volver no solo por su padre, que también, porque no veas el trombo nostálgico que tiene en mitad de la cabeza, sino por ella misma y por lo que nunca ha dejado de ser. ¿Y qué significa eso? Pues vete tú a saber. Porque esta mujer no está bien. Te aseguro que no está nada bien. Y si termina haciéndolo, va a estar mucho peor. Así que, amigo mío, como tú tienes un poquito de responsabilidad en cada cosa que ha ido ocurriendo en los últimos años y que nos ha traído hasta este punto álgido, vas a hacer algo al respecto. ¿Qué? Bueno... Eso te lo dejo a ti, que eres un tío con recursos. Porque si T. se acaba marchando a Argentina a limpiarle el culo a un hombre que no ha dicho ni mu en más de treinta años, te aseguro que hago todo lo que esté en mi mano para que la gente sepa qué clase de agujero negro estás hecho. Ah, sí, y una última cosa para eliminar cualquier claroscuro en la interpretación de los hechos: que no te quepa la menor duda de que T. se siente así porque tú no te has preocupado por nadie que no fueses tú y esa desquiciada manera de escribir. ¿Me estás oyendo?

—...

—Qué hijo de puta estás hecho.

—Rebaja el tono, anda.

—Hombre, menos mal. Si estás ahí. Espero que te haya quedado claro el grado de importancia del asunto.

—¿Y qué quieres que haga yo? Ni siquiera me coge el teléfono. Entre otras cosas porque tú te has dedicado, desde hace años, a meter mierda entre ella y yo.

—Pero qué cutre eres. ¿Llamarla? ¿La vas a llamar en una situación como esta? ¿De verdad crees que con eso será suficiente?

—Ya.

—¿Ya? ¿Pero qué pasa contigo? ¿Es que no me has entendido?

—Helena, escúchame bien. Si se quiere ir, que se vaya. Primero me dejó a mí, y ahora te deja a ti. Ya está. ¿Qué problema hay?

—Creo que nunca he pensado bien de ti. No lo creo. Lo sé. Puede que hasta le dijera a T., el mismo día que me contó que te había conocido en una chatarrería, que bastaba con ver una foto tuya para intuir ese fondo turbio. Pero te juro que ni en mi peor previsión llegué a rozar las despreciables cotas que estás alcanzando.

—No seas tan cínica porque empiezas a acercarte a un ridículo espantoso. Tú y yo nos conocemos muy bien porque, en el fondo, somos bastante parecidos. A los dos nos gusta domar la verdad.

—¿Domar la verdad? Serás capullo... ¿Has vuelto a la poesía? ¿Pero no te echaron a patadas de ese mundillo?

—¿Así que esto era lo que tenías pensado para sacarme de casa? ¿Decirme que corriese a rescatar a T. de un aeropuerto?

—Vaya...

—¿Ya está?

—Reconozco que esto no me lo esperaba.

—Tu soberbia te ha jugado una mala pasada. No lo controlas todo, Helena. Esa amargura tuya no es infalible.

—No me refiero a eso, hombre. Lo que no me esperaba era que me fueras a reconocer tan a las claras que te has estado tirando a tu casera.

—Yo no me he tirado a nadie.

—Y menos en la situación en la que se encuentra T. Es realmente asombroso.

—No digas gilipolleces.

—¿Gilipolleces? ¿Por qué si no iba a correr la casera a contarte lo que yo le he propuesto? ¿Desde cuándo tanta complicidad? ¿A cuento de qué venís ahora con ese código de lealtad? Si hasta T. me dijo que no creía que esa mujer fuera a prorrogarte el contrato...

—No es complicidad, Helena. Aunque tú no lo puedas entender, todavía hay buenas personas que huelen a las malas.

—Te la estás tirando, capullo. A mí no me vas a engañar.

—Qué disparate. ¿Pero tú te crees que se me puede pasar por la cabeza algo así en una situación como esta?

—Puedes estar tranquilo. No pienso decirle nada a T. Al menos no por ahora, porque eso haría irrevocable su decisión de marcharse a Argentina. Que yo haya querido aprovechar esta coyuntura para saborear la posibilidad de que llegaras a casa y no pudieras entrar, no convierte en una mentira la marcha de T. Ella tiene pensado irse a la otra punta del planeta. Y si eso sucede, ten por seguro que la habremos perdido para siempre.

—Déjalo ya. Desde hace un rato, esto se ha degradado demasiado.

—Tú sigue hablando raro... En cuanto tenga la información de los vuelos, te la haré llegar.

—No creo que ahora mismo yo sea esa persona a la que ella quiere ver antes de subir a un avión.

—Ni yo. Pero me insistió tanto en que te llamara para pedirte que buscaras aquella carpeta, que a lo mejor todavía tenemos una mínima oportunidad.

—¿Qué pasa con esa carpeta?

—Te enviaré la información de sus vuelos.

—Helena, ¿a qué te refieres con lo de la carpeta?

—Que te den, capullo. Hazlo bien por una vez.

NUEVE

Helena colgó el teléfono mientras yo aún hablaba atropelladamente, pero también podría decir que sentí que la glutamiltransferasa se me volvía a poner por las nubes o que una tormenta de arena se alzó en mitad de mi salón, y no estaría faltando a la verdad. T. tenía la intención de marcharse a Argentina a aclarar no sé bien qué con un padre que quizá ya no recordase que algún día fue padre y mucho menos de ella, una niña de siete u ocho años de la que se despidió con un beso mientras desayunaba en la cocina de una casa a la que jamás regresó. ¿Qué magnitud se guarecía en el verbo *marcharse*? ¿De cuánto tiempo estábamos hablando? ¿En qué momento T. había empezado a trazar uno de esos finales que, tal y como yo le había comentado a mi vecina, traen un nuevo comienzo? Lo primero que hice fue buscar su nombre en la agenda para llamarla y preguntarle si había olvidado que ella siempre había sido la parte sensata de la relación. Pero probablemente esta era una de esas cosas en las que Helena tenía toda la razón del mundo: esa llamada poseía el empaque de una catástrofe nuclear. Así que seguí navegando por la agenda hasta dar primero con el nombre de su hermano y luego con el de su madre, que nunca fueron personajes en esta historia, pero puede que sí lo acabaran siendo en aquella en la que T. estaba a punto de zambullirse al otro lado del Atlántico. Por suerte, tampoco reuní el valor para llamarlos. A cada historia lo que es de cada historia.

Lo cierto es que lo único que tenía sobre la mesa era la exigencia de Helena. Acudir cuando y donde me indicara para mantener una conversación con T., que la hiciera regresar a un sentido común del que yo tampoco andaba muy sobrado. Ya no es que me preguntase por qué demonios me iba a obedecer, sino que, a tenor de nuestros últimos intercambios dialécticos, ni siquiera tenía lógica que no se levantase y marchara en cuanto me viera aparecer. En estas circunstancias, no me quedaba más remedio que agarrarme a las coordenadas amputadas y confusas que ofrecían las palabras de Helena: las que aludían a la carpeta que me había pedido y yo le había enviado.

Un par de postales en las que aparecía el barrio, el título de un libro, un artículo que recordaba los años en los que el polvo del mineral cayó sobre estas calles, una referencia a una casa que no sabía dónde quedaba, una fotografía en blanco y negro, y un par de botones dorados. Otra vez la misma plegaria. Como ya dije en algún momento, aquel material parecía abrir la puerta a un tiempo que ya no era este; exactamente lo mismo que yo estaba haciendo con cada decisión que tomaba, con cada palabra que escribía. De modo que acudí a mi cuaderno de notas y comencé a repasar todas las páginas escritas hasta el día de su marcha, y ahí ya estaban mi obsesión por la casa, mis primeras indagaciones acerca del barrio y mi anémica búsqueda de bibliografía sobre jardines. Y entonces lo vi clarísimo: T. había husmeado en él, había leído mi cuaderno de notas. ¿Pero qué significaba eso? ¿Qué interpretación debía darle yo al hecho de que llevara a cabo algo así y, además, aglutinara ese material en el interior de la carpeta? Y lo más inquietante de todo: ¿por qué deseaba recuperarla a toda costa?

Reconozco que mis cuadernos no son un secreto inviolable. No acostumbro a esconderlos bajo llave ni a protegerlos de miradas ajenas. Pero tampoco suelo separarme de ellos más de lo estrictamente necesario. Los llevo allá donde voy porque he aprendido que la buena idea asoma el hocico cuando menos te lo esperas. T., para leer e interpretar las notas desaliñadas, inconexas, a veces apenas garabateadas que por entonces había acumulado, habría necesitado un buen rato. No le habría bastado con el tiempo brindado por una de mis duchas o por uno de esos paseos cómplices con Boludo. En mi cuaderno hay precipitación y caos, idas y venidas, narración y testimonio, revelación y extravío, chatarra y acierto, todo y nada, y eso exige calma, atención y relectura. Lo digo desde una certeza absoluta porque ni yo mismo, en ocasiones, he conseguido descifrar lo que me he querido decir o recordar. ¿Cuándo dispuso T. del tiempo necesario para esa tarea? Esa fue la primera pregunta que me ofreció un ápice de orientación. Porque al menos ya sabía que debía hallar el momento en el que yo me había separado del cuaderno el tiempo suficiente para que la curiosidad se hiciera grande en su interior, lo buscara en mi despacho y lo leyera con la tranquilidad que demandaba mi penosa caligrafía. Me eché en el sofá, llamé a Boludo, que se acomodó a mis pies, cerré los ojos con fuerza y, con precisión onírica, si es que eso existe, comencé a repasar las semanas anteriores a su marcha: los paseos alrededor de la casa, mi visita a la feria del libro de Gijón, el gato despachurrado sobre el asfalto, mis encierros en el despacho para fingir que tecleaba, las obligaciones domésticas de las que no conseguía escaquearme, mis idas y venidas al veterinario... Hasta que di con lo que andaba buscando. Primero fue la fiebre, luego la piedra en el riñón y al final aquel ingreso en la primera planta de un hospital durante algo más de una semana. Un buen puñado de días en los que ella se opuso a llevarme mi material de escritura, argumentando que precisamente me encontraba allí encerrado por mis obsesiones literarias. Ahí estaban su oportunidad y el tiempo. De la intención, ya no dudaba. La imaginé cogiendo mi cuaderno y revisando cada anotación, siguiendo las flechas que saltaban de un lado a otro de la página, deteniéndose en aquellas palabras que yo había subrayado, y llegando al final para volver al principio. Y entonces, como si una ficha golpeara a otra, fui a dar con un recuerdo con el que ya no contaba: aquella llamada que le hice desde mi habitación y en la que rehuyó hablar conmigo porque estaba paseando con Seve. Se me hizo un nudo en la garganta. Yo no había sido capaz de ver la utilidad de nuestro curioso vecino, en cambio, ella no parecía haber dudado ni un momento. Pero ¿por qué y para qué lo había buscado? Eso no lo sabía. No obstante, al menos ya tenía un lugar al que regresar para seguir preguntando. Y eso fue suficiente para volver a abrir los ojos, respirar hondamente y percibir el aroma herbáceo del gel con el que, un día antes, en nuestra clínica de confianza, por fin habían bañado a Boludo (35 euros).

DIEZ

Nosotros en el jardín.

—Yo cumplí lo que dije, y mi marido, como era de esperar, también. Me fui de esta casa y él se quedó en ella. Antes de llevar a cabo mi decisión, lo pensé muchísimo. Hay penas que son anzuelos, y no creo que nadie pueda dudar de que esta lo fuera. En ningún momento a lo largo de mis paseos, de mis noches de pesadillas e insomnio, de mis negras tardes en este jardín, conseguí desprenderme de la sensación de tierra quemada en la que se había convertido todo. Era como si aquella descarga eléctrica hubiera detenido el curso natural de nuestra vida. A nosotros mismos, por supuesto, que estábamos cada uno en una planta distinta de la casa sin saber cómo acercarnos ni qué decirnos cuando nos cruzábamos. Pero también la expansión del jardín, el silencio de las habitaciones, incluso los caminos que durante tanto tiempo nos habían conducido hasta aquí. Todo detenido. Así que no aguanté. No pude. No supe hacerlo. Me fui.

—¿Dónde?

—Le pedí ayuda a Seve.

—Ayuda...

—Sí. Fue mi ángel de la guarda. Le pedí ayuda y no dudó ni un instante. Primero consiguió que una de sus clientes, con la que le unía una gran amistad, me alquilara una casa en un pueblo no muy lejos de la capital. La distancia suficiente como para que se atenuara ese insoportable olor a devastación. Y más tarde, cuando ya estuve instalada, me echó un cable con el trabajo. Habló por mí en el colegio religioso donde él y su familia habían estudiado.

—¿Y qué hacía usted en el colegio?

—Al principio, de todo. Ellos fueron claros conmigo. Me contrataban porque Seve había puesto su palabra, no sé si algo más, sobre la mesa del despacho de dirección, y eso, salvo que mis actos lo contraviniesen, sería de ese modo hasta que yo lo deseara. Así que vigilé que los alumnos no se mataran durante los recreos, velé por el buen funcionamiento del comedor, despejé los pasillos a voz en grito y llegué a hacer las veces de conserje, abriendo y cerrando todas y cada una de las puertas de aquel enorme edificio. Con el tiempo, comencé a cubrir algunas ausencias de maestros, y terminé por impartir regularmente clases de Geografía y de Lengua hasta mi jubilación. Durante las primeras semanas, fue una tarea agotadora porque yo no venía de vivir mi mejor momento, porque mi último trabajo, además, lo había dejado siete u ocho años atrás, y porque, para colmo de los colmos, ir del pueblo al colegio me exigía madrugar para coger un autobús que era un interminable vía crucis de desvíos y paradas. ¿Quién estaba dispuesto a hacer algo así? Alguien como yo. Alguien que ya se había dado cuenta de que ese cansancio contribuía a que la hoguera que llevaba dentro no ardiera con demasiada rabia. La extenuación también tiene sus funciones y cumple con ellas.

—¿Cómo se tomó su marcha?

—Mi marido... Bueno, supongo que con resignación, pero también con el convencimiento de que no podía ser de otra manera. Yo no quería quedarme aquí y él no estaba preparado para salir de esta casa. Nos llamábamos muy a menudo, eso sí. ¿Qué tal estás? ¿Qué has hecho hoy? ¿Necesitas algo? Pero ni yo tenía ánimo para visitarlo en este jardín, ni él para ver con sus propios ojos lo poco o mucho que yo estuviera construyendo fuera de aquí. Por suerte, no fue así durante mucho tiempo. Seis o siete meses después de mi marcha, volvió a su puesto en el semillero, donde lo esperaban con paciencia, que también es una buena forma de hablar de amor, ¿no te parece? No lo hizo cuando quiso. Lo hizo cuando pudo. Y si, como tú dices, nos está sobrevolando un nuevo comienzo, tiene que ser aquí, en este punto, no hay otro. Porque este fue el momento en el que empezamos a recuperar algo que ya habíamos perdido.

—¿Qué?

—La palabra *nosotros*. Dejamos de encontrarle sentido a emplearla cuando ya no estaba nuestro hijo. Fue un acto reflejo. Como lo es intentar no comer por el lado de la boca donde tienes la llaga.

—¿Y qué se la devolvió?

—Lo que empuja cualquier vida: las ganas. ¿De qué? Eso da igual. Las ganas. Un día aparecen y ya hay algo que antes no encontrabas por ningún lado, pero que ahora te pone en pie. Así de sencillo. O de milagroso. No pienses en una fuerza impetuosa. Se parece más a un hilo de agua de un grifo mal cerrado. Mi marido comenzó a pasarse por mi casa después del trabajo, a pesar de que no le pillaba de camino. Ahí hay ganas. Al principio me traía hortalizas y algunos brotes que él mismo plantaba en el patio trasero. Luego venía a vigilarlos, ahí también hay ganas, y mientras lo hacía, charlábamos de cualquier cosa que tuviéramos por delante. Rara vez mirábamos hacia atrás. Cenábamos juntos. A veces dormíamos juntos. Teníamos ganas. Fue algo progresivo, porque había semanas en las que él sentía la necesidad de poner en orden esta casa y este jardín, y entonces aguardábamos un tiempo hasta que volvíamos a vernos. No sé él, porque nunca se lo he preguntado, pero yo, muchos años después, supe ver un encanto casi adolescente en esas intermitencias, aunque las motivara un dolor que ambos intentábamos sacarnos del cuerpo. Comenzamos a encontrar un espacio algo más ameno en el que era posible otra vida. Sobre cómo nos volvimos a abrazar y a besar permíteme que no sea muy explícita. Ocurrió. Mejor dicho, a su debido momento volvió a ocurrir. En cualquier caso, puede que eso ya no pertenezca a esta historia.

—Si lo llego a saber, me ahorro lo del nuevo comienzo.

—No te lo tomes así. De todas formas, yo solo te cuento un pedazo de vida, mientras que tú harás de él una historia. Supongo que tus decisiones y las mías no pertenecen al mismo mundo.

—Y en esa progresión, dejaron atrás esta casa.

—Así es.

—Pero decidieron conservarla.

—Mi marido, durante muchos años, vino cada diez o quince días para echarle un vistazo a todo. Yo me mantuve al margen de eso. Recuerdo que llegó a contratar alguna empresa de reformas para hacer frente a las debilidades del tejado o a los daños por una inundación, incluso siguió sustituyendo unas plantas por otras, a pesar de que él sabía que yo nunca regresaría aquí. Se lo planteé muchas veces. Vamos a venderla, anda. Pero su respuesta siempre era la misma. No. Y eso me llevó a preguntarme por la razón de su negativa. ¿En qué se había convertido esta casa para él? No lo supe entonces y no lo sé ahora. Quizá en un monumento a nuestro descuido, en un implacable remedio contra el olvido o en un lugar donde tener encerrada aquella oscuridad que una noche nos cubrió.

—Y ahora está en venta, a pesar de que no quería venderla, y usted está aquí, aunque no quería volver.

—Sí.

—¿Qué ha cambiado?

—Nada.

—Algo habrá cambiado.

—No sé si recuerdas una cosa que te dije en nuestra anterior conversación. A veces las razones en las que encuentras la fuerza para tomar una decisión son de lo más arbitrarias. Una noche, hace ahora casi dos años, ocurrió algo. Estábamos en el sofá viendo las noticias como en tantas otras ocasiones. Uno al lado del otro. Y la presentadora habló de que en el norte de Argentina habían registrado el rayo de mayor duración jamás conocido. Nos estremecimos a la vez. Más de treinta años después de la muerte de nuestro hijo, nos sigue pasando. Esa vez fue un rayo que iluminó y ennegreció la pantalla del televisor, pero otras veces había sido algo relacionado con cualquier jardín, o al compartir una pesadilla o con algún cuento que azarosamente salía a nuestro encuentro. Siempre estaba ahí. Entonces lo miré y se lo volví a pedir por enésima vez. Vamos a venderla, anda, estamos viejos, ya no es solo por nosotros. Me agarró fuerte la mano, cerró los ojos y me contestó: «Ten paciencia, vamos a echarla abajo».

—¿Demolerla?

—Eso dijo.

—¿Tampoco le parece que una demolición pueda ser un final que exija un nuevo comienzo?

—¿A esta edad? Qué va, hijo. Un final. Punto.

ONCE

La última conversación con mi vecina me sacó el sueño del cuerpo. En cuanto terminamos de hablar, arrastré los pies hasta mi casa y me metí en la cama por si con un rato de descanso conseguía ordenar algunas piezas a las que no terminaba de encontrarles sentido. Me repetía una idea que como una serpiente reptaba sinuosamente por mitad de mi duermevela: «Si el final de esta historia es la demolición de la casa, esta historia no ha terminado aún».

No logré dormir hasta que recurrí a un par de relajantes musculares, y eso vino a suceder casi con las primeras luces del día y su correspondiente sopor. Salí de la cama más allá de las dos de la tarde, porque alguien comenzó a tocar el timbre como si se hubiera declarado un incendio en el vecindario. Yo, entonces, abotargado por el repentino despertar ni siquiera lo intuía, pero ya estaba en el centro de una tormenta perfecta. Para que se entienda lo que quiero decir, lo conveniente es perfilar la escena las veces que sean necesarias: alguien no para de tocar el timbre, Boludo ladra compulsivamente, abro los ojos después de haber dormido toda la mañana, me pongo en pie, siento que los relajantes aún me aflojan la mandíbula y las rodillas, llego al salón y compruebo que el cabronazo del perro ha hecho sus necesidades varias veces, una de ellas en la esquina del sofá, la casa apesta, no hay ni una ventana abierta, me reflejo en el espejo de la entrada, camiseta vieja y calzoncillos juveniles, ya no suena el timbre, abro la puerta y pregunto quién es, nadie contesta, y cuando voy a cerrarla para volver a la cama, me percato de que alguien me observa desde el otro lado de la celosía de la valla del jardín. Y ahí ya sí me doy cuenta de que estoy en el centro de la tormenta de la que hablaba antes. Son los ojos desgastados de mi padre. El hombre que jamás coge un autobús porque se marea me vigila a través de los agujeritos que apenas ofrece la valla. Hay horror. En la escena, en mis ojos, en los suyos.

—¿Papá? ¿Eres tú?

—Ábreme.

No es difícil imaginar la impresión que se llevó en cuanto cruzó la puerta. Cualquier cosa que mi madre le hubiera contado sobre mi nueva vida en soledad debió de alcanzar cotas terroríficas en su cabeza. Comenzó a mirar en todas las direcciones, como si tejiera una tela de araña invisible: de mis juveniles calzoncillos a la maceta que arrojé sobre el escritorio de T., del escritorio a los excrementos que relucían en el mármol blanco, de los excrementos a las ventanas cerradas a cal y canto, y de las ventanas a la caja de relajantes musculares que había dejado sobre el mueble de la entrada. Menos mal que los gusanos no acostumbraban a salir de la cocina. Me senté en la butaca de mis lecturas, más por cansancio que por deseo de propiciar cualquier conversación, y él se quedó de pie frente a mí, como si no quisiera tocar nada que pudiera infectarlo mortalmente. Al final hablamos porque él empezó y yo le seguí. Parece una obviedad, pero juro o prometo que hubo un momento en que creí que íbamos a permanecer callados lo mucho o poco que nos quedara de vida.

—Así que es verdad, ¿no?

—¿Qué es verdad?

—Te estás muriendo.

—¿Eso te ha dicho mamá?

—No. Me ha dicho que para ella ya estás muerto. Pero por lo que estoy viendo, no vas a tardar en estarlo para todo el mundo.

—He tenido una mala noche. No es lo habitual.

—Qué peste, Juan. Hay mierda en mitad del salón.

—El perro.

—Hombre, ya imagino. Lo único que nos faltaba es que fuese tuya.

—¿A qué has venido?

—A ver si esto tiene algún arreglo. Pero me da a mí que la cosa está jodida.

—No hay nada que arreglar.

—No sé si te has dado cuenta, pero también te ha meado el sofá.

—Luego me encargo de eso.

—Justo ahí.

—Ya.

—Qué hijo de puta. Pudiendo mear en esos libros, va y te mea en el sofá.

—¿A qué has venido?

—Tienes peor cara que yo. ¿Has ido al médico tal y como te dijo tu madre?

—Estoy en ello.

—No veo que estés en ello. Mírate y mira a tu alrededor. Da la sensación de que estás en cualquier otra cosa que no sea la remota posibilidad de ir al médico.

—Papá, estoy bien. De verdad. No me pasa nada. Puede que no me encuentre en mi mejor momento, pero tenéis una idea muy deformada de lo que es mi vida ahora mismo.

—¿Qué quieres decir con eso?

—Exactamente lo que acabo de decir.

—A ver si me entero, Juan. ¿Eso significa que no te ha abandonado tu mujer, ni has tenido los ojos amarillos, ni has estado en el médico porque te sentías enfermo, ni eso de ahí enfrente es una mierda rozando la alfombra, ni este olor insoportable nos está taponando las fosas nasales, ni esa caja de pastillas es tuya...? ¿Sigo?

—Vale. Seré más claro. Lo que quiero decir es que estoy justo donde y como quiero estar.

—En la inmundicia y hecho una piltrafa, ¿verdad?

—No nos vamos a poner de acuerdo, papá.

—Por eso he venido a hacerte una oferta. La única manera de arreglar esto es ganando y perdiendo todos.

—Una oferta.

—Sí. ¿Quieres escucharla?

—Me la vas a proponer de todas formas.

—Es probable. Pero estaría bien que contestaras alguna vez en tu puta vida con un simple sí. Porque siempre tienes algo que añadir, matizar o corregir. Eres agotador. ¿Quieres escucharla sí o no?

—Sí.

—Así me gusta, cojones. Pues ponte algo de ropa y vámonos de aquí. Si queremos tener alguna opción de que esto funcione, estoy convencido de que hay que alejarse de este hedor.

Le dije que me daría una ducha rápida y él me contestó que esperaría en la puerta porque quería empezar a olvidar mi salón cuanto antes. Le dejé caer que si se aburría siempre podía darle una vuelta breve a Boludo, que era un perro muy agradecido. Ni siquiera me contestó. Pero yo sé lo que estaba pensando porque no era la primera vez que hablábamos sobre el tema de las mascotas. Viene a resumirse en el siguiente aforismo: si los perros son capaces de oler algo a centenares de metros de distancia, qué necesidad tienen de meter el hocico en el culo del prójimo. Fue por ahorrarme consideraciones de esa naturaleza por lo que no me llevé a Boludo con nosotros y lo dejé en casa para que siguiera cagando y meando a su antojo. En cuanto salí y cerré la puerta, buscamos la terraza de un bar que sirviera platos combinados. Esa fue su primera condición. Él pidió el número cuatro y yo un café con leche en vaso de caña.

—¿Y bien, papá? ¿Cuál es la oferta?

—Mi intención es que nos situemos en un espacio fronterizo de negociación. Es decir, ni para ti ni para mamá.

—¿Y tú qué pintas en todo esto?

—Yo soy el mediador internacional.

—¿Ella sabe que estás aquí?

—Cómo se nota que no tienes ni puta idea de mediación en conflictos.

—Será eso.

—Claro que es eso. ¿O te has sacado un cursillo en la materia?

—Vamos al asunto, papá, por favor. Me duele la cabeza.

—A ver qué te parece lo que voy a proponer. Empiezo haciendo uso de uno de los principios básicos en toda negociación. La claridad. Si no quieres ir al médico, no vayas. Si no quieres hablar con T. para arreglar vuestra situación, no hables. Si quieres vivir entre basura y moscardones, hazlo. Pero yo le voy a contar a tu madre que te he visto hoy, que ya has ido al médico, que estás en tratamiento, que se te ve más o menos bien, que tu casa parece más limpia que un quirófano y que tu mujer y tú os encontráis en vías de solucionar algunos de vuestros problemas. También le diré que has recapacitado porque eres consciente del dolor que le estás ocasionando.

—Pero...

—¡No me interrumpas!

—Menudo negociador.

—Y le añadiré, claro, algunos detalles para que la historia gane en consistencia y credibilidad, porque ya sabes que tu madre es un hueso duro de roer. Lo único que te pido es que si ella te pregunta sobre esto, cosa que dudo, mientas como un bellaco y le digas que todo lo que yo le he contado es verdad, es hostia consagrada. ¿Me entiendes?

—¿Y a ella qué le vas a pedir?

—¿Qué le voy a pedir?

—Antes me has dicho que perdíamos algo los dos. ¿Ella qué pierde?

—¿Te parece poco? Pierde saber la verdad sobre su hijo. Aunque ese hijo se empeñe en hacer saltar por los aires la poca tranquilidad que tenemos. Precisamente, el que todavía no ha perdido nada eres tú. Así que, haciendo uso del segundo principio básico de toda negociación, es decir, la brevedad, voy a decirte la otra parte del convenio.

—¿No te parece que mentir, tal y como me pides, es perder el honor y la palabra?

—Juan, si no fuese porque cuando hago esfuerzos me meo un poco, te daría con el servilletero en la cara. ¿Cómo puedes decir algo así? Pero si has hecho de la mentira tu patria. ¿Quieres que te enumere los engaños que has urdido en el último mes? Tenemos tiempo de sobra, aún no me han traído el plato combinado.

—No hace falta.

—Pues entonces no digas tonterías y no me hagas incumplir el segundo principio básico de toda negociación.

—Vale.

—Atiende: vas a dejar de llamarnos y visitarnos.

—¿Qué?

—Con esto he terminado.

—¿Por qué tengo que hacer eso?

—Porque cuando le cuente a tu madre lo que tú y yo hemos acordado, sentirá el alivio de saber que algo, sea lo que sea, por fin se reconduce. Pero no nos engañemos. Ella no va a cambiar ni un ápice su postura. Para ella estás muerto. Y yo, aunque no suelo ser del mismo parecer que tu madre, en esto la entiendo un poquito. Así que ni se te ocurra aparecer por allí, porque entonces tú serás responsable de los vahídos y las maldiciones que nos puedan llegar. Mira que has tocado los huevos esta vez, Juan. Has conseguido que tus cositas literarias nos parezcan una broma al lado del desastre en el que estás metido.

—...

—Lo que no entiendo es cómo estando más solo que la una, junto a un perro que no respeta ni el sofá donde pegas la boca para dormir la siesta, y con el médico llamándote para decirte que la muerte está buscando casa en tu barrio, no se te quitan las ganas de meterte en la vida de los demás para seguir escribiendo.

—...

—¿Qué sentido tiene eso?

—...

—Tu madre dice que es por la propia enfermedad.

—¿Qué enfermedad?

—Yo creo que es por algo de la infancia. No me refiero a un trauma psicológico, qué más quisieras. Pienso en un golpe en la cabeza. Por la parte de atrás, que es más sensible.

—...

—Porque alguna razón habrá.

—...

—Ya sabes: ni se te ocurra llamar ni pasarte por casa, ¿vale?

—¿Hasta cuándo?

—Muerto es muerto, Juan. Ya no hay un cuándo. Pero si decides invitarme a este plato combinado, tampoco me voy a oponer. Porque la mediación internacional se paga. Y más cara de lo que tú piensas.

DOCE

Mientras desinfectaba el salón de mi casa, no dejé de darle vueltas a la pregunta retórica que mi padre formuló con un ojo en mi cara y otro en el plato combinado número cuatro. ¿Qué sentido tenía empecinarme en la escritura de cualquier historia cuando mi vida era un sótano oscuro e inundado? ¿Había algo que funcionara bien en ese momento? Mi pareja tenía pensado marcharse a otro continente, mis padres me habían desheredado del amor familiar, no tenía más remedio que afrontar una mudanza sin destino, había sustituido cualquier escritura por las idas y venidas al jardín de mi vecina y mi hermano me había sacado mil euros a cambio de nada. Paradójicamente, lo único que parecía ir bien era mi salud, a pesar de que mis improductivos movimientos habían propiciado que todo el mundo pensara que ya tenía un pie en la tumba. ¿Para qué seguir adelante entonces? ¿Por qué mantenerme firme en esta voluntad de llegar al final? ¿Qué sentido tenía aferrarme a esa intuición con la que a veces justifico, aún hoy, cualquier equivocación? Preguntas y más preguntas que revoloteaban en el salón mientras rabiosamente frotaba con amoniaco el sofá. ¿Y hubo alguna respuesta? Claro. Porque de no haberla habido, ninguna de estas preguntas habrían encontrado su sitio en estas páginas. Me puse en pie y, blandiendo el estropajo, le hablé a Boludo a voz en grito: «Sigo adelante, me mantengo firme y me aferro a la intuición porque la literatura me permite creer». Mi psicóloga, de haberme oído, se habría desmayado de pura vergüenza ajena.

La noche de ese día, impulsado por la confianza que me había inoculado mi reciente sobreactuación, me dirigí a la casa de Seve con la esperanza de que me ayudara a despejar algunas incógnitas. Como se trataba de un trayecto de apenas diez metros, opté por no ponerle la correa a Boludo, que fue leal a mi zancada y dirección. Llamé a la puerta del jardín, pero nadie contestó. Me puse de puntillas junto a la valla y, aunque las persianas estaban echadas, la puerta principal se ofrecía abierta de par en par. «Seve, soy Juanma, tu vecino.» Esas palabras las repetí varias veces hasta que alcancé el umbral de la casa. Nadie me contestó. Sin embargo, oí un llanto tímido, ahogado, algo seco, que procedía del interior. En cuanto entré, lo vi sentado en el mismo sillón que días atrás me había cedido a mí frente a la chimenea apagada, y con una copa de coñac que casi se desbordaba. Fue inevitable fijarme en sus pantuflas. Poliéster y lana virgen de oveja. Lo que se ve y lo que no. Mi presente y mi futuro. En esta ocasión no llevaba su escueta bata. Le había bastado con desabotonarse el cuello y los puños de la camisa, lo que le imprimía cierto aire de actor olvidado. Dejé a Boludo en el jardín y cerré la puerta como si hubiese acudido a una cita programada. El aroma del alcohol pugnaba con una especie de fragancia de lavanda. Era desconcertante pensar cómo en su casa el equilibrio parecía una obligación, mientras que en la mía era la osamenta de un animal extinguido hacía ya milenios.

—¿Qué tal, Seve? ¿Todo bien?

—Cojonudo, vecino. Estás en tu casa.

En cuanto pronunció la primera palabra, consiguió ocultar su llanto como quien se recoge un mechón de pelo tras la oreja, pero era evidente que estaba en el fondo de un agujero de desconsuelo. Me serví un coñac, porque pensé que eso nos bendeciría con algo de complicidad, y me senté en el otro sillón. En esta ocasión habíamos intercambiado el lado del espejo, y me resultó inevitable reparar en la carga literaria de esa casualidad, a pesar de su innegable futilidad.

—¿Y bien? ¿Me vas a decir qué te pasa?

—Da un buen trago a ese elixir, vecino. No me creo que no lo hayas echado de menos.

—¿Por qué crees que he vuelto?

Levanté ligeramente la copa a modo de brindis en la distancia, y enseguida me arrepentí por el temor a que se la derramara encima a Quisquilla. Pero él no me correspondió en el ademán. Perdió la mirada en la oquedad de la chimenea, y fue entonces cuando reparé en que el perro no estaba ovillado en su regazo. Una tímida mirada a un lado y a otro. Vuelta a su regazo. Nada en sus pies. La alfombra despejada. Ni rastro.

—¿Y Quisquilla?

—Ya ves, vecino.

La marejada que había ocultado a mi llegada volvió a azotar en su rostro, y mi reacción fue refugiarme torpemente en el paño de sus zapatillas.

—Está ingresado. Lo he dejado en la clínica.

—¿Qué le ha ocurrido?

—Nada en concreto. La vida.

—¿Pero es grave?

—Eso qué más da. Si no es esta vez, será la siguiente. Ya está muy mayor.

—...

—No sabes cuán grandes tienes los cojones hasta que te toca decirle a la veterinaria que adelante, que le ha llegado la hora, que le ponga la inyección. Entonces sí. Entonces a lo mejor uno puede pensar de sí mismo que ha hecho algo provechoso en su vida con el poco valor que esconde. No es mi caso, claro. Cuando la veterinaria me lo ha preguntado hoy, le he dicho que no podía, que yo era incapaz de tomar una decisión como esa.

—...

—No vayas a creer que esto me llega de nuevas. Quien tiene perro, bien lo sabes tú, desde muy pronto empieza a pensar que un día dejará de hacerte compañía y que lo vas a pasar jodidamente mal. Pero una cosa es darle vueltas al asunto y otra muy distinta verlo ahí, tumbado en la camilla, apenas hinchando el pecho y con los ojos como dos gotas de agua sucia. Madre mía, vecino. Qué tormento.

—Se va a poner bien, ya verás. Todavía no ha llegado su hora. Creo que has hecho lo correcto no autorizando esa inyección.

—En una situación como esta, hay un dolor profundo e inexplicable. Y a la vez tengo la sensación de que, llegado el momento, Quisquilla sabrá ayudarme a tomar una decisión acertada para que el día de mañana este dolor se convierta en otra cosa más soportable.

—Confía. Va a salir de esta.

—Eso sería cojonudo, vecino. Que se quedara conmigo un tiempecito más. ¿Y tú dónde te has dejado a Boludo?

Me levanté y fui al ventanal a tomar aire y a comprobar que, después de lo que Seve me había contado, Boludo seguía vivo. Alcé la persiana y lo vi sentado en el centro del jardín, con una oreja arriba y otra abajo, mirando cosas que nosotros no vemos nunca. Esa es su postura cuando aguarda mi llegada a casa. Lo he contemplado centenares de veces por la cámara de vigilancia, y a veces pienso que conserva una resistencia blindada y primigenia que a nosotros se nos ha extinguido.

—Está ahí. Muy callado, por cierto.

—Es que sabe que Quisquilla no se encuentra bien.

—Supongo que sí.

—Que no te quepa la menor duda. Y aunque tengan sus diferencias, si se acaba yendo, lo va a echar de menos. Los perros no temen a la muerte, pero saben que ellos también se acaban como el cuenco de agua en el que beben a diario.

—¿Le ha pasado otras veces?

—Últimamente, bastante. El pobre tiene mil cosas. Toma más medicación que yo. Si te paras a pensar un momento, somos nosotros quienes les hemos enseñado el dolor de lo que se va pudriendo con el paso del tiempo. En cualquier otra época, Quisquilla habría muerto en plenas facultades físicas. Pero nosotros les damos complementos vitamínicos, antibióticos y pastillas diuréticas, les cortamos las uñas, los desparasitamos y les limpiamos el sarro de los colmillos. Manda huevos. Déjalo pasar, anda.

—¿A quién?

—A Boludo. Ábrele la puerta.

—No. Ahora está tranquilo. Además, ayer apenas tocó la calle. Le viene bien que le dé el aire.

—Como quieras.

Volví al sillón y de un solo trago me bebí la copa que unos minutos antes yo mismo me había servido, por si el alcohol me iluminaba el camino que debía tomar. Seve había vuelto a perder la mirada en la chimenea, y yo ya no era capaz de distinguir el coñac de la lavanda. Ahora lo único que percibía era un olor incómodo que relacioné instintivamente con los padecimientos internos de Quisquilla. Como mi pensamiento comenzaba a emponzoñarse a buena velocidad, decidí volver a hablar antes de que fuera demasiado tarde para mí.

—¿No te dan calor?

—¿Qué?

—Las zapatillas. La lana del interior. ¿No tienes calor?

—Siempre tengo los pies helados. Es una virtud. ¿Tú no?

—He estado pensando en lo que me dijiste el otro día. Eso de que a veces lo que más importa no está a la vista. Como la lana de oveja de tus zapatillas.

—Sí.

—Bueno, más que no estar a la vista, es que lo tenemos tan a la vista que no lo vemos, que lo pasamos por alto. ¿Puede ser?

—¿Ya has averiguado por qué la vecina ha accedido a contarte su historia?

—No. Eso no.

—¿Entonces?

—T. ha decidido que se marcha a Argentina.

—¿Y qué se le ha perdido allí?

—No está claro del todo. Su padre, con el que lleva más de media vida sin hablar, ha caído enfermo, un alzhéimer galopante, y quiere reencontrarse con él. Pero no es de eso de lo que quiero hablar.

—Tú dirás.

—Antes de marcharse, metió en una carpeta una serie de documentos. Lo sé porque me pidió que se la enviara a Suiza y, de un modo casi protocolario, curioseé en su interior. Me he dado cuenta de que lo que había ahí dentro estaba relacionado de alguna forma con lo que yo pretendía escribir. La carpeta la había dejado entre los libros que tengo pendientes de lectura. Por eso digo que estaba tan a la vista que no la vi.

—¿Y qué pinto yo en todo eso?

—Me hice un par de preguntas. La primera: ¿cuándo pudo llevar a cabo algo así sin que yo me percatara? Responder a esta fue fácil: durante mi ingreso hospitalario. Ahí tuvo tiempo de sobra para indagar y hacer lo que ella tuviera en mente. La segunda cuestión: ¿con qué intención aglutinó todo ese material? Para esta, en cambio, no tengo respuesta todavía, aunque sí he alcanzado a ver una rendija por la que colarme.

—Y esa rendija voy a ser yo.

—Más o menos. Mientras estuve ingresado supe que, como mínimo, una tarde salisteis a dar un paseo juntos. En ese momento, con toda la torpeza del mundo, me ofusqué porque ella no pudo atender mi llamada como a mí me habría gustado. Pero, en realidad, donde debería haber puesto mi atención era en otro punto: ¿qué hacía paseando contigo cuando nunca lo habíais hecho antes? Como ves, otra vez me ocurrió lo mismo. Algo que tengo delante de las narices me pasa totalmente desapercibido.

—Eso es inexacto.

—¿Qué?

—Nosotros, antes y después de esa tarde, paseamos más veces. Quizá no eran paseos en sentido estricto. Yo iba a cualquier sitio y ella iba a otro lado, y si había una parte del camino que podíamos recorrer juntos, lo hacíamos así. Cosas de vecinos, ¿no te parece? No hemos sido grandes amigos, pero sí te puedo decir que le llegó a caer en gracia Quisquilla.

—¿A mi mujer le caía bien un perro?

—Esa impresión me dio.

—Eso sí que es una novedad... Me gustaría que me contaras de qué hablasteis aquella tarde.

—¿Qué has encontrado en la carpeta?

—Ya te lo he dicho. Documentos relacionados con el tema en el que yo había empezado a involucrarme por entonces.

—¿Y en qué te ayudaría saber el fondo de nuestra conversación?

—Una amiga en común dice que esa carpeta quizá esconda nuestra única posibilidad de que se quede aquí, de que no se marche a Argentina a cuidar de un padre que nunca se preocupó ni por ella ni por su hermano.

—Esa decisión es exclusivamente de ella, vecino.

—No me jodas, Seve. A ver si ahora vamos a ser hermanitas de la caridad. Hacemos lo que podemos con lo que tenemos. No me prives de jugar la baza que me pueda ofrecer la carpeta.

—No sé... No lo tengo claro.

—Cuando T. apenas tenía siete u ocho años, aún viviendo en la Patagonia, un día su padre salió de casa y no volvió jamás. No se fue a otro país. Ni siquiera a otra provincia. Se quedó a menos de cien kilómetros de donde habían vivido juntos, y ahí formó una nueva familia. Nunca los llamó. Nunca preguntó por ellos. Por supuesto, no soltó ni un peso. Durante años esa fue la situación. Ellos en un lado esperando a que él dijera algo, y él en el otro, deseando no volver a cruzarse con ellos. Así que a la madre de T. no le quedó más remedio que sacar a sus hijos adelante como bien pudo, y eso, cuando la cosa fue insostenible allí, los empujó a venirse a España. De hecho, nada habrían sabido de él si no hubiera sido por un hermanastro que la buscó y encontró en internet. ¿De verdad te parece muy sensato que, en la situación en la que se encuentra T. ahora mismo, tome una decisión de esa envergadura? ¿Es lo que le corresponde a T.? ¿Irse junto a ese hombre?

—En realidad, dudo que te pueda ayudar lo poco que sé. Ella me preguntó por el barrio. Solo eso.

—¿Ya está?

—Ya te lo he dicho. Estaba interesada en saber algunas particularidades de estas calles, cosas que llamaran la atención, historias especiales que hubieran ocurrido por aquí. Y yo le conté algunos recuerdos que pudieran ajustarse a ese criterio.

—¿Por ejemplo?

—Que, durante los años setenta, los vagones que cargaban el mineral hasta el puerto traían un polvo rojizo que acababa cayendo sobre estas casas. Creo que es lo más raro que yo he vivido por aquí.

—¿Algo más?

—Puede que le hablara sobre el arquitecto que diseñó el barrio, porque es muy conocido en Almería, y sobre la gran reforma que sufrió la plaza de España, frente a la iglesia, porque es un recuerdo que me trae cosas buenas de mi infancia. También tenía interés en la casa de la vecina. Pero eso lo relacioné con el malentendido que se había producido por tus merodeos nocturnos. De hecho, me pidió que hablara con ella, que le explicara que eras inofensivo.

—¿Y le contaste algo sobre esa casa?

—Es una casa como otra cualquiera. ¿Qué le iba a contar?

—Lo que le ocurrió al niño, por ejemplo.

Seve clavó sus ojos en mis gafas y, por un momento, temí que la conversación hubiera llegado a su final. Desesperadamente intenté agarrar el hilo antes de que la cometa fuera inalcanzable, pero la copa de coñac, del mismo modo que me había ofrecido algo de sosiego, me había robado rapidez en la improvisación. Por suerte, Seve habló y yo respiré aliviado.

—No. Lo que le ocurrió al niño...

—¿Sí?

—Lo que le ocurrió al niño no es algo que tenga que llamar la atención de nadie, salvo de quienes lo conocimos.

—Vale.

—La verdad es que tu mujer no me dijo por qué quería saber todo eso. Pero aquella tarde me sentí torpe, inútil, un viejo en toda regla, porque apenas fui capaz de darle información sobre el barrio, y eso que he pasado toda mi vida en esta casa. Así que esa misma noche busqué en los cajones algo que pudiera ayudar. No sé si a ella o a mi desastrosa memoria. Encontré un par de viejas postales de la plaza de España, que valen un dinero, por cierto, porque son de coleccionista, una foto en la que salía el antiguo propietario de la casa de la vecina y dos botones que él mismo me regaló siendo un niño y que pertenecieron a una de sus chaquetas militares. Ese hombre también ha sido de lo más raro que ha tenido este barrio. Al día siguiente la busqué para mostrarle lo que había encontrado. Me sentí bien porque me dijo que le iba a resultar de gran ayuda. Me sentí un buen vecino. Ella sonrió con sinceridad y me dio un abrazo. De verdad que solo es eso. Que me sentí bien, útil, necesario, quizá acompañado. Y, paradójicamente, conforme me oigo diciéndotelo ahora, me doy cuenta de lo ridículo que suena todo.

—No te preocupes, Seve.

—...

—¿Era militar?

—¿Quién?

—El hombre de la fotografía.

—No llegó a tanto. Siendo muy joven, combatió en la Guerra Civil. Del lado de los nacionales.

—¿Y quién es el niño que lo acompaña?

—Ese niño soy yo... ¿Así que eso fue lo que guardó en la carpeta? ¿Lo que yo le entregué?

—También un papel con el título de un libro sobre semillas.

—Eso no estaba entre lo que le di.

—Y unas vagas indicaciones de una casa.

—No sé qué decirte.

—Hace alusión a una casa con una valla de madera, al final de una cuesta.

—Vale.

—¿Qué?

—No fue algo que yo le diera expresamente. Es algo que ella cogió. Le conté que hacía mucho tiempo que los vecinos no vivían ahí, en la casa de la esquina, que se marcharon a un pueblo y que fui yo quien les encontró una preciosa vivienda, rodeada por una valla de madera, al final de una cuesta, que estaba flanqueada por buganvillas. En aquel momento fue la primera casa que se puso a tiro. Había urgencia en aquella operación. Pero luego resultó ser el lugar perfecto: distinto pero con la misma esencia.

—¿La misma esencia que la casa que venden en esta calle?

—Eso es. Primero la alquilaron, y con los años tuvieron la oportunidad de comprarla, y eso hicieron. Supongo que tu mujer, cuando le contaba todo esto, debió de anotar algunas de mis palabras.

—¿Pero para qué?

—No lo sé. Sobre eso no me dijo nada.

—Hay algo a la vista que no estoy viendo, Seve.

—Quizá intentaba comprender la razón de tu interés, de tanto empecinamiento, de esa obsesión que te tenía dando vueltas por aquí. Porque tienes que reconocer que, tirando de eufemismo, era bastante llamativo lo que hacías.

—No ha intentado algo así jamás. ¿Por qué lo iba a hacer en esta ocasión?

—No sé. Tú eres quien la conoce.

—¿Estás seguro de que el título no se lo diste tú? *El libro de las semillas.* ¿No te suena?

—Yo no se lo di. Estoy seguro.

—No sé cómo encajar todo esto. Ni siquiera sé si tiene que encajar.

—¿Pero ves por algún lado eso que decía vuestra amiga?

—Es más amiga de T. que mía.

—Da igual. ¿Entiendes ahora por qué te dijo que esa carpeta era vuestra última oportunidad?

—Lo cierto es que no.

—Supongo que tendrás que mirar mejor entre todo lo que has ido reuniendo.

—¿Y por qué querría recuperar la carpeta con tanta urgencia? No me lo explico.

—Quizá buscaba devolverme las postales, la foto y los botones, a fin de cuentas solo era un préstamo.

—Para eso habría bastado con que me pidiera que te trajera la carpeta.

—Estáis pasando un momento complicado. Ninguno de los dos pensáis como os gustaría pensar. Date tiempo. Dáselo a ella.

—Ya.

—Vamos a servirnos otro coñac, anda.

—No, gracias. Quiero pasarme por el jardín de la vecina a ver si la veo. Me gustaría hablar con ella.

—Precisamente por eso, este es el mejor momento para otro coñac.

—No te entiendo.

—La vecina se ha ido. Ya ha vendido la casa.

—No puede ser.

—Ella misma me lo ha dicho esta mañana.

—Pero aún no ha terminado de contarme su historia.

—Según ella, llegasteis al final en vuestra última conversación.

—Mierda.

—Acércame tu copa.

—Habla con ella. Necesito un último encuentro. A ti te hará caso. Dice que una vez fuiste su ángel de la guarda.

—Vecino...

—Por favor.

—Vecino, me ha dicho que llegasteis al final.

—...

—Eres escritor. Nadie mejor que tú para entender esas palabras. Acerca la copa.

TRECE

Sesión 11. Transcripción natural. Dos interlocutores. Fragmento 1/1.

YO: Esta va a ser nuestra última sesión.

DOCTORA WILKES: Vale.

YO: ¿Vale?

DOCTORA WILKES: ¿Sabes cuántas veces he oído esa frase en esta consulta? Una ya ha aprendido que un «vale» es una buena manera de afrontar lo que venga después. Así que sí: vale.

YO: No es por nada que haya ocurrido aquí. Me marcho durante un tiempo a mi casa de Bárago y eso hace imposible continuar con nuestras charlas. No te he avisado antes porque la decisión la tomé anoche. Y mi intención es largarme cuanto antes. La casera me va a hacer el favor de estar pendiente de la empresa de mudanzas. Probablemente sea un desastre, pero tampoco hay mucho margen.

DOCTORA WILKES: ¿Y se puede saber cuál es la razón de tanta prisa?

YO: Mi vecina se marchó hace una semana.

DOCTORA WILKES: ¿Y tu atormentada vida ya no tiene sentido en esta pequeña ciudad?

YO: Vaya... Últimamente le estás haciendo un buen hueco al humor.

DOCTORA WILKES: Nunca me han gustado las despedidas. Supongo que esta vez es por eso. Pero insisto. ¿Tu vecina se marcha y ya no le encuentras sentido a seguir aquí?

YO: No es tanto que no tenga sentido quedarme como que creo encontrárselo a marcharme a Bárago. Además, hay una parte buena en todo esto. Puede que haya llegado el momento de sentarme a escribir. Me refiero a la novela. Y supongo que alguna responsabilidad tienes en esa decisión.

DOCTORA WILKES: Te agradezco las palabras, pero lo más prudente es que esperemos a ver qué tal se te da. No vaya a ser que al final me convierta en culpable de algo.

YO: Ya te contaré.

DOCTORA WILKES: ¿Y tu mujer?

YO: Bueno... Mi mujer... No sé yo si esa es todavía una manera precisa de llamarla. Al parecer se va a Argentina.

DOCTORA WILKES: ¿Ha empeorado su padre?

YO: Eso seguro. Porque no creo que esa enfermedad ceje en su empeño. Pero también dice que se marcha por ella misma, por lo que un día fue, por lo que nunca quiso dejar de ser. Creo que se le ha desparramado la nostalgia una vez más.

DOCTORA WILKES: ¿Habéis hablado con la calma que merecéis?

YO: No.

DOCTORA WILKES: Mira, Juanma, una relación de más de diez años no es como un jarrón que se cae de una mesa. Deberíais tener una conversación. Y que conste que no me atrevería a decirte esto si no fuese por la drástica decisión que parece haber tomado ella y porque puede que esta sea mi última oportunidad para aconsejártelo.

YO: Le he escrito algún correo, pero...

DOCTORA WILKES: Aún estáis a tiempo.

YO: Supongo que sí.

DOCTORA WILKES: ¿Sigues pensando que interfiere en tu escritura?

YO: Claro. Pero es que mi literatura es pura interferencia. En realidad eso no debería ser malo. O al menos no más malo que las veces anteriores.

DOCTORA WILKES: Inténtalo. ¿Qué puedes perder? Con suerte hasta te depara un excelente capítulo.

YO: Uno para el final, ¿no?

DOCTORA WILKES: Eso ya depende de ti.

YO: Más bien de ella.

DOCTORA WILKES: ¿Me has dicho que tu vecina se fue hace una semana?

YO: Sí. Sin avisar. Casi de un día para otro.

DOCTORA WILKES: Pero la decisión de marcharte deprisa y corriendo a Bárago la tomaste anoche.

YO: Así es.

DOCTORA WILKES: ¿Por qué ahora y no antes?

YO: Por el jardín.

DOCTORA WILKES: ¿Qué?

YO: Te lo cuento. Me parece un buen colofón para estas sesiones.

CATORCE

El día antes de mi última sesión con la psicóloga, una semana después de que Seve me diera la noticia de que la vecina había vendido la casa y se había marchado, recibí el mensaje que me auguró Helena. En él me detallaba la información sobre un vuelo que salía de Madrid en tres días y la dirección de un hotel. Todo tan puntilloso como impersonal. Tan funcional como radioactivo. Esta vez no cerraba el texto con ninguna palabra o comentario que buscara mi furia, mi trastorno, mi pesadilla. Pero tampoco era necesario porque el desconcierto en el que vivía se encargó de componer en mi cabeza una música insoportable con el nombre y la dirección del hotel, la fecha y hora de salida del vuelo, y la idea de que quizá esa fuera mi última oportunidad de que ella renunciara a ese viaje. Aun así, ni con esas lograba amontonar el valor necesario para acometer lo que Helena me había propuesto: hablar con T. cara a cara. La razón de mi indecisión no radicaba en lo que pudiéramos decirnos en el *hall* de un hotel o en la terminal de salidas del aeropuerto. Nacía de mi incapacidad para asumir que mi vecina se hubiera marchado de ese modo tan abrupto, sin siquiera despedirse, sin ahuyentar las dudas sobre si ya estábamos en un final sin más finales. Alejarme del vecindario, aunque fuese para buscar a la mujer con la que había compartido los últimos diez años, suponía certificar que la historia por la que yo había peleado casi irracionalmente ya no daba más de sí. Mi vecina se había ido y todo había acabado. Y creía que con mi permanencia en el barrio me negaba a firmar sobre esa línea de puntos. Así que, sin ser muy consciente de ello, necesitaba que algo me zarandeara con esa fuerza que te saca de ti mismo y te permite contemplarte como lo haría un narrador en tercera persona, aunque ya no se lleven tanto. Por suerte, ese algo acabó delante de mis ojos.

Mirad.

Unas horas después de recibir el mensaje de Helena, ya metidos en una tarde encapotada, de esas que huelen a una lluvia que no terminará cayendo, me encontré una imagen inédita de la casa. Habían colocado una valla metálica en el frontal, y el jardín estaba siendo podado. En una poda no tiene por qué haber hostilidad. Es un acto que busca el vigor de las plantas y el equilibrio del jardín. Otra forma de hablar de amor. Pero lo que se intuía detrás de aquella imagen era de una violencia inquietante. Los árboles más robustos habían sido desposeídos de todas sus ramas, quedando prácticamente reducidos a puro tronco; las buganvillas y los jazmines habían sucumbido a los cortes indiscriminados de alguna motosierra, y parecían trepar fachada arriba como si quisieran escapar por la azotea; por primera vez la casa dejaba a las claras cuál era el estado de su vieja piel, y sus ventanas se mostraban vulnerables, asustadas, de espaldas a la luz de la tarde. Sentí un aguijonazo en el estómago, que ascendió hasta casi cerrarme la garganta. Esta mujer tenía razón, me dije. Si aquello no era el final de algo, qué podía serlo entonces.

La belleza extrema que yo había contemplado en ese jardín; las veces que el niño había correteado por él mientras su padre le contaba alguno de aquellos relatos; la mirada de mi vecina a través del ventanal buscando a su hijo cuando ya no estaba con ellos. ¿Dónde quedaba ahora todo eso? ¿Qué necesidad había de destrozar el jardín con tal fiereza? Ahí fue cuando tomé conciencia de que ya no pintaba nada en el barrio. No del modo, al menos, en que lo había hecho hasta antes de que amontonaran todos esos rastrojos frente a la fachada. La contemplé convencido de que esa sería la última vez. «También has sido mi casa.» Eso dije en voz alta mientras sacaba el móvil del bolsillo para fotografiarla. Después recordé una de las preguntas que le había hecho a la mujer en alguna de nuestras conversaciones. «¿Cuándo un jardín deja de ser un jardín?» La imagen que me ofrecía la pantalla del móvil también podría haber sido una buena respuesta.

QUINCE

Llegué al hotel a eso de las ocho de la tarde, aunque el cielo no mostraba el más mínimo indicio de que la luz fuese a declinar. La chica de recepción, después de escucharme con atención apostólica y sonrisa acorazada, me sugirió que esperara en los sillones de la cafetería. Y eso hice. Mientras me acomodaba junto a uno de los ventanales, la vi descolgar el teléfono, hablar durante apenas medio minuto y volver a colgar. Me sonrió con oficio desde la distancia. Aquel era un buen hotel: suelos de mármol, generosa amplitud, materiales nobles y decoración de autor. Así que me incliné por pensar que había sido un detalle de la cuenta corriente de Helena. A ojo de buen cubero, un hospedaje de un par de noches, sin irnos a pensión completa, podría rondar los seiscientos euros. Eso eran algunas visitas de Boludo al veterinario. Eso era mucho amor. Me pedí una cerveza y, en cuanto me la bebí, regresé al mostrador de recepción para decirle a la chica que yo seguía existiendo al fondo a la derecha. «La señora me ha precisado que bajará en cuanto esté lista.» Se lo agradecí, volví a mi sitio y pedí otra cerveza. La verdad es que, por mucho que le había dado vueltas a ese momento, no tenía claro si existía una buena manera de comenzar la conversación. Persistía en mí la impresión de que se había marchado de casa por una estupidez, de la que yo era responsable, eso era evidente, y que luego, por carambolas emocionales y alguna mala decisión, se había desmadrado todo. Pero también sabía que esa sinopsis de los hechos no era una buena manera de romper el hielo. Así que me preocupé más por alejar ese pensamiento de mi boca que por sustituirlo por otro más constructivo.

Cuando ya casi había dado buena cuenta de la segunda cerveza, me levanté para recolocarme la camisa y sentí el abrazo de corcho que suele traer el alcohol. No había comido nada desde que, ocho horas antes, dejara atrás Almería. La incertidumbre me había cerrado el estómago y la conducción me había disparado un cepo en la espalda, de modo que las cosas no estaban yendo por un camino muy prometedor. Me planteé volver a recepción, pulsar la campanilla y preguntarle a la chica si el tono de voz de la señora al otro lado del teléfono le había permitido deducir cualquier cosa por microscópica que fuera, pero hasta con dos cervezas en el estómago vacío la idea se me antojó una extravagancia.

No sé cuánto tiempo estuve esperando. Algo más de medio litro de cerveza. Dos pequeños diálogos con la recepcionista. Un buen puñado de vistazos compulsivos al teléfono móvil. Una charla con el camarero sobre bebidas artesanales. Unos cuantos ensimismamientos. La cuestión es que cuando la puerta del ascensor se abrió y T. asomó en el *hall*, yo ya me sentía muy cansado y, en contra de lo que se pueda pensar, ese cansancio fue un gran aliado de la sinceridad. Ella, en cambio, salió a escena con la luz que anuncia que ya no llueve. No vestía ni una sola prenda que yo le hubiera visto antes. El collar, grande, con piedras verdes, aguamarinas, podría haberlo rastreado en alguna de nuestras fotos. Pero la camisa ancha con un suave bordado, los vaqueros oscuros y las sandalias de cuero debía de haberlos comprado después de su marcha. Estaba tan convencido de ello que habría apostado a Boludo.

En cuanto se sentó frente a mí, al contemplar sus ojos, me percaté de que había estado llorando. Y me sentí muy mezquino porque con toda probabilidad, mientras ella lo hacía en la habitación, yo me había dedicado a dilucidar si era o no un buen momento para dejar ese sillón durante unos minutos y vaciar la vejiga. Mi vida tiene más que ver con una función de títeres que con una tragedia griega, por mucho que yo me empeñe en darle hondura. Y si en algún momento lo he logrado, ha sido gracias a los silencios con los que ella a veces ha conseguido taponar mis gargarismos literarios. Olía tan bien como siempre, aunque no se tratara del mismo perfume. Precisamente estaba dejándome llevar por el fresco remolino de su fragancia cuando pidió un vino blanco de una denominación que no había oído en mi vida. El camarero preguntó si queríamos algo más. Ella contestó que no, a pesar de que mi vaso vacío se alzaba sobre la mesa como un portarretratos sin foto. Así que hice una señal con la mano para que me trajera otra cerveza, que no trajo porque no supo interpretar mi súplica, o porque ya me dio por ahogado en mitad de aquel oleaje.

—Antes de salir de Zúrich, Helena me dijo que te había dado la dirección del hotel. Se sentía mal. Me da pena porque al final se ve afectada por todo esto.

—¿Pena?

—¿No sabes lo que es?

—No creo que se haya sentido mal, la verdad. Lo que ella quería era demostrar que, aun habiéndome facilitado la dirección de tu hotel, no iba a reunir el valor para venir a buscarte. Pero se ha equivocado una vez más.

—Si tienes que reunir valor para algo así...

—A lo mejor esa expresión no es la más precisa. Aunque la idea sí que lo es.

—Veo que sigues perdiendo el tiempo en lo circunstancial.

—Lo circunstancial, en este caso...

—Pero yo no. Así que pasemos a otra cosa.

—Vale... Entonces es verdad que te quieres ir a Argentina. No es un invento de tu amiga.

—¿Quién está para inventos? ¿Tú estás para inventos?

—No, claro que no.

—No creo que mi marcha sea algo que te deba sorprender. Lo hemos hablado muchas veces.

—Hemos hablado de irnos los dos juntos. Y siempre con billetes de vuelta.

—Bueno... Han cambiado algunas cosas.

—¿Y me puedes explicar qué ha cambiado?

—No me digas que has venido hasta aquí para pedirme explicaciones.

—Para hablar de lo que tengamos que hablar.

—De lo que tú tengas que hablar. A estas alturas, yo no siento esa necesidad.

—Vamos a evitar herirnos más.

—Ni siquiera sé cómo podría herirte. Ese es el nivel. Porque de un tiempo a esta parte me pregunto si te conozco como creía.

—T., por favor, ya te lo he pedido, hablemos sin herirnos.

—Sé que cualquier cosa que yo diga te va a parecer una agresión. Y esa es una actitud, por cierto, muy infantil.

—¿Cuál sería la actitud adulta?

—Asumir que esto va a doler.

—Precisamente por eso, quizá deberíamos haberlo abordado antes.

—Estoy de acuerdo.

—¿Cuántas veces he intentado hablar contigo durante este tiempo?

—Qué desastre, Juanma.

—¿Por qué?

—¿Qué quieres decir con lo de «intentar hablar»? ¿Llamar para contarme que has oído una misteriosa voz de niño en una casa abandonada? ¿Garabatearme una nota en la que me dices que mi hermanastro no consigue contactar conmigo para informarme sobre no sé qué de mi padre? ¿O pedirle al tuyo que medie entre nosotros?

—¿El mío? ¿Te ha llamado mi padre?

—Sí.

—¿Y qué te ha dicho?

—Nada. O casi nada. Pero porque no se lo he permitido. En cuanto descolgué me soltó que te estabas muriendo y que ahora es el perro quien manda en la casa. Por ahí no, Juanma. No tenemos que convertir todo en un esperpento.

—¿Tú te crees que yo voy a pedirle a mi padre que arregle algo? Ni esto ni nada. Lo sabes de sobra. Ha sido cosa suya.

—¿Qué es eso de que te estás muriendo?

—Ya lo conoces...

—¿Pero has ido a recoger los resultados de los análisis? ¿Tú ves normal que un médico me tenga que escribir?

—Ni lo veo normal ni creo que sea legal. Me estoy planteando presentar una queja formal en el Colegio Oficial de Médicos.

—¿Qué te pasa?

—Nada grave. La prolactina está muy alta. Ya está.

—¿Y eso qué significa?

—Más pruebas y una pastilla. Todo está controlado.

—Ya. Todo bajo control. Como siempre, ¿verdad?

—Eso es.

—Cuídate tú mismo, Juanma. Porque yo ya no soy tu madre.

—No empieces... ¿A qué viene eso?

—Sabes perfectamente a qué viene.

—No tengo ni idea.

—Pues te lo cuento yo. Va a ser todo un poco más triste, pero ya que tú has reunido el valor para venir al hotel y yo me he convencido de que lo mejor era bajar de la habitación, seamos sinceros.

—Toda esta ceremonia no puede ser por lo que dije en el restaurante italiano. Es imposible. ¿Cuántas veces he sacado los pies del tiesto con mis veleidades literarias y no te lo has tomado de este modo? ¿Cuántas?

—Ese es uno de los problemas. Que ese «cuántas» encierra un «demasiadas». Aun así reconozco que no me marché porque me acusaras de ser la culpable de tu bloqueo creativo. Eso es una gilipollez lo mires por donde lo mires, aunque me escueza, tengo que reconocerlo. He sido yo quien se ha ido, pero fuiste tú quien dejó de acompañarme hace muchísimo tiempo. Hay que estar muy ciego para no verlo, y me temo que tú lo estás. Pero con que ahora entreabras un poquito los ojos verás el protagonismo estelar de tus rarezas; tus viajes de escritor solitario a ciudades que curiosamente algún día pensamos que visitaríamos juntos; tus obsesiones intransferibles, paralizantes, egoístas, innegociables; esa hipocondría expansiva y tan poco excitante, por cierto; los ensimismamientos inoportunos cuando al final de cualquier día ya solo quedábamos nosotros; tú y tu psicóloga y vuestras teorías demenciales para justificar lo injustificable; tus mentiras, porque siempre las hay, Juanma, siempre; tu comportamiento inexcusable con los vecinos, no solo con la mujer del jardín, también con Seve, de quien siempre te has burlado, o con mi familia, de la que siempre has huido; tu mala hostia en casa y tu engolado buen humor en las librerías y en los salones de actos; y, por supuesto, tu madre, tu padre y el artista de tu hermano revoloteando sobre casi todas nuestras decisiones. Podría estar así un buen rato. Porque no me ves, Juanma. Que hace demasiado tiempo que no registras lo que hago, pienso o siento. Que ya me he cansado de organizarte la agenda, de asegurarme de que la impresora no se quede sin tinta, de acostarme tarde yo para que puedas madrugar tú, de soportar con buena cara lo que tengas que escribir sobre nosotros y de ayudarte a salir de cada uno de tus bloqueos llegando a hacer lo que ni siquiera está en mi mano.

—Ya veo que tienes las cosas muy bien pensadas. ¿Me puedes explicar qué has hecho tú para que yo salga de mis bloqueos? A ver si va a resultar que voy a tener que cederte la mitad de los derechos de autor de cada libro.

—Por ahí no.

—No, por ahí sí. Dime. ¿Quién escribe? ¿Tú o yo?

—Por favor...

—Lo has dicho antes. Yo he venido y tú has bajado. Ahora seamos claros.

—Está bien. Si es lo que quieres, entonces hagamos memoria. De esto ya hace algunos años. Eras incapaz de escribir una sola palabra que te diera calma. Estabas amargado porque no encontrabas por dónde empezar, así que repetías una y otra vez que te dedicabas a atravesar un río o un lago oscuro, y que tarde o temprano ibas a conseguir llegar a la otra orilla. Aquello no fue flor de un día. Estuviste con esa cantinela durante meses. ¿Te acuerdas?

—Sí.

—¿Lo atravesaste?

—Pero...

—¿Atravesaste el río sí o no?

—...

—No atravesaste una mierda. Lo que ocurrió fue otra cosa bien distinta. Yo decidí que cambiáramos de aires para ver si así conseguías salir de ese estado catatónico que se iba a llevar por delante todo, y me pateé muchísimas inmobiliarias, y me dejé las pestañas en el portátil hasta que di con una buena casa, y entonces nos mudamos, ¿verdad?, con todo el sacrificio económico y físico que suponía eso. ¿O es que crees que a mí me apetecía cargar con nuestra vida de un lado para otro? ¿O es que crees que yo tenía otra razón que no fueras tú para hacer algo así? No. Lo hice porque siempre creí que, por encima de cualquier cosa, incluso de nosotros, sobre todo de mí, estaba tu talento y tu vocación. Esa por la que tanto te felicitaban en cuanto llegábamos a cualquier sitio. ¿Y qué ocurrió después, Juanma?

—...

—Que una vez instalados en la nueva casa se obró el

milagro y fuiste capaz de escribir no una novela, sino dos casi de forma consecutiva. Entre ellas, la del gran premio, la que se suponía que te cambiaría la vida, la que te iba a poner en el centro de la escena, la que te alejaría definitivamente de la penuria de tener que ir llamando de puerta en puerta, la que tanto tiempo llevabas buscando a fuerza de madrugones y renuncias. Todo esto no es una interpretación mía. Son las palabras que te has hartado de decir en las entrevistas, en las presentaciones... ¿Cómo era aquello? «Escribo a las cinco de la mañana con un pie en el sueño; fue una mudanza la que me ofreció luz y orientación; ahora trabajo desde el entusiasmo.»

—...

—Eso una y otra vez. Como diría un tertuliano, ahí está la hemeroteca para comprobarlo.

—...

—Sin embargo, llegó el nuevo bloqueo. Era previsible. La presión del éxito. Aunque yo creo que más que del éxito, nacía de la certeza de que la vida no te había cambiado tanto como tú esperabas. Entenderás, no obstante, que no podamos estar mudándonos cada vez que a ti te dé una crisis. Estamos de acuerdo, ¿no? Por eso me pareció una salida interesante y comedida pedirte que le comentaras a tu psicóloga la situación en la que te encontrabas. Eso también es ayudarte a salir del bloqueo, lo creas o no.

—¿Ahora también es mérito tuyo lo que haya podido aportar mi psicóloga?

—No. Lo que estoy diciendo es que tú, cada vez que te has sumido en ese estado, te has limitado a retozar en tu propia amargura. De hecho, creo recordar que cuando te dije que hablaras con ella sobre el asunto, te negaste porque, según tú, verbalizar lo que te estaba ocurriendo era hacerlo todo más grande. En cualquier caso, ya que nos acabamos de colar en la consulta de tu psicóloga, aprovecho para decirte que no creo que esas charlas te hayan ayudado lo más mínimo en la tarea de volver a escribir. Porque, a decir verdad, no te imagino diciéndole ni una sola palabra que te nazca del corazón.

—¿Tú qué sabrás?

—¿Has escrito alguna novela en este tiempo?

—Puede que esté en ello.

—Tú sabes de sobra que decir que estás en ello es lo opuesto a escribir.

—Bueno, eso es algo de lo que ya no tienes que preocuparte.

—En eso tienes toda la razón.

—Quizá no haya sido tan buena idea venir a hablar. No parece que te haya pillado en un buen momento.

—No es ni bueno ni malo. Me temo que, sencillamente, es el único que nos queda.

—Como sigas hablando así, T., vas a morir de solemnidad.

—Míralo como quieras. El desahogo de hoy quizá sea lo único a lo que podamos agarrarnos en un tiempo. Así que no voy a perder la oportunidad.

—Si tú lo dices.

—Sí, claro. Si no, ya me conoces, me callaría. Es más, aún no he acabado.

—¿Me has rescatado más veces de mis detestables bloqueos?

—Digamos que lo he intentado en alguna ocasión más.

—Adelante.

—¿Te acuerdas de la carpeta que me enviaste?

—Cómo no.

—¿Funcionó?

—¿Qué tenía que funcionar?

—Seguro que no nos va bien desde hace más tiempo del que tú y yo pensamos. Porque estas cosas empiezan a dar la cara cuando ya se han hecho fuertes. La semana de tu ingreso hospitalario, me sentí bien, dormí como una niña, encontré una tranquilidad que hacía tiempo que se me escapaba y me aproximé a mí misma con honestidad. Había paz. En mí y fuera de mí. Soy consciente de lo mezquino que suena esto que te digo. Tú meando por un tubo en un hospital y yo sintiéndome tan plena en casa. Pero es que tu ausencia no se me reveló como una silla vacía, un silencio incómodo o un plato que ya no tuviera que meter en el lavavajillas porque lo hubieras olvidado sobre la encimera. También te reconozco que no era una sensación totalmente nueva. Ya había sentido algo parecido durante alguno de tus viajes, aunque en esas ocasiones lo achacara a que todo el mundo disfruta con un poquito de soledad controlada. Que te lo digan a ti si no. Sin embargo, esta vez había algo diferente. A ese alivio inmediato se le agregó una voluntad irrenunciable: no estaba dispuesta a que esa nueva tranquilidad, viniera de donde viniera, se acabara marchando. Sé que no es una meta tan ambiciosa como las tuyas, pero tuve claro que si quería que eso fuera así, me tenía que ir de casa. La noche en la que cenamos en el italiano era el momento que había elegido para decírtelo, para contarte lo que me estaba pasando, cómo me sentía, para escuchar lo que tuvieras que decirme, pero empezaste con toda esa palabrería engolada e hiriente y me di cuenta de que ni siquiera te merecías una despedida sobre la que lamentarte. Incluso me planteé renunciar a lo que hasta entonces había guardado en la carpeta, pero ese trabajo ya estaba hecho, me había llevado un tiempo y un esfuerzo, y, además, no lo voy a negar, también me pesaba la mala conciencia por lo que estaba a punto de llevar a cabo: largarme sin decir ni mu. Así que la dejé en esa estantería como quien pone un plato de comida en el microondas a la espera de que llegue alguien hambriento. Era lo mínimo que podía hacer.

—¿Para qué?

—Le pedí a Seve que me contara algunos detalles del barrio, de su pasado, de su gente. Ese hombre lleva viviendo ahí toda la vida. Hasta tuve que fingir que su perro me parecía un animal entrañable, con lo raro que huele y lo inquietante que tiene el pelo. Todo con el fin de encontrar algo que pudiera funcionar. Porque yo conozco los engranajes de tu cabeza. Son muchos años ya. De lo que Seve me ofreció, que no fue mucho, elegí algunas cosas, las que podían resultar evocadoras sin renunciar a cierta naturalidad, de esto tú sabes más que yo, y las guardé en una carpeta, la más vieja que encontré, de un modo aparentemente torpe e inconexo, casi azaroso, tú quizá habrías dicho poético, y la coloqué entre tus propios libros con la esperanza de que no tardaras en dar con ella. Por cierto, cuando acabes, devuélvele todo a Seve. Ese contenido debía llevarte a atar cabos, a hacerte preguntas, a buscar más, a seguir adelante, a sentarte a escribir como en tus anteriores novelas. Yo te imaginaba intuyendo conexiones, pasadizos, fogonazos que te fueran alejando de esa indigestión creativa de la que no parecías salir por muchas vueltas que le dieras al jardín. Pero ya en casa de Helena, supongo que porque mi ánimo no era el mejor, empecé a dudar de si la encontrarías. Los días pasaban y no recibía la pregunta que yo aguardaba y, por tanto, no podía ofrecerte la respuesta que tenía: «¿Oye, T., has puesto tú esta carpeta entre mis libros?». «No sé de qué me estás hablando, Juanma.» Mi necesidad de que cayera en tus manos se iba haciendo insoportablemente grande, y al mismo tiempo sabía que si te decía o sugería dónde estaba la carpeta, el efecto acabaría siendo el opuesto. Así que se me ocurrió la idea de pedirte que me la enviaras, porque si eso ocurría, no albergaba la menor duda de que tú la abrirías y la analizarías con lupa. A Helena, cómo no, le pareció una locura en la que al principio se negó a participar. Me costó convencerla porque ella malinterpretaba lo que yo intentaba explicarle. A mí, en cambio, se me antojó un destello de lucidez. No sé qué acabó propiciando en ti, pero, en cualquier caso, demuestra algo con total claridad: yo lo intenté hasta el último momento.

—Aún no has respondido a mi pregunta. ¿Para qué?

—Cómo que para qué. Para aproximarte a lo único que tú crees que te ofrece plenitud. Esa plenitud en la que estás tan solo, por cierto. La escritura. O, como tú sueles decir desde una falsa sencillez, tener algo que contar. Pero, Juanma, a estas alturas tampoco me da pudor ser mezquina. También lo hice porque me convenía, porque creí que esa jugada, si salía como yo pensaba, me ofrecería el tiempo que necesitaba en ese momento: estarías tan arrebatadamente enfrascado en tu búsqueda, en tu escritura, en ese inflamado *tener algo que contar*, que ni siquiera intuirías la decisión que, por fin, yo estaba a punto de tomar.

—Marcharte a Argentina.

—Marcharme o no marcharme. Aún no lo sabía. Lo que sí tenía claro era que una decisión como esa tenía que tomarla desde la extraña tranquilidad que había sentido durante tu ingreso. ¿Pero cuánto me podía durar a mí esa tranquilidad si me quedaba en casa y acababa sepultada por lo que es importante para ti, siempre para ti? Así que pensé que la carpeta era una buena manera de proteger mi decisión y, de paso, por qué no, te podía servir de algo en tu tarea.

—...

—¿Fue así?

—¿Qué?

—Si te sirvió de algo...

—No he comenzado a escribir. Y, si te soy sincero, no llegué a interpretar su contenido.

—No pierdo la esperanza de que lo consigas. Aunque no dispuse de mucho tiempo, fue un trabajo concienzudo.

—¿Por qué quieres ir a Argentina, T.?

—No vayamos por ahí, Juanma. Esa decisión no la va a cambiar nadie.

—¿Por qué volver al lado de un padre que durante más de treinta años no ha querido estar?

—...

—No pretendo convencerte de nada. Te doy mi palabra. Si quieres, yo mismo te llevo al aeropuerto a que cojas ese avión. Pero contéstame. ¿Por qué, T.?

—Porque se está olvidando de mí.

—¿No te parece que eso ya ocurrió hace mucho tiempo?

—Puede que esté en nuestra mano no querer saber nada de una hija, que eso dependa estrictamente de tener una voluntad emponzoñada. Pero olvidar es otra cosa, está en otro nivel. No es fácil gobernar la memoria hasta ese punto, ¿no te parece? Nadie se levanta un día, se propone olvidar y olvida. Sin embargo, él, después de muchísimos años, lo está consiguiendo.

—Porque está enfermo.

—Eso no cambia nada. Está consiguiendo lo que se propuso.

—¿Vas a impedirlo? ¿Está en tu mano? Ha tenido toda la vida para ponerse en contacto contigo, y no lo ha hecho.

—Si tu intención es hacerme entender lo obvio, no pierdas el tiempo. No es a mí a quien tienes que convencer de nada.

—¿A quién si no?

—A la niña de ocho años que abandonó. Y dudo mucho que tú, a estas alturas, seas capaz de verla.

—No sé si estás segura de lo que dices.

—No me subestimes.

—Te juro que no lo hago. Pero esto no es tan fácil como ir hasta allí y traer a tu padre de vuelta de su particular más allá para que puedas ajustar las cuentas pendientes.

—Juanma, no es de mi padre de quien tenemos que hablar tú y yo. Dejemos ese asunto, por favor.

—Es que no entiendo nada. Te juro que antes de que salieras de ese ascensor pensaba que en todo esto había más confusión que daño. Y ahora, sin embargo, parece que cualquier cosa que tenga que ver con nosotros está mal.

—No lo parece. Está mal. Y desde hace bastante tiempo. Es algo obvio.

—Pues yo sigo sin entenderlo, T.

—Ya contaba con ello.

—¿Con que no lo entendiera?

—Sí. Pero tampoco pasa nada. Tarde o temprano lo

acabarás entendiendo. Solo has de sentarte a escribir como tantas otras veces. Para ti, por desgracia, es ahí donde tienen que ocurrir las cosas para que cobren su sentido aquí.

—...

—Que corra el tiempo, ya sabes.

—Por lo que veo, esta vez nadie acertó. Ni tú con esos documentos con los que pretendías hacerme escribir. Ni yo con la razón de tu marcha. Ni Helena con su pronóstico. Ella pensaba que lo que realmente escondía la carpeta era un intento de salvar lo nuestro.

—Lo sé. Me lo dijo. Y puede que hubiera un momento en que eso fuera así. Pero ya no soy capaz de encontrarlo por ningún lado.

—A mí también me cuesta encontrar algunas cosas.

—...

—¿De dónde sacaste el título del libro que metiste en esa carpeta?

—Aquí está de nuevo el Juanma que yo conozco.

—¿Me vas a contestar?

—¿A qué?

—*El libro de las semillas...*

—Ah, sí.

—Seve me dijo que él...

—Puede que lo encontrara en internet. No lo recuerdo.

—¿No lo recuerdas?

—No.

—Ya... ¿Qué estoy pasando por alto, T.?

—No sé qué quieres decir.

—Por mucho que te empeñes en darle naturalidad a todo esto, hay algo que no tiene buen encaje.

—...

—Si dejaste esa carpeta para que acabara escribiendo, ¿por qué me exigiste con tal vehemencia que no volviera a acercarme a la vecina?

—Parece mentira, Juanma.

—Para que acabara haciendo todo lo contrario, ¿no?

—Así lo he procurado siempre. Son diez años viéndote frente a ese portátil.

—¿Y tu petición de no salir en mi próximo libro es más de lo mismo?

—No. Pero me temo que eso no va a ser posible, ¿verdad? Cada uno tiene sus necesidades, y a veces, como en este caso, se repelen entre sí.

—¿Y qué supones que necesito?

—Lo de siempre. Sentarte a escribir. Aunque ya no tenga que leerte yo.

—¿Y si lo acertado es lo contrario? ¿Y si lo más inteligente es olvidarme de todo?

—Eso no cambiaría lo que está ocurriendo en la cafetería de este hotel.

—Ya.

—¿Pasas la noche en Madrid?

—No, en cuanto salga de aquí me pondré en carretera. Quiero llegar a Bárago lo antes posible. Le he pedido el favor a Alexis de que me prepare un poco la casa.

—¿Y Boludo?

—Viene conmigo.

—¿Qué tal está?

—Mejor que nosotros. Bueno, al menos mejor que yo. Porque a ti la ropa nueva siempre te sentó como el comienzo de un verano.

—Ropa nueva...

—¿No?

—No, Juanma. Es la misma que llevaba aquella noche

en el restaurante italiano. Entonces me la puse para decirte lo que te he acabado confesando hoy.

—...

—Pero no pongas esa cara. No te preocupes, que ya me he preocupado yo bastante.

DIECISÉIS

Aún recuerdo la cara de la recepcionista cuando dejé sobre el mostrador la fotografía, las postales y los botones dorados, como si fuesen amuletos que bendecir en una especie de conjuro. No sin desconfianza, me aseguró que se los daría en cuanto la señora bajase por la mañana, y me preguntó si por seguridad podía meter todo en una bolsa. Ya sé que T. me pidió que se los devolviera a Seve al término de mi escritura, pero hay cosas que se imponen, si no sobre la voluntad de las personas, sí sobre la de los personajes. Además, no iba a llevar conmigo aquello con lo que ella había intentado mantenerme lo más alejado posible de su gran decisión.

La misma mañana que llegué a la casa de Bárago, sin dormir ni deshacer el equipaje, aún con el estómago vacío y la cabeza llena de voces, comencé la escritura de este libro. No por el principio. Pero es que rara vez los libros se empiezan a escribir por ahí. Y desde entonces, salvo cuando algún padecimiento de carácter leve me ha aflojado el cuerpo, he tecleado todos los días con la misma urgencia que lo habría hecho alguien que teme ser desahuciado de un momento a otro. A pesar de que no vislumbraba cuál sería la última palabra que acabaría escribiendo, fue una de esas rachas fértiles que hasta entonces solo había conocido en la compañía previsora de T., y que ahora iba acoplando a las idas y venidas de Boludo por su nuevo jardín. Estoy convencido de que mi psicóloga, de haber sabido de mi constancia y autocontrol, se habría sentido orgullosa de sí misma.

Tres meses después de aquel primer día de escritura, recibí una llamada de Seve. Me alegró porque cuando uno piensa en una persona tanto como para convertirla en un personaje literario, la nostalgia termina colándose por las rejillas de ventilación de cualquier vida. Y ahí también hay amor, lo mires por donde lo mires. Después de un intercambio de saludos tan protocolarios como llenos de afecto, me contó que había sucedido algo que podía ser de mi interés. La misma mañana del día en que me llamaba, mientras se preparaba el desayuno, oyó un fuerte ruido en la calle y, al salir a ver qué ocurría, se dio de bruces con una enorme pala que había empezado a demoler la casa del jardín. Seve me dijo que sintió una tristeza extraña, como si le arrancaran unas cuantas páginas de su memoria y las viera volar más allá de los terrados del vecindario. Supongo que empleó ese símil por mi condición de escritor, pero lo cierto es que a mí también me embargó una tristeza difícil de calificar. No es ninguna tontería pensar que fue esa conexión la que me animó a pedirle algo sin tener claro qué era lo que realmente buscaba: «Oye, Seve, ¿me envías una fotografía de la casa?». Después de un silencio reflexivo, puede que también algo gozoso, me contestó en un tono desenfadado. «Por supuesto, vecino, cómo no, si tú eres un tipo cojonudo.» Justo después de colgar, recibí la foto y una última demanda: «Si no es mucha molestia, envíame una reciente de Boludo». Y eso hice. Una en la que aparecía junto a su nuevo dispensador de pienso y agua (25 euros), con los ojos entrecerrados, en mitad de un inmenso bostezo. Yo, por mi parte, no me atreví a preguntar por Quisquilla. No hizo falta. Pero deseé, como también deseó Seve algunos meses antes, que ese pequeño gruñón le hubiera confiado la fórmula secreta que convierte cualquier dolor en otra cosa algo más soportable.

Cuando contemplé el mordisco de la pala sobre la fachada, pensé, en mitad de una solemnidad inesperada, que tenía delante de mis ojos un final hecho carne. La tristeza que había sentido durante la conversación con Seve se fue espesando hasta provocarme un hormigueo debilitante. Y aunque recordé que en realidad aquella demolición era la voluntad expresa de mi vecina y de su marido, me pesaba el convencimiento de que eso no era incompatible con que también fuera un error de consecuencias intolerables. Miraba y miraba la fotografía, pero no daba crédito. El jardín era una escombrera de chatarra. Apenas se intuía tras el polvo en suspensión el robusto tronco de una mimosa. Y la pala, dando dentelladas, se enraizaba en el mismo lugar en el que un día contemplé aquella ambulancia con la que había comenzado todo: sus luces envolventes, las puertas traseras de par en par y su testimonio anómalo en mitad de mi mañana. Había un sentido apoteósico en ese final; en que las cosas acabaran justo en el punto en el que habían comenzado, y esa, por tanto, era una buena razón para desconfiar.

Volví a la fotografía más veces de las que puedo recordar. Me echaba en el sofá o en la cama —como es costumbre en mí cuando comienzo a buscar—, la abría en el móvil y la escrutaba cuidadosamente, a la espera de que cualquier detalle me revelara aquello que estaba pasando por alto. Una ausencia, un cambio, una huella, una sombra. Pero al final era la frustración la que me tintaba la mirada y se acababa apoderando de mi paciencia. Día a día. Noche a noche. Sueño a sueño. Hasta que una tarde, mientras paseaba con Boludo por una pista forestal, ocurrió. Como el cuerpo de un ahogado que emerge a la superficie una semana después de que se hundiera, aparecieron frente a mí aquellas palabras con las que mi vecina se aseguró el timón de su propia historia. Entonces, era la primera vez que charlábamos frente a frente, sentados a los pies de la mesa de piedra, y me interesé por la identidad de la persona que se habían llevado en el interior de esa ambulancia. Y ella, con una torsión arriesgada del silencio, de las palabras y de los hechos, me dijo que dar respuesta a esa pregunta era comenzar por el final de la historia, y que eso, lamentándolo mucho, no lo iba a hacer. A cada historia, su orden, añadió. Una emoción desbocada se hizo con mi respiración y comencé a buscar el teléfono móvil en el fondo de mi mochila. «A cada historia, su orden.» Por primera vez en mucho tiempo, tuve la certeza plena de que yo no era el que estaba equivocado. Aquella demolición no era el final de nada. Ella misma me lo había reconocido expresamente: esa ambulancia era el final que yo estaba buscando. En cuanto di con el móvil, escribí un mensaje: «Necesito el número de teléfono de la vecina. Por favor, Seve. Todo estaba a la vista. Como siempre».

Desde que recibí el número hasta que la llamé, transcurrieron dos días. Quería repasar todo. Las conversaciones en el jardín que había ido restaurando tal y como ella me había pedido, las digresiones que había descartado por considerarlas irrelevantes o confusas, las escasas anotaciones sobre jardinería que, como la mala hierba, se habían agarrado a los márgenes de mi cuaderno, y todas las cuestiones que se habían quedado en el aire por su abrupta marcha. Concluí, entonces, que lo mejor era llamarla con el pretexto de que la historia ya estaba en buena parte escrita, pero que necesitaba saber algunas cosas que juzgaba indispensables para que algo, sea lo que fuera, alcanzara un sentido pleno. Y eso hice.

Salí al jardín y me senté a la sombra. Frente a mí, a apenas cien metros, un minúsculo cementerio devorado por la broza de los últimos calores y el verdor de las primeras lluvias. Pulsé la tecla convencido de que saliese lo que saliese de allí sería lo mejor para este libro. Necesitaba un puerto, una orilla, un lugar donde atracar o embarrancar. Tres tonos. Silencio. Un escueto «dígame». No era la voz de mi vecina. Durante unos segundos contemplé la posibilidad de que no hubiera llamado al número correcto. «Dígame.» Pero ese pensamiento se deshizo rápido porque esa voz, liviana, curiosa, vibrante, yo ya la había oído antes. Otro «dígame». El tercero, el último. Entonces pregunté por ella y me identifiqué. Ahora no está aquí, me dijo, y seguidamente colgó. Era la voz de un niño. Esta vez procedía de un teléfono. Pero hubo un día en que vino de la oscuridad de una casa.

Por suerte, la zozobra en la que me sumió esa llamada fue aliviada por otra que llegó una hora después. Esta vez sí, la voz de mi vecina me saludaba y me preguntaba qué tal estaba. Le conté, desde una evidente torpeza, lo que más o menos había tejido en mi cabeza durante los últimos dos días, y ella, como única respuesta, me invitó a mantener nuestra última conversación en su casa. Para desgracia de Boludo, no lo dudé ni un segundo. Esa misma tarde, la veterinaria le prescribió unas pastillas contra el mareo, verdes y gelatinosas, que debía tragar sin masticar (23 euros). Más de novecientos kilómetros casi de una sola tirada. He ahí el sacrificio. Otra forma de hablar de amor.

DIECISIETE

La casa, al final de una cuesta flanqueada por buganvillas moradas y blancas, estaba rodeada por una valla de madera de color verde. Poseía el encanto de lo que ha ido creciendo a golpe de detalle, con el soplo de las pequeñas decisiones. Si hubiera tenido que expresar la esencia de aquel lugar, nada habría sido más efectivo que las propias palabras que la mujer había tomado de su marido al hablar de un buen jardín: «era una confidencia, nunca un grito». Y en mitad de ese remanso de paredes blancas y enredaderas verdes, se alzaba un imponente y hermoso árbol que parecía dar sombra desde el principio de los tiempos. Esa fue, quizá, la primera revelación. Porque ese árbol yo ya lo había visto antes.

La mujer me estaba esperando en la puerta de entrada al jardín. Vestía una camisa de lino algo terrosa, unos pantalones oscuros que le llegaban a la rodilla y unas zapatillas de tela y esparto. Su rostro no había mudado lo más mínimo. Si acaso había cobijado en su mirada un suave velo lechoso que yo relacioné con un poco de descanso. Por la hora que era, las siete en punto de la tarde, la brisa traía de vez en cuando una especie de tirabuzón fresco y el aroma me evocaba al de la hierbaluisa recién cortada. Cuando estuve junto a ella, me dedicó una sonrisa serena, acostumbrada, como si nos hubiéramos visto el día anterior, y me hizo tres o cuatro preguntas sobre mi apresurado viaje. No sé qué respondí. Ni siquiera sé si respondí o me dejé llevar mansamente hasta sentarme en una de las sillas que había dispuesto en el centro de la sombra que proyectaba el gran árbol. Sobre una mesa, un par de vasos y una jarra con agua, gruesas rodajas de limón y unas cuantas hojas de hierbabuena. Habló sobre el evidente cansancio de Boludo, que yacía a mi lado, intentando adueñarse del frescor que ofrecía aquella tierra húmeda y compacta; los casi mil kilómetros de carretera lo habían dejado exhausto. También habló del color de algunas ramas jóvenes que tarde o temprano habría que cortar; del suplicio que le estaba haciendo pasar una plaga de cotorras que habían anidado en una palmera próxima; de una calima que, una semana antes, había enrojecido el cielo durante cinco días; y de que allí, aún hoy, se accedía por turnos al agua de riego para que nadie olvidara que somos dueños de nuestra sed pero nunca de lo que la sacia. Y así fue saltando de roca en roca, llevando su atención de una punta a otra del jardín, trazando con ademanes lo que se le resistía con la palabra, hasta que llenó los vasos de agua, tomó asiento en la silla de enfrente y formuló una pregunta.

—Bueno, ¿y nosotros por dónde íbamos?

DIECIOCHO

Nosotros en el jardín.

—Su marido y usted tomaron la decisión de demoler la casa.

—Es verdad. Bueno, para ser precisos, la tomó él. Porque a mí me habría bastado con venderla. Por eso acordamos algo que nos satisfacía a ambos. Solo la venderíamos a alguien que se comprometiera por escrito a echarla abajo, porque, para ser honesta, él no era capaz de encomendar algo así. Y eso nos ha llevado más tiempo del que nos habría gustado.

—Le pregunté si ese era el final, y usted me dijo que sí.

—Me preguntaste si la demolición de la casa no me parecía uno de esos finales que conllevan un nuevo comienzo.

—Y usted me contestó que no. Que este era un final a secas.

—Claro. Es lo que sigo pensando.

—Pero no es el final de esta historia, tal y como le dijo a Seve.

—Lo que le dije a Seve fue que yo ya había llegado hasta donde quería. Poco más le detallé.

—No entiendo.

—¿Qué te llevó a interesarte por nuestra casa, por nuestro jardín?

—Una intuición.

—No, una intuición no. O al menos no solo eso. Según me dijiste, ocurrió algo muy concreto.

—Sé dónde quiere ir a parar, pero...

—Entonces, ¿qué te parece si vamos hasta ese momento? A ver qué sucede. Repito la pregunta: ¿qué te hizo interesarte por nuestra casa?

—Una ambulancia llevándose a alguien aquella mañana.

—Eso es. Creo que en algún momento dijiste que esa visión te pareció una especie de anomalía.

—Puede ser.

—Es un detalle importante.

—No sé por qué, pero, en cualquier caso, tal y como pretendía decirle antes, se necesita un poco más que una ambulancia en la puerta de una casa.

—¿Para qué?

—Para escribir un libro, por ejemplo.

—Y soy consciente de ello. Supongo que por eso añadiste lo de ese hombre sentado en el suelo, llorando, vencido, compungido por no se sabe bien qué. Necesitabas algo más. Es obvio. Quizá un misterio, una puerta que abrir. Yo qué sé. Una pregunta que, a ser posible, fuese difícil de responder, porque si no esto se acaba muy pronto. Y la tuya, en un principio, aunque luego no resultó ser la más importante, quizá era esa. ¿Quién es el hombre que se queda en la casa sumido en tal desconsuelo? Con algo así ya se puede empezar a trabajar, ¿verdad?

—Quizá.

—Ese «quizá» no hace justicia a tus actos de aquellas semanas.

—¿A qué actos?

—Ya sabes... A merodear día tras día y noche tras noche por los alrededores de la casa, a fotografiarla una y otra vez, a intentar colarte en su interior buscando algo o a alguien que supongo que ni siquiera tú sabías precisar entonces.

—Puede que buscase a ese hombre...

—¿A un hombre que tú mismo reconoces que era fruto de tu invención? ¿Tiene algún sentido eso?

—¿Por qué no? Qué sería de los escritores si renunciáramos a lo que nunca ha sucedido.

—Eso, perdóname si te molesta, dicho en este momento roza la charlatanería. No buscabas a ese hombre. Lo sabes tan bien como yo.

—¿Entonces qué hacía?

—Buscabas lo que representaba ese hombre al otro lado de la puerta.

—Eso también suena a charlatanería.

—Puede. Al fin y al cabo todo se acaba pegando. Pero si lo prefieres, lo diré de otra manera. Necesitabas encontrar, dentro de la casa, a alguien que pudiera contestar a tu gran pregunta, a la que verdaderamente te debía impulsar hacia delante, a la que te haría escribir. Y esa pregunta solo podía ser una: ¿a quién se han llevado en esa ambulancia?

—Y la persona que debía contestar era usted, claro.

—Me tocó a mí. Solo eso. Podría haber sido cualquier otra persona, en otra casa, en otra calle, en otra ciudad. Se trata de puro azar. Habría bastado con que esa ansiedad por escribir hubiera dirigido tu atención hacia cualquier otra... ¿anomalía? Pero las cosas sucedieron así. Y lo cierto es que en cuanto tuviste ocasión, me hiciste la pregunta.

—A la que usted, por cierto, no quiso contestar.

—Y menos mal... ¿Te imaginas que lo hubiera hecho?

—Si he venido hasta aquí, es porque no quiero imaginarme nada.

—Bueno, eso tiene sentido. Si te hubiera contestado a esa pregunta, probablemente se habría esfumado la posibilidad de que algún día terminaras de escribir esta historia.

—¿Por qué?

—¿Cómo que por qué? Santo Dios... Eres escritor. Es como abrir un libro por el último capítulo y leerlo. ¿Qué curiosidad te habría impulsado a hacer cada cosa que has hecho desde aquel momento?

—Le juro que no la entiendo.

—Tu método...

—¿De qué método me habla?

—Del que tú empleas.

—Qué tiene que ver eso con... ¿A quién se llevaron en la ambulancia aquella mañana?

—Si no cometí entonces la torpeza de precipitar la respuesta, no la voy a cometer ahora. Al menos no todavía.

—Pues usted dirá qué hacemos.

—Volvamos al final de tu historia. ¿Te has traído el cuaderno?

—Creo que esta vez no será necesario.

—Está bien. Como quieras. Cuando anhelas algo con impaciencia, con desesperación, con una fe inquebrantable, sabes que el día que ese algo se haga realidad vas a saltar de alegría, o a llorar de felicidad, o a gritar de puro desahogo. Estás preparada para un regocijo pleno. Lo has imaginado tantas veces que es raro que se te haya escapado el más mínimo detalle. ¿Pero qué ocurre cuando ese algo ya no lo esperas? ¿O, mejor dicho, cuando nunca lo esperaste? Cuando esa impaciencia, desesperación y fe no patalearon dentro de ti en ningún momento. Pues que las cosas suceden tan rápido, de un modo tan súbito, que no llegan a tiempo las palabras que las nombran y las fijan en nuestra memoria. Como ves, siempre, siempre, siempre las palabras. Puede que después te atrevas a decir que esto era euforia, eso otro quizá nerviosismo o aquello un golpe de calma. Pero eso es luego, con el paso de los días. Por tanto nunca tendrás la certeza absoluta de que realmente fue así como sucedió y lo sentiste. Aquella mañana de sábado yo me encontré a mi marido inmerso en las obligaciones de los parterres que nosotros mismos habíamos puesto detrás de esta casa. Los mirlos habían picoteado en la tierra fresca buscando bulbos, semillas y gusanos, como tantas otras veces, así que estaba con una bolsa de sustrato en una mano y una pequeña pala en la otra, supongo que decidiendo por dónde debía empezar. Sin saber cuál era la mejor manera de decírselo, lo solté del mismo modo que uno vierte agua desde una jarra a un vaso. «Estoy embarazada.» Te juro que ninguno de los dos podíamos imaginar que algo así nos volvería a ocurrir. Después de lo que nos había costado concebir a nuestro hijo, pero, sobre todo, después de lo que estábamos viviendo con su muerte, la llegada de una criatura nueva a nuestra vida nos parecía un lugar remoto y extraño, como uno de esos países que nadie sabe pronunciar, que nadie sabe señalar en el mapa. De modo que no era ninguna rareza que buscáramos sin éxito, como ya te he dicho, las palabras con las que nombrar lo que en ese momento sentíamos. La emoción nos sepultaba, no nos dejaba respirar, nos paralizaba. En cualquier caso, frente a la confusión de ese instante, también estaba lo concreto, lo tangible, lo indudable: mi marido lloró. Y lo hizo, paradójicamente, como si nunca lo hubiera hecho en su vida.

—Un nuevo hijo.

—Una hija bellísima. Nació con los mismos ojos del hermano que jamás conoció. En el mes de octubre de mil novecientos noventa, tres años después de que mi hijo falleciera, su llanto partió por la mitad la madrugada como si fuera una sandía. Para entonces ya sí teníamos con nosotros todas esas palabras que necesitábamos. No voy a decir que viniera al mundo a salvarnos la vida, porque eso sería injusto con ella, pero cuando la vi por primera vez sentí algo que yo ya había conocido.

—Aquella felicidad.

—Sí. Distinta, porque habíamos aprendido que nunca sería inexpugnable, pero con la misma esencia. Como si mi marido fuese a atravesar la puerta de aquel jardín después de un largo día de trabajo, mientras yo contemplaba a mi hijo corretear de un lado a otro; como si yo nunca hubiese doblado aquella ropa y él no se hubiese dormido con los zapatos puestos; como si nuestro dulce y amado hijo hubiese contestado a la pregunta que le hicimos aquella noche. «¿Todo bien, hijo?» «Sí, todo bien, papá.» Es curioso, pero cuando te ocurre algo tan bueno en la vida es imposible no acordarse también de lo más triste. Creo que es una reacción instintiva.

—Quizá se guarden en el mismo cajón. Como ocurre con los sueños y las pesadillas.

—No sé si recuerdas que te dije que un hijo no puede morirse el mismo día que deja de respirar.

—Perfectamente.

—Morirse lleva un tiempo. Como les ocurre a los jardines que quieren dejar de serlo.

—O a los libros.

—Es verdad. O a los libros. No hay un día concreto en el que asumas que tu hijo ha muerto. De hecho, no sé si existe algo así. Más bien es una aceptación lenta, progresiva, intermitente, resignada y condicionada a que la vida no vuelva a arrasarte. Si miro hacia atrás, en mi caso no sé en qué momento le di su sitio a esa aceptación, si es que esa es la palabra que hace justicia a tal cosa. Sé que cuando sucedió, yo ya estaba viviendo aquí y aún no me había quedado embarazada. Pero no soy capaz de ser más precisa.

—¿Y su marido?

—Bueno... Ya sabes. Él nunca habría dejado aquella casa. Jamás me lo ha confesado abiertamente. Pero es algo obvio. Por eso tardó tanto en salir de allí, la mantuvo como y hasta donde pudo y le costó la misma vida desprenderse de ella... Si se vino a esta casa, fue porque yo estaba aquí. No hay otra razón. Por eso me pesaron aún más aquellas palabras que me dijo el día que decidí salir por la puerta. «Yo me quedo para que algún día puedas volver con nosotros.» Creo que eso lo dice casi todo.

—Nunca aceptó lo que había ocurrido.

—Insisto, qué significa para ti aceptar la muerte de un hijo. Nunca es una sola cosa. Y ninguna de ellas deja de doler.

—...

—A partir del nacimiento de nuestra hija, apenas volvió a hablar del niño. No es que lo convirtiera en un secreto. De hecho, nuestra hija, desde que tuvo uso de razón, supo de su hermano y de todo aquello que lo había hecho un niño tan especial. No hay nada que te haya contado a ti que no lo haya escuchado mi hija decenas de veces. Solo es eso: que apenas volvió a hablar de él. Como si tapias una puerta dejando a la vista que ahí hubo una puerta tiempo atrás. Más o menos así.

—¿Y por qué no se deshizo de la casa hasta ahora?

—Por el final al que aludía antes. No el que tú buscas para tu historia. Me refiero al final de mi marido, al nuestro. Desde hace un tiempo no está bien de salud. Ya estamos mayores, y hay que ir decidiendo algunas cosas. De todas formas, él, desde hace años, era consciente de que no era una buena idea seguir posponiendo la decisión. Dejar esa responsabilidad a nuestra hija, después de todo lo que nos ha oído decir, especialmente a mí, habría sido una condena para ella.

—Tampoco la habría vendido.

—Creo que no. Pero por un dolor que no le pertenece. Y eso no habría sido justo.

—Le he estado dando vueltas a ese momento. A la noche en que su marido cambió de opinión sobre la venta de la casa. Me dijo que estaban viendo la televisión y dieron la noticia de un gigantesco rayo.

—Sí.

—Busqué esa noticia.

—¿Temías que te estuviera mintiendo?

—No, qué va. Después de que se marchara del barrio, empecé a dudar de si todo esto me estaba llevando a algún lado o, simplemente, me dedicaba a girar como una peonza. Así que comencé a repasar mis notas, a recordar momentos y situaciones, a indagar en el trasfondo de algunos hechos. Buscaba cualquier detalle al que poder agarrarme para seguir adelante.

—¿Y qué encontraste?

—¿Ha oído alguna vez hablar de la flor del rayo?

—No.

—La advierto de que va a sonar algo raro... Es la marca que imprime un rayo sobre la piel cuando impacta en una persona. Deja una especie de ramificaciones geométricas. Lo cierto es que tiene apariencia vegetal. Es más, también la llaman helecho eléctrico y árbol de luz.

—...

—Es una casualidad, lo sé. Pero cuando di con ello, me resultó inevitable estremecerme. Ya sabe, la electricidad, los helechos, el jardín, la luz, los árboles, las flores... Parece uno de esos cuentos de su marido.

—Entiendo lo que quieres decirme, pero...

—...

—Nuestro hijo murió por un descuido evitable. Desgraciadamente, no es un cuento. Y si lo fuera, no se parecería en nada a los que contaba mi marido.

—Ya... Es solo que pensé que esa imagen, la flor del rayo, guardaba cierta similitud con esto. No solo con el dolor indeleble que provoca la pérdida de un hijo, sino también con la propia literatura y la voluntad de dejar su huella en el lector. Ya sabe, su vida y mi literatura. Tal y como dijimos al principio.

—Pero eso es cosa tuya. Quiero decir que esa conexión será así si tú quieres que sea así, ¿no? En cualquier caso, «la flor del rayo» suena bien. Y reconozco que no son palabras ajenas a todo esto.

—¿De verdad?

—Sí. La flor del rayo...

—...

—Tiene algo de aquel jardín y de nuestro dolor.

—Eso me recuerda una cosa por la que me he preguntado desde que empezamos a hablar y para la que no he encontrado una respuesta convincente.

—Tú dirás.

—No termino de entender por qué accedió a contarme la historia de una parte de su vida.

—Esa es una buena pregunta.

—Sí, eso mismo me dijo Seve. ¿Y usted tiene una buena respuesta?

—Creo que sí.

—Pues me da una alegría.

—¿Qué tal te va con tu mujer?

—¿Con mi mujer?

—Sí. ¿Superasteis el bache?

—¿Cómo dice?

—Entiendo tu desconcierto. Por supuesto, es intencionado, perdona mi atrevimiento. Pero no fue menor el mío cuando la vi subir por la misma cuesta que tú has subido hace un rato.

—¿Mi mujer vino hasta aquí? ¿Para qué?

—Hemos coincidido en la pregunta de partida. Yo le formulé exactamente la misma. Vino a pedirme lo que ella consideraba un favor.

—Un favor...

—La verdad es que todo fue bastante confuso. Después de ponerme en situación, de contarme que vuestra relación no estaba pasando por el mejor momento, que tú te encontrabas en una especie de bloqueo que se lo estaba llevando todo por delante, y que ella, además, iba a estar un tiempo fuera porque era ahora o nunca, me rogó que accediera a hablar contigo. Vamos, lo que me dijo literalmente fue que te contara mi historia.

—¿Pero ella qué sabía de su historia?

—Ya conoces al gran Seve. Al parecer tu mujer le preguntó por algunas cosas del barrio, y él no supo o no quiso reprimirse y le contó lo que había sucedido muchos años atrás en esa casa que tanto te atraía a ti. Yo a Seve, en cualquier caso, le perdono todo, porque sé que lo único que busca es que lo quieran, pero eso no significa que vaya a comulgar con ruedas de molino.

—...

—Comprendo que pongas esa cara porque a mí también me pareció un genuino disparate. La mujer del hombre que no paraba de acecharme se sienta justo donde tú estás ahora mismo y me pide que me abra en canal y le cuente a su marido el episodio más doloroso de mi vida. Ella estaba convencida, además, de que sacaría algo bueno, balsámico, sanador, liberador, no recuerdo qué palabra empleó, si acababa por contarte mi vida. No se cansó de decir que era tu método. Que tu manera de llegar a la imaginación era esa. Cosa que lo hacía todo más delirante.

—Y aun así aceptó.

—No. Cómo iba a aceptar. Era imposible. Mi marido, como te he dicho, no estaba pasando por su mejor momento de salud, las atenciones que demandaba no eran pocas y me tenía que hacer cargo de todo. La venta de la casa me traía por el camino de la amargura. No había día que no tuviera que ir para asegurarme de todas las estupideces que se le ocurrían a la agente inmobiliaria que nos estaba llevando el asunto. No sé en qué momento, además, nos pareció una buena idea organizar una cena de despedida de la casa junto a otros vecinos, y eso requirió tiempo, esfuerzo y, sobre todo, mucha imaginación, porque aquel salón era cualquier cosa menos un lugar en el que se pudiera cenar cómodamente. Y por si no tuviera ya bastante con todo eso, en cuanto volví a pisar el jardín después de tantos años, me sentí en la peregrina obligación de regar aquellas plantas de nuevo. Al menos hasta que se vendiera la casa. Por qué, en esas circunstancias, iba a aceptar verme con un escritor que mostraba evidentes signos de desequilibrio para hablar sobre mi hijo, mi marido, mi casa, mi vida. La idea era un despropósito, la mires por donde la mires. Y, para colmo, sucedió algo que vino a confirmarlo. La única vez que le pedí a mi nieto que me acompañara a hacer tres o cuatro cosas en aquella casa, te sorprendí husmeando en el jardín. Te aseguro que ese día estuve a punto de ir directa a comisaría. Deberías agradecerle a Seve toda la vida que no acabara haciéndolo.

—Una voz desde la oscuridad.

—¿Qué?

—Aquel día oí hablar a su nieto. No sabe la de vueltas que le he dado a eso.

—Ahí se te fue el método de las manos. Deberías repasarlo con rigor, darle otra vuelta, no sé. No está bien allanar las propiedades ajenas. Y en cuanto a eso de la voz y la oscuridad, mejor no pregunto, porque se me eriza la piel. No obstante, sí te diré que ya tenemos una edad para según qué cosas.

—Entonces... ¿Qué le hizo cambiar de opinión? ¿Por qué acabó contándome su vida?

—La casualidad.

—¿Qué casualidad?

—Te vi subir a un autobús con una mujer que conocí hace mucho tiempo.

—Mi madre.

—Sí, eso pensé por la manera de tomarla del brazo y acompañarla. Y más tarde, cuando te tuve enfrente, tu forma de mirar me lo confirmó. Supongo que ella también me reconoció a mí.

—En cuanto la vio.

—Sigue teniendo esa apariencia de rama flexible. No sé si me explico. Puedes sacudirla todo lo que quieras, pero no llegarás a partirla nunca. Era una gran trabajadora.

—Sí, creo que esa descripción le hace justicia. Aunque ya tiene una edad.

—Solo algún año más que yo.

—Pero no entiendo por qué ver a mi madre le hizo cambiar de opinión.

—Quizá no sea fácil entender algo así para alguien que no sea yo misma. En aquel entonces estábamos hundidos. La vida, si es que aquello se puede llamar así, nos atravesaba el cuerpo y seguía de largo. No parecía que entrásemos en sus planes. Y mira que yo lo intentaba. Te juro que lo intentaba, aunque fuese por pura desesperación. Como te dije, empecé a salir de casa y a pasear de un lado a otro para ver si así ganaba algo de distancia o perdía un poco de desconsuelo. Tu madre me reconoció en uno de esos parques en los que solía descansar. Yo también a ella, claro. Pero, durante unos minutos, guardé silencio para ofrecerle la posibilidad de que se diera media vuelta y se alejara de la devastación en la que yo vivía. No lo hizo. Se quedó allí, en la otra punta del banco, insistiéndome, intentando explicarme de qué nos conocíamos, buscando mi mirada con la suya, ingeniándoselas para que yo le devolviera cualquier palabra, cualquier gesto. Me invitó a tomar algo. Por aquel entonces bebía más, me medicaba más, también me alejaba de mí misma más de lo conveniente, así que... ¿por qué no acompañarla a un bar? Eso sí podía hacerlo sin demasiado esfuerzo. Recuerdo que tu madre se dedicó a hablar de esto y aquello, sin mucho orden pero con una intensidad honesta, como quien intenta desesperadamente que un pájaro vuelva a volar a fuerza de lanzarlo al aire una y otra vez. No debió de tardar en percatarse de lo imposible de su propósito porque, si la memoria no me falla, y no las tengo todas conmigo, llegó a ofrecerme ir a vuestra casa con ella a comer algo, a descansar, a seguir hablando. Y entonces, quizá porque yo necesitara pronunciar palabra o porque tu madre no se merecía tanto silencio, le dije que mi hijo no estaba bien. Porque eso era lo único que mi espanto y mi dolor me dejaban verbalizar. Hasta ahí podía llegar. Ese era el límite. «Mi hijo no está bien.»

—...

—¿Ella recuerda aquella mañana?

—De un modo muy parecido a como lo ha contado usted.

—Me arrepentí de no haberle dicho otra cosa. Visto desde aquí, y teniendo en cuenta la situación por la que yo estaba pasando, puede parecer una nimiedad, un detalle que exacerbé en mi cabeza. Porque qué importancia tiene que una madre, llevada por su pena, diga esto en lugar de aquello. Ya... Pero eso es, como digo, si lo miras desde aquí. En aquel momento, el aquí era algo bien distinto: un agujero insoportable.

—Lo ha dicho usted misma. El dolor dejaba claro dónde estaba el límite. No había forma de contarle la verdad. No había forma de decirle que su hijo había fallecido.

—No hablo de ninguna verdad. ¿A quién le puede interesar eso? De hecho, dudo que la muerte tenga algo que ver con la verdad o la mentira. La muerte sencillamente es. Ahí radica nuestro miedo. Después de hablar con tu madre, no me sacaba de la cabeza lo que mi hijo me habría preguntado de haberme oído decir eso. «¿Es que no estoy bien, mamá?» Así que durante algún tiempo no dejé de darle vueltas a cuál habría sido mi respuesta para un niño que siempre se movió por una curiosidad inagotable, hermoso de la misma manera que una semilla lo es, feliz, sonriente, incapaz de no señalar con el dedo cada cosa que le asombraba en el camino, atento a sus aciertos, más atento aún a sus equivocaciones, a sus dudas, a sus miedos, perfecto en su descanso y en su cansancio, hecho de la suma de las preguntas por hacer, de las palabras por decir, de las voces por escuchar y de los secretos por guardar, a veces nervioso, exacto, desordenado, infinito, tierno, siempre recostado sobre mí, en definitiva, un niño. ¿Qué le habría respondido yo? Durante un par de semanas, volví cada mañana a aquel parque con la esperanza de encontrarme con tu madre para borrar de mi cabeza eso de que mi hijo no estaba bien, porque creía que solo así alejaría su pregunta. «¿Es que no estoy bien, mamá?» Pero, por más que lo deseé, no volví a cruzarme con ella. Hasta el día que la vi subir contigo al autobús, claro. Y ahí supe que la casualidad se había empeñado en que me enfrentara a esta nueva oportunidad. No solo volvíamos a coincidir, sino que su hijo, llevado por su propia obsesión, se desesperaba por escuchar lo que yo tuviera que decir, en un momento en el que estábamos a punto, por fin, de deshacernos de la casa, de cerrar una etapa para siempre. Una casualidad de casualidades. No me digas que tú lo habrías interpretado de otro modo. Así que solo tenía que buscar aquello que yo quería decir. Y eso refulgía en mi cabeza como un puñado de sal porque hubo un tiempo lejano en que lo pensé demasiadas veces: debía compartir contigo lo que aquella mañana no fui capaz de contarle a tu madre. Y a eso me puse.

—...

—Lo que ya no tengo tan claro es si esperabas algo parecido y si te resultará útil para lo que tú tienes en mente. Mi familia, mi hija más que nadie, alberga serias dudas de que acabes escribiendo sobre todo lo que hemos ido hablando. Dice que nuestra vida no es muy diferente a cualquier otra. Y tiene razón, por supuesto. Yo le he replicado que, aun así, la vida de mi hijo merece ser contada de la mejor manera posible, y puede que esta sea nuestra oportunidad. Ahora que la casa cae, su historia se levanta. En mi cabeza más o menos suena así. En cualquier caso, para que se quedaran tranquilos, porque no las tenía todas conmigo cuando les confié lo que estaba pensando hacer, les garanticé que sus nombres no aparecerían. Pero eso, más o menos, ya lo sabes tú.

—Sí... Respetaré las leyes. Ese fue nuestro acuerdo.

—No dudo de ello. ¿Qué tal está tu madre?

—¿Qué?

—Tu madre...

—Está bien.

—¿Ha sabido de nuestros encuentros?

—Más o menos.

—Vale. Mejor así.

—¿Quiere que le diga algo?

—Sí. A ser posible todo lo que te he contado.

—Claro. Todo.

—¿Y tu mujer? ¿Ha vuelto de ese lugar al que se iba?

—Todavía no.

—Dale tiempo.

—Sí, en eso estamos. Tiempo y espacio, tiempo y espacio.

—Ya te he contado lo que fue capaz de hacer por ti. Eso tiene que significar algo.

—Supongo que sí.

—En cuanto digas que hemos acabado, me gustaría presentarte a mi familia. Están esperando dentro. Mi marido, mi hija y mi nieto. Y de paso te enseño esta casa.

—Su marido iba en aquella ambulancia, ¿verdad?

—Te juro que le he dado vueltas y más vueltas a esa mañana de la que hablas. Es imposible que algo así se me haya olvidado. Una ambulancia es una ambulancia. No es un detalle menor, y más a estas edades donde una oye una sirena y voltea la cabeza. Me cuesta creer que pudiera suceder algo así y yo no me enterara. Es cierto que ha habido épocas en las que se han refugiado algunos de los vagabundos que pedían limosna en la puerta de la iglesia de San Antonio, pero yo, en los días a los que tú aludes, visitaba la casa a diario. La habría visto o me habrían dicho algo, ¿no crees? Le pregunté a Seve. Él tampoco vio nada. Y luego está eso de la anomalía. Tú mismo lo dijiste y las palabras importan. Al menos para nosotros, ¿no? Puede que fuese cosa de tu cabeza, de tus ganas, de tu desesperación. ¿Por qué tienes tan claro que aquel hombre que lloraba era fruto de tu invención, pero la ambulancia, por el contrario, no lo era? No sé. ¿No te parece raro? Todos necesitamos empezar por algún sitio. Estabas bloqueado. Tu relación pasaba por un momento difícil... Por no hablar del arañazo del gato, que nunca supe si era verdad. Y, sinceramente, después de tantas palabras, tantos recuerdos, tantas emociones, visto ahora desde este final, esa ambulancia en aquella mañana puede que sea un buen comienzo. Así que a lo mejor tu poder de fabulación se impuso y dio en el clavo. Piénsalo. No es ningún disparate. A fin de cuentas, ya lo dijimos: lo mío era la vida, pero lo tuyo siempre será la literatura. Y qué sería de ella sin la imaginación.

DIECINUEVE

Yo sé que la imaginación tiene la costumbre de la hiedra, pero, por muchas vueltas que le di, nunca llegué a dudar de la veracidad de aquella ambulancia en la puerta del jardín. Volví a sorprenderme diciéndome en voz alta que no estaba loco. Y Boludo, que probablemente era el único que podría haberme apoyado en mi propósito de cordura, se limitó a mirarme desde su propia historia y a mordisquearse las patas delanteras. De todas formas, ¿qué importancia puede tener algo así? Ir de la imaginación a la realidad o de la realidad a la imaginación te acaba llevando a un mismo lugar. A la ficción. Lo quieras o no, siempre a la ficción. Quizá ahora pueda completar aquella frase que, en un arrebato de furia, una vez le envié a mi psicóloga. *La literatura me permite creer... en mi mejor realidad: la ficción.* A mí no me suena mal. Pero sé que en aquella consulta esta nueva versión tampoco habría sido recibida con alborozo.

Durante buena parte de la escritura de este libro, he elucubrado sobre la posibilidad de que T. lo leyera y lo abandonara sobre la mesa de este despacho para que yo pudiera rastrear inútilmente cualquier nota, corrección o huella. Pero, tal y como ella predijo en el *hall* de aquel hotel, con el paso de las páginas mi esperanza se fue diluyendo, en pos de una de esas certezas que hacen el ruido de una vieja puerta que se cierra despacio. La he telefoneado en alguna ocasión: su querida ciudad, un padre cada vez más enfermo, la nueva y extraña familia y algo que borbotea en su voz de aquella lejana niña de ocho años. Supongo que ahora los que estamos en este lado somos los otros. En nuestra última conversación, me dijo que había soñado que Boludo se moría repentinamente. Se me encoge el corazón.

En cuanto le envíe todo esto a mi editora, bajaré a Almería para ver a mis padres. La situación sigue algo enrarecida, pero un reconocimiento claro y sin matices de que me había equivocado ayudó a apaciguar las cosas. Mi madre siempre ha sido mi trinchera. Incluso aún hoy, que ya se acerca a los ochenta años, reconozco en su palabra el calor del refugio y la luz blanca de la fiereza. Ni yo ni mi literatura renunciaremos al cobijo que siempre nos ha ofrecido. Aunque eso suponga, mucho me temo, que mi padre tenga que abrir el frigorífico y seguir encontrándose con que nada esté donde una vez estuvo. Por supuesto, cumpliré mi palabra nada más llegar. La historia de mi vecina también le pertenece a ella.

Mientras escribo estas líneas, Boludo me observa desde el quicio de la puerta. Quiere salir a pasear. Es su hora. Con el tiempo me ha enseñado que también es la mía. Le hago un gesto con una mano, sin apartar la mirada de la pantalla, porque quiero que aguarde unos segundos. Apenas los necesarios para preguntarme qué tipo de final será este. Puede que uno que conlleve un nuevo comienzo. Puede que un final sin más. No lo sé. Y no tenerlo claro a estas alturas me parece una buena razón para seguir hablando de amor.

EPÍLOGO

EL LIBRO DE LAS SEMILLAS

UN PRINCIPIO

Su imponente enramada de hojas verdes, intensamente iluminadas, parecía sostener en la parte más alta un hermoso incendio. Sus flores rojas llameaban y, contempladas desde cierta distancia, poseían la esencia de un buen truco de magia. Por eso, una vez que te cruzas con ese árbol, es difícil olvidarlo. Cuando estuve frente a él en el jardín, recordé al instante dónde lo había visto antes. Ocupaba la portada del libro cuyo título T. había anotado en un papel y yo había buscado en internet. Así que, mientras la mujer y yo abandonábamos aquellas dos sillas y nos dirigíamos al interior de su casa, fui incapaz de reprimirme.

—Este es el árbol de la portada, ¿verdad?

—¿Qué?

—*El libro de las semillas*... Los relatos que su marido le contaba a su hijo.

—Sí, es un flamboyán. Yo misma hice la foto.

—Qué grandeza. Creo que nunca antes había visto uno. Ni siquiera había oído ese nombre.

—Mi marido nunca quiso volver a contarlos. Y a mí me parecía una pena que nuestra hija no pudiera disfrutar de ellos, tal y como había ocurrido con nuestro hijo. Así que los busqué entre sus cosas y los convertí en un librito para que ella los leyera cuando llegara el momento. Si te soy sincera, yo tampoco he sido capaz de releerlos. ¿Cómo diste con él?

—Mi mujer.

—¿Tu mujer?

—Antes de marcharse me dejó, entre otras cosas, el título anotado en un papel. Lo estuve buscando, pero lo único que conseguí fue una vieja imagen de la portada.

—...

—Supongo que usted le hablaría del libro.

—Yo no.

—Pues Seve dice que él tampoco.

—Y es verdad. Seve nunca supo nada de eso.

—¿Entonces?

—Solo se me ocurren dos opciones. O tu mujer buscó a mi hija. O mi hija buscó a tu mujer.

—Bueno, la caligrafía en la que está escrito el título...

—Qué más da eso. Ya no importa.

—¿No?

—No... Te dije cómo empezaban esos cuentos, ¿verdad?

—Así es.

—Siempre de la misma manera. «Mirad esta pequeña semilla. Dentro hay una historia que quiere hacerse grande. ¿Me ayudáis?»

—Sí, es un buen principio.

—Yo te he ayudado a ti. Ahora es tu turno.

ÍNDICE

booket